光炎の人

［下］

木内 昇

角川書店

光炎の人［下］　目次

主な登場人物

郷司音三郎（ごうしおとざぶろう）　徳島県西の漆川（しっかわ）に生まれた葉煙草農家の三男。

ミツ　音三郎の叔母。音三郎の母親の妹にあたる。

富（とみ）　音三郎の妹。利平の妻となる。

大山利平（おおやまりへい）　音三郎の幼馴染み。関東軍に所属する。

豊川研輔（とよがわけんすけ）　徳島時代からの音三郎の同僚。音三郎とともに大阪に移る。

草間信次朗（くさましんじろう）　小宮山（こみやま）製造所時代の音三郎の同僚。

おタツ　山崎商会で奉公している女性。

金海一雄（かなうみかずお）　大都伸銅（だいとしんどう）株式会社に勤める技師。

多賀井惣太郎（たがいそうたろう）　大都伸銅株式会社に勤める技師。

糸谷平太郎（いとやへいたろう）　大都伸銅株式会社の新人職工。

弓濱（ゆみはま）　大阪工鉱会の代表。

島崎伊蔵（しまざきいぞう）　東京での、音三郎の住まいの大家。

梁瀬唯生（やなせただお）　十板（といた）火薬製造所の研究所を統轄する所長。

小岩正武（こいわまさたけ）　十板火薬製造所の第三研究室室長。

殿山円太郎（とのやまえんたろう）　十板火薬製造所での音三郎の同僚。

山室幸次郎（やまむろこうじろう）　十板火薬製造所での音三郎の同僚。

佳子（よしこ）　関東軍、菱川（ひしかわ）大佐の娘。

楊（ヤン）　満州で音三郎を訪ねてくる中国人。

光炎の人

［下］

装画　松本竣介
「Y市の橋（部分）」（京都国立近代美術館
Photo:The National Museum of Modern Art, Kyoto）
装幀　櫻井　久（櫻井事務所）

第五章

（承前）

糸谷は、医者が到着する前になんとか息を吹き返した。診察によれば、心ノ臓は麻痺したもののすでに通常に復し、銅片に触った指を火傷しただけの軽傷だそうである。大事をとって二、三日は安静にしたほうがいいとのことであったが、倒れたあとの処置がよかったから助かったのだと、医者は言葉を尽くして金海と駒田を称えた。駒田は糸谷に「肋骨は痛まんか？　強く叩いたさけな」と訊いたきり一件に関しては不問に付したが、金海は、医者が帰り、糸谷や役員たちが引き揚げてもなお不機嫌な顔で技師室の机に脚を載せている。

「まぁ大事に至らんでよかったで。小僧の体が頑健やったんやな」

技師だけになったところで、多賀井が長い息に乗せて言った。

「けんど、製品化はどうなりますじゃろうか。このな失態が起こりましたけん、立ち消えにならんでしょうか」

音三郎は丸椅子に腰を下ろし、力なく訊いた。

「ま、おおかた平気やろが……。工場長もやめやとは言わんかったしな」

「それじゃったら、ええんですけんど」

しかし工場長も販売部長も興ざめしたような顔で、技師室をあとにしたのだ。上層部の話し合いで、やはりやめようということになったら……。糸谷になど任せるのではなかった。もっと知識のある者にやらせるべきだった。音三郎は密かに歯噛（はが）みする。

「おい」

声がしたのは、そのときだ。顔を上げると、こちらを睨んでいる金海と目が合った。

「おどれ、あの小僧に前もって言うたったか？」

音三郎は反射的に金海を睨み返す。

「あそこには二百ボルトの電流が流れとるさけ、間違っても金属部分に触れてはならんと、前もって注意したったんか？」

そんなことは伝えていない。実験の準備でそれどころではなかったし、電気の通っている金属に触らぬというのは当たり前のことだからだ。

「僕は訊いとるんや。答えぇや」

「電気が通っとることは先に言った。金属に触ったらあかんのは常識じゃ」

高圧的な金海の態度にたえかねて、音三郎は切り口上で返す。なにを威張りくさっとんじゃ、製品化もまともに果たせんくせに――。

「常識？　おどれの言う常識っちゅうのは、電気の性質をよう知っとる者の中だけの常識や。毎日毎日朝から晩まで銅を伸ばしとる職工にはわからんのや。素町人にはなおのことや。そやけど使うのはそいつら素人（しろうと）や。僕は何遍も言うとるやろ。まずは安全を確保せなあかん、せやないと電機産業は伸びていかん。走行中に大破するかもしれん車に誰が乗ろうと思う？　それと同じや。いや、それより電気のほうがずっと質（たち）が悪いで。なにしろ目に見えんさけ、気をつけようがないんや。しかも、僕らある程度知識のある者でも、その性質を把握し切れとらん、厄介なものなんやで」

「未だ明確ならず」という鳥潟の本にあった一節が思い出された。しかし正体が知れぬからといって萎縮するのは間違いだ。果敢に攻めて飛躍すべきなのだ。今は確実にその時期だ。

「……そのな御託はたくさんじゃ」

言葉が勝手に走り出ていた。自分が発したとは思えぬ乱暴な放言に音三郎自身驚いたが、苛立ちを止めることはできなかった。

「……なんやと?」

「おまんのように電気を前に縮こまっとったら、それこそこれ以上の発展はない。そのに安全安全言うんなら、電気なんぞ使わなええんじゃ」

金海は立ち上がり、傍らの丸椅子を蹴り上げた。

「もういっぺん言うてみぃ」

跳ね飛んだ丸椅子が、壁に当たって派手な音を立てる。

「何遍でも言うたる。おまんのような臆病者は開発には向かんのじゃ」

言い返すなり、金海が躍りかかってきた。音三郎は床に倒され、馬乗りになった金海に頬桁を殴られる。口の中に鉄の味が広がった。

——鉄じゃ。ほうじゃ、材に鉄を組み込んだらどうじゃろうか。

痛みと恐怖で一杯なはずの頭の隅で、無線電信機に関する試行錯誤がしぶとく続いている。

「やめぇや。ここで喧嘩したってしゃあないやろ。金海もいちいち派手なことしようらんと。われ、活動写真の観すぎやでぇ」

間に多賀井が割り込んで、ふたりを引き離した。なんでわてはこないな役回りなんや、という彼のぼやきを押しのけて、金海が音三郎に吠えた。

「おどれの考え方は決定的に間違うとる。致命的欠陥っちゅうヤツや。おどれのような者こそ開発におってはあかんのや。もの考えん素町人より、ずっと罪悪やっ」

言い返そうとしたが、多賀井に口を塞がれ、そのまま凄まじい力で裏庭まで引っ張り出された。

「落ち着け、な、落ち着けや」

音三郎の肩を叩き、呪文のように唱える多賀井の顔を見るうち、荒ぶった息がようやく収まってくる。

「あいつの口が悪いのは今にはじまったことやない。ムキになったほうが損やで。な。わては郷司君のほうが技師として優れとると前から思うとる。無線かて、えらいもん作りよると、ずっと感心しとったんや。普通、なかなか思いつかんで。おそらく、この大阪ではまだ誰もやっとらんのやないか」

こちらをなだめるためか、撫でるような声を出す。音三郎はついほだされて、本音を吐き出した。

「わしは前の工場におった頃からずっと無線に関わってきたんじゃ。どのにしても製品化したい、世に出したい……必ずみなに使われますけん」

情けないことに涙声になった。

すると、多賀井がふっと目を細めたのだ。それは、常に飄逸な彼が、これまで見せたことのない表情だった。

「そやなぁ。わかるわ。これは絶対に製品化したいわなぁ。そこでや」

多賀井が肩を寄せてくる。息が掛かるほどのところまで近づいて、告げた。

「もしうちの社で製品化が難しいとなったらや、他所に持っていかんか？　必ず採ってくれるところはあると思うで。わて、そっちのほうは結構通じとるんや。ええように筋道つけたる」

音三郎は首を起こして眉根を寄せる。どこからそ寒い多賀井の笑顔が、視界一杯に広がっていった。

八

商談はすべて多賀井に任せた。先方と話がまとまると、音三郎が取引先に出向いて、無線電信機の構造を細かに説く。相手は電気機器製造業者から土木関係者までさまざまで、彼らが無線をどういった目的で使おうとしているのか音三郎は興味をそそられたが、目的を問うことは多賀井から固く禁じられていた。

「わてらの役目は、技術を提供するところまでや。どないにして使うかは向こうさんの自由や。そこまで踏み込んだらあかん。相手が警戒しよったら商売にならんよってにな」

つまり、試作もかなわなければ、自らの手で製品化して市場に送り出すこともできないのである。音三郎はただ図面を引いて、仕組みを説き、長年掛けて懸命に開発した技術を見も知らぬ男たちにぼんやり手渡すばかりなのだ。その行為はシャボンの泡をすくうようで、なにひとつ手応えを残さない。そのくせ懐は着実に潤っていく。技術料として入る金は、交渉役の多賀井ときっちり折半である。それでも大都伸銅で得る給金と同等、多いときはそれ以上の金が入るのだ。

「アメリカや欧州じゃあもう鉱石検波器を使うた無線が製品化されて、市場に出はじめとるようなんや。まだ広くは出回っとらんらしいけどな。近く、機器の性能を各国競う時代になるのかもしれんな。有線から無線の時代に突入や」

大都伸銅では当然ながら技術売買の話は御法度であるから、多賀井は打ち合わせと称してしょっちゅう音三郎の仕舞屋を訪れる。ミツ叔母に気に入られていることもあって、長時間過ごすのも心安いのだろう。

「しっかし、うちの会社も阿呆やのう。無線電信機ゆうのはこないにみなが欲しがる技術やのに、動かんやなんてなぁ」

試作品実験の際、糸谷が感電し、派手に昏倒した様を見て、一度は製品化を決めた役員たちはものの見事に手の平を返したのだ。同じような危険が顧客に及んだら補償にいくらかかるかわからん、というのがその理由だった。客の手に渡るのは無線電信機だけで、電気波発生装置は関係ない、空中の電気波を受けとるための鉱石検波器は電源に繋いでいないのだから感電の心配はないのだと音三郎がいかに懸命に訴えても、工場長も事務方もかぶりを振るばかりだった。役員たちはおそらく、伸銅製品で潤っているさなか、専門外の技術に手を出して下手を打つこともないと判じたのだろう。それでも音三郎は諦めがつかず、会計課や工場長室に日参して、せめて開発、実験だけは続けさせてほしいと懇願し続けたのだが、大正七年となってすぐ、

「いい加減にせい。無線はもう終いや。工場長もはっきりそう言うてきたんや。今後は開発にも実験にも一切予算はかけられん。覚えとき」と、ついに小柴から引導を渡されたのだった。

代わりに社が開発に力を入れると決めたのが、金海が地道に進めていた消弧剤入り密閉型ヒューズだった。安全器は単価が安くて儲けにならんと、あれほど腐していた事務方までがいともたやすく安全器を支持しはじめたことに音三郎は呆れ、無線の実験がかえって電気を使う上での安全確保の意義を訴える結果になってしまったという皮肉に歯嚙みした。

金海は内心どれほど得意だろうと考えるだけでも吐き気を伴うほど胃が痛んだが、実際のところ彼は横柄な態度をとることもこちらを見下すこともなく、音三郎に接する。それどころか、あれを手伝えこれを手伝えとなにかにつけて声を掛けてくるようになったのだ。以前のように職工への橋渡し役だけに音三郎を使うことはせず、ときに設計案に関して相談を持ちかけ、ときに行き詰まった図案の解決策を模索するよう命じたのである。

「郷司君は安全器の共同開発者に昇格やな。窮地に陥った君を救おうっちゅうわけや。金海はあれで存外、優しいところがあんのやな」

と、多賀井はその様を面白がったが、音三郎は金海から仕事を任されるたび、施しを受けているような惨めさに襲われた。

この状況にいい加減嫌気がさした五月の週末、仕舞屋を訪れた多賀井に音三郎は思い切って告げたのである。

「多賀井さん、わし、もういっぺん無線のことを会議に掛けてみたいんじゃけんど。もっと優れた試作品を作る自信がありますけん」

手土産に持ってきた釣鐘屋の饅頭(まんじゅう)を自ら頬張っていた多賀井は目を丸くし、その拍子にあんこが気管にでも入ったのかひどく咳き込んだ。

「会議っちゅうのは、大都伸銅の会議け?」

少しく息が落ち着いてから、彼は声を絞り出す。まだ胸を叩いている。

「ほうでがーす。完璧な試作品を作って、完璧な実験をしたら、大都伸銅でも製品化してくれると思いますんじゃ。無駄な技術やないっちゅうことは、他の工場や会社がああして欲しがってくれとることからも明らかですけん。それを工場長にもういっぺん訴えればわかってくれると思いますんじゃ」

「いや……あのな、郷司君」

畳を蹴ってミツ叔母が茶を運んできたのはそのときで、彼女は湯飲みを卓の上に叩き付けんばかりにして置くや音三郎を睨み据えて言ったのだ。

「音さん、あんた、自分がなに言うとるか、わかっとるんか? そないなことしたら、あんたの考えた図面が他に売れなくなるんじょ。このに物価が上がっとるときに、工場の給金だけではもうやりくりできんじょ。え、音さん。うちはな、今かて公設市場で野菜を仕入れとるんじょ」

くだらぬ横槍を入れられ、こめかみが疼(うず)く。

公設市場はこの四月、全国に先駆けて市内に四箇所設置された行政施設で、食材から日用品まで平均より二割安で手に入る。欧州大戦の好景気で市価は値上がり一方だったから市民は諸(もろ)手(て)を挙げて悦(よろこ)び、毎日行列ができているが、ミツ叔母はほんのたまにしかそこに足を向けていないことを音三郎は知っていた。働きにも出ず、大阪に知人もない叔母にとって、馴染みの八百屋や魚屋で世間話をするのが唯一の楽しみであり、そのためには節約は二の次、わざわざ公設市場に足を延ばすはずもないのだった。

「せやで。叔母さんの言う通りや。まったくなにを言い出すのや。自分、金が余ってしゃあないわけやないやろ」

　茶で饅頭を飲み下し、多賀井は大きく息を吐いた。

「この好景気やで、みすみすやり過ごしてどうすんねん。会社の中だけでちまちま働いたかてたかが知れとる。あっこで会議を通して製品化に漕ぎ着けたかて、給金は上がらんのやで」

「いや、わしは金のことやのうて……」

「ええか、郷司君。会社っちゅうのはな、不況のときにこそ利用するもんや。にっちもさっちもいかん時期をやり過ごすにはええ防波堤になる。そんな時期でも、馘首にならん限り給金をもろうて置いてもらえるやろ。けど景気のいいときは外に目ぇ向けんとあかんのや」

「あの、多賀井さん。金のことやのうて、わしはこの手で製品を造りたいと思うとるんです。この手で造って世に出したいと」

「せやから技術を売って、必要なところに買い取ってもらうようにはからったんやないか。それが一番早う技術が世に出る方法やんか」

「単に世に出ればええっちゅうんやのうて、わしは、わしの考えたもんを、この手で造って、それが使われる様もこの目で見たいと思うとって……」

　多賀井が眉間を揉んで、首を左右に振った。

「そないなことを技師が望んだらあかん。技師の役目は製品の設計、試作までや。それがどう使われようと、そこまで気にしとったら身が持たんで。一旦製品になったらや、必要な人間が必要な場所で使えばいいんや。それは相手に委ねるべきや。いや、他人に委ねてこそ発展があるんやないか。技師の想定する範囲でしか使い道がないようなもんは、技術としては未熟っちゅうことやで。使いようによっては、それを生み出した技師が思いも及ばんところまで発展していくんが、ほんまの技術なんやで」

長広舌を振るってから、柔らかい笑みを作って続けた。

「あんな、郷司君。君はあの大都伸銅に収まる器とちゃうで。もっと大きなことを成し遂げる男や。大都伸銅の中だけに収まっとるゆうんやったらな、取り立てて才がのうてもええんや。会社内での出世やったら、立ち回りをようして、適当にゴマでもすっておけば十分なんや。せやしわては、能のない奴ほど会社で気張らなあかんと常々思とんねん。そやけど、郷司君はちゃうやろ？　会社っちゅう枠を超えて、大舞台に羽ばたく男やんか」

荒れてざらついた手に似た感触を、多賀井の声はまとっていた。「ありがたいことじょ、音さん。このによう言うてもうて、感謝せなあかんじょ」とミツ叔母に背中をさすられ、肌が粟立った。

と、多賀井の面に漲っていた笑みがふいと消えたのだ。そうして彼は、音三郎を探るように見据えたのちにつぶやいた。

「もしかすると、あれか？　郷司君、君、金海の安全器が引っかかっとるんか。社内であれに負けとるのが悔しいんとちゃうか」

音三郎は目を伏せた。途端に多賀井の、甲高い笑い声が部屋に渦巻く。

「意外やな。君が子供みたようなことでムキになるやなんてな。別段、君は金海に負けとらんで。技師として金海より遥かに勝っとるんは、すでに数字が証しとるやんか。稼ぎを比べてみぃ。金海の数倍儲かっとるんやで」

稼ぎなぞ、そんなことは音三郎にとってなんの張りにもならない。

「ともかくな、今は技術の売買にとって滅多にない好機が訪れとるんや。なんせ土居が死んださけ。ここで会社に操を立てて、こぢんまり開発なんぞしとられるかいな」

大阪電燈社長の土居通夫が死んだのは、昨年九月のことだ。政財界との強い繋がりを盾に、大阪電燈買収に乗り出してきた大阪市を巧みに退けていたのはひとえに土居の腕力によるところだったから、これで形勢が傾き、市の買収は成立するだろうと巷では囁かれている。そうとなれば大阪工業界の勢力図も変わる。どう動くかはまだわからないが、そんな時期だからこそ、ほうぼうに渡りをつけておけば形勢が変わった地点で素早く乗り換えられる——それが多賀井の機略であり、「そもそも技術の売買っちゅうのは、技師ならみな、やっとることや」と悪びれもしない。越増の越田も同様のことを口にしていたから音三郎も取り敢えず従ってはみたものの、取引が成立するたび、根深い後悔に見舞われるのだ。良心が咎めるのではない。完成を自分の目で見ることもできず、製品開発に中途半端にしか関われないもどかしさが募るのである。

「大都伸銅はええ会社や。給金もええしな。けどや、電機産業に重きを置いてきたさけ今ひとつ軍需産業に食い込めてへんねん。これで大阪電燈が官営になってみぃ、開発製造は子会社、関連会社中心で、新規の工場に発注は出さんようになる。うちの出番はまったくのうなるんや」

これだけ会社を裏切っておきながら、大都伸銅を「うち」と語る矛盾に多賀井が微塵も拘泥しないのが、音三郎には薄気味悪くもあった。

「といってうちは、軍需産業に介入するにも乗り遅れとる。小柴はんが言うには、軍需品の生産は社長がはじめ乗り気やなかったんやて。伸銅は世の中を構築するために使われるべき技術で、壊すために使うんやないと、立派なお説をお持ちだったっちゅうわけや。今になってようやく軍需の方面にも目ぇ向けるようになったらしいが、時すでに遅しやな。妙な人道主義は会社発展の上で弁慶の泣き所になんねん」

多賀井が唾を飛ばし、「そやなぁ。近くシベリアに兵隊さん送り込むっちゅう噂も聞くしなぁ」と、ミツ叔母が知ったふうな合いの手を入れた。

昨年、ロシアで革命が起こったことは、信次朗に聞いて知っていた。日本との戦争に続き、今回の欧州大戦でも劣勢となり、国内で政治不信が高まったのだ。そこへスイスに亡命していたレーニンが戻り、彼を中心にした社会主義勢力が台頭、その年のうちにソビエト政権が樹立されたのである。

ロシアの消滅により、対露戦争ののち結ばれた日露協約も無効となった。この不履行を日本は指をくわえて見ているわけにはいかなかったのだろう。シベリアに兵を送り込み、社会主義の波がまだ及んでいない東シベリアに緩衝国を作る計画を進めているという。信次朗は、「日本は欧米列強と手を組んで、ソ連をやり込めたいと考えとるんや。満州の利権が向こうに盗られたらかなわんさけな。せやけどアメリカが二の足踏んどるさけ、大胆に動かれへんねん。日米共同で出兵となったらシベリアに日本領土もでけるし、そっから満鉄沿線も支配下にして、もっと広域の貿易でまたひと儲けできんのやけどな」と、つぶやいて、算盤を弾いていたのである。

「ともかくな、郷司君。君の考えた技術は偉いもんなんや。堂々としてもらわな」

音三郎の手に饅頭をむりやり握らせ、多賀井は笑う。

「多賀井さんの言う通りじょ。うちはもう嫌じょ、貧乏は！　池田で一生分の苦労をしたけん、このちは音さんに楽させてもらうんじょ」

ミツ叔母が金切り声を上げた。

「なんでわしが叔母さんを……」

言いかけた音三郎を、

「せやでぇ。孝行せな。どないな仕事も家族のためやと思えば、乗り切れるやろ」

と、多賀井が明るく押し戻した。

九

この年の八月、富山で起こった米騒動が大阪にも波及した。好景気による米価暴騰に抗議して天王寺公会堂では集会が開かれ、さらには米穀商が次々と襲撃されるという暴動に繫がったのである。騒ぎを先導した者の多くは、今宮町、釜ヶ崎辺の木賃宿にすくう不熟練労働者だと聞いて、音三郎は複雑だった。

大都伸銅の技師室では、最前から金海と多賀井が安全器の改良について話し合っている。

「使う材を安くせいっちゅうても、限界や」

手にしていた鉛筆を、金海は机に放り出した。

「電気扇みたいな、持っとると自慢になる機器には金出しても、地味ぃで目立たん縁の下の力持ちの安全器には金出さんのが市場っちゅうもんや。ま、小柴はんが価格を安うしたいっちゅうのもわからんでもないで」

鼻の頭を掻きつつ多賀井がいなすと、「阿呆」と即座に金海が吠えた。

「電気扇は団扇で代用できる。せやけど安全器に代わるものはないのや。ここで金を使うんが筋やろ」

多賀井は裏取引の件はおくびにも出さず、技師室ではこれまで同様陽気に振る舞っている。だが、ああして親身に相談に乗っている振りで、実は安全器の構造を正確に把握して密かに他所に売っているのではないか——そうと思えば首筋が寒くなる。

たださすがの多賀井も、金海には技術の横流しを持ちかけることはしなかった。奴は、すべて自らの手で製品化しなければ収まらない男だ。それが正しく使われるのを、自分の目で見届けなければ気の済まぬ男だと知っているからだろう。

「おいっ、なにをボーッとしとんねん」

甲走った金海の声に我に返る。見れば多賀井も、こちらを覗き込んでいる。

「消弧剤の代わりに瓦斯を使うのはどうやと、君に訊いたったんやで」

まるで餌でも与えるような言い様が音三郎の癇に障り、つい慳貪な返事になった。

「わしにはわかりません」

「考えもせんで、わからんて、どないな了簡や」

「消弧に関して、わしはそのに知識を持っとらんですけん」

言い返すや、金海がいきなり激しく机を叩いた。

「知識を持っとらんと認識しとるんなら、本を読むなりなんなりしたらどないや。安全器は、この技師室で早急に製品化するよう決まったもんなんやで。協力せんでどないすんのや」

「まぁまぁ金海。そうケンケン言うなや。郷司君は無線をずっとやっとってん。そう簡単に安全器に頭を切り替えられんで」

薄ら笑いを浮かべた多賀井が割って入る。

「そんなん、無線の実験したんはもう一年も前やんか。そっから他の案も出さずに、たった一度企画が通らんかっただけで惚けたようになりよって。それでも技師かっ」

音三郎は奥歯を噛んだ。

「あんな、技師が一番やったらあかんことはなにか、君、わかるか?」

もうええがな、金海、と多賀井がなだめる。音三郎はうつむいて応えない。

「試作に失敗することとちゃうで。製品案をなかなか通せんこととももちゃう。いずれも挑戦した上で、成功まで漕ぎ着けられんかっただけやさけ、根気強う続ければ必ず次の糧になる。そやさけ、それは負けとちゃうんや。本来大きな問題ともちゃうねん」

金海はそこで目一杯息を吸って、再び口を開いた。

「一番あかんのはやな、ひとつの技術に対して考えることを諦めてまうことや。奥の奥まで物事の本質を見ようとせんようになることや。僕は大阪電燈におった頃、要領だけで渡っとる技師を何人も見た。製品についてとことん考えることをせんで、表向きの体裁だけ整えて納期に間に合わす技師を山ほど見た。その技術の可能性や危険をとことんまで突き詰めずに簡単に製品にしよるさけ、けったいな事故が起こるんや。せやけどな、そないいい加減な仕事をする奴は大概、事故が起こってもろくに反省せんのや。ほんでな、その失敗を『想定外やった』と、しれっと言ってのけんねん。僕からすりゃあ、阿呆かっちゅう話や。おどれの手で造り出したもんが想定外の動作をしたっちゅう時点で、技師として失格なんや」

音三郎から目を逸らさず金海は一気にまくし立て、さらに身を乗り出した。

「ええか？　世の中に出て素町人が使う製品に、想定外っちゅうことがあってはならんのや。技師には次があっても、不良品を使うたがために命を落とした庶民には、次はないさけな」

吠え続ける金海の傍らで、多賀井が大あくびをした。

「気ぃ入れなあかん。技師が気ぃ抜くっちゅうことは、爆弾造るよりずっと危ないことなんやで」

――つまらん理想論ばかりほざきよって。そのな道徳に囚われとるおまんより、わしは遥かに技術者として優れとるんじゃ。

喉元まで言葉がせり上がったとき、

「郷司さん」

と、戸口から呼ばれた。振り返ると、糸谷がおどおどと目をさまよわせて立っている。

「すんません、お話し中に。門のところにお客さんが来とりますけんど」

音三郎は勢いをつけて立ち上がり、金海を黙って睥睨したのち技師室を出た。あとから糸谷が小走りについてくる。

「あの……すんまへん、あしのせいで」

横に並んで、彼は小刻みに頭を下げる。

「会議のときにあしがしくじらんかったら、郷司さんの設計はきっと製品になっとったが。まっこと申し訳ございません。許してつかーさい」

「何度謝ったら気が済むんじゃ」

目は向けず、音三郎はぞんざいに返す。

「けんど……あしのせいで、技師室でも肩身が狭うなっとるんやないがですか」

おおかた糸谷は、今の金海とのやりとりを聞いていたのだろう。

「そのなことはない」

「けんど、あしのせいで郷司さんが……」

「おまんのせいと違う。おまんなんぞに頼もうと思ったわしが、馬鹿だったんじゃ」

音三郎はそれだけ言い捨てて糸谷を振り切り、表に駆け出した。そのまま正門まで行き着くと、表の柵に信次朗が腰掛けている。今日は先だってと打って変わって、薄汚れた絣の着流し姿である。

「どげんしたんじゃ。いつもの背広は?」

訊くと彼は肩をすくめ、「市中に出るときは、こないな格好に改めんのや。身を守るためにな。米騒動で騒いどる暴徒の標的は、米穀商と成金なんやで」と、苦く笑った。

「そこまで出られんか？　うまい蜜豆食わす店があんねん」

靭中通(うつぼなかどおり)にある甘味屋に腰を落ち着け蜜豆をふたつ注文するや、「すまんな、トザ」と、やにわに信次朗は頭を下げた。それから、大都伸銅に出してきた船舶用引抜管の発注を今月分で終いにしたい、と案外なことを告げたのだった。

「わしは別にええけんど……他所に移すんか？」

この大量注文と引き換えに、音三郎は無線電信機を会議に掛けるところまで持ち込んだのだ。それも、遥か昔のことに思える。無線電信機の製品化を逃した今となっては、大都伸銅が大口の注文を失ったとしても、音三郎にはどうでもいいことだった。

「いや。他所には移さん。船舶の製造そのものから手を引くねん」

「船を、造らんのか？　このに大戦景気やのに」

すると信次朗はふんぞり返って腕を組み、子供じみた膨(ふく)れっ面(つら)を作った。

「せやろ。わしも今が造り時やと思うんやが、社長がな、ここらで打ち止めや、っちゅうねん」

八月に入って間もなくアメリカがシベリア出兵宣言を発し、日本に続いて兵を送り込んだ。英仏も七月には北ロシアに軍隊を上陸させているというのに、一代で貿易会社を立ち上げた皆川(みながわ)という社長は、「退(ひ)き時や」の一点張りなのだという。

「社長が言うにはな、そんだけ諸国が兵を送り込むっちゅうことは大団円や、芝居でも大勢役者が出てきよったら幕が下りるやろて、わけわからん理屈でな、欧州大戦は終わりに近い言うんや。戦争が終われば、交易の流れも変わる。となれば、この景気も続くかわからん。交易に船を貸してくれっちゅうところも減るやろ、て言うてはるんや。一気に大戦景気が来たさけ、引くときも一気にいく、ここで調子に乗って船造り続けたら、回収できずに大赤字やっちゅうてな、バタバタとほうぼうの取引をやめとんのよ」

音三郎は、以前弓濱が同じことを予言していたのを思い出す。この景気も戦争が終わったらどうなるかわからんと、彼は確信的に語っていたのだ。

「うちの社長の読み違いやとええんやが。せやけど、ここで損を出したら、欧州大戦の儲けが泡と消えるっちゅうて聞かんのや。すまんのう、トザ」

信次朗は蜜豆の器に飛び込むような格好でまた頭を下げた。

「ええんじゃ。わしのことは」

寒天を口に放り込みつつ、社内で自分の開発を進める芽はこれで完全に摘まれたと音三郎はぼんやり思っていた。

「それよりおまんは、船が駄目になったらどのにするつもりじゃ」

「なに、しばらく船造るような派手なことはでけんが、戦争が終わっても交易は途絶えんさけ。小口でもどんどん取引して数を増やせばええんや。その時々に合わせて、やり方さえ変えれば仕事は続けられる——これ、社長の請け売りやけどな」

「仕事を、変えんでもか？」

「せや。時流を見て仕事自体を乗り換えるんが、一番ようないんやて。農業しとった奴が、絹が儲かるいうて製糸に走る、お次は鉄鋼やと業種を変えたところですべて一時凌ぎにしかならん。それどころか軌道に乗ってきた頃には、業種を変えなあかんようになる。結局、なにひとつものにならん。儲けることもできん。けどな、同じ仕事をやり通せば、ええとき悪いときを乗り切る術が自然に身につくんやと。ま、社長も半分は、わしが小宮山さんとこ辞めてから世話になっとるさけ、釘刺す目的で言うとるんやろうけどな」

肩をすくめる信次朗に、音三郎は身を乗り出して訊いた。

「例えば、わしのような技師やったら、己の技術を船に使うたり、電気に使うたり、軍需に使うたりしていけば続けていけるっちゅうことか」

「せや。技師を辞めずに、その技術をもっとも効果的に生かせる道をその都度見つけたらええねん」

なぜだか、長らく喉に刺さっていた小骨が取れたような心持ちであった。

「大都伸銅もそないな工夫はようけしとるはずやで。あの引抜管っちゅうのも、船からなにからいろんな場に生かしとるやんか。大阪電燈の新しい発電所の凝汽器も、大都伸銅が指導して造ったんやろ。立派なもんやで」

信次朗が言ったから、音三郎は首を傾げた。

「新しい発電所？　春日出第一発電所のことか？」

「せや。安治川のとこの、今造っとるやつや」

「勘違いと違うか。あそこは、大都伸銅も名乗りを上げとったたんじゃけんど、結局他所にとられたんじゃ。アメリカ製の凝汽器やっちゅう話じゃけんど」

信次朗の眉間に皺が寄る。いや、確かに聞いたで、と腕を組んだ。

「その設置を中心になって仕切っとるのはどこやったか大手工場やったけど、大都伸銅の技師も入って指導したんやっちゅうて。うちの社長がな、発電所工事の現場監督と幼馴染みとかでやな、特別に現場に入れてもうてんねん。あの人、金になりそうなもんは一通り見たい質やからな。凝汽器の部品やったかな、その設計には確かに大都の技師が入っとったと言うたがなぁ。年格好聞いて、トザやないのうと思うたさけ、間違いない」

「どのな年格好じゃ？」

先刻から多賀井の笑った顔が、脳裏に浮かんでいる。

「三十半ばか四十くらいの陽気なおっさんと、黒縁眼鏡かけた四十がらみの下ぶくれで丸っこいおっさんやったっちゅうけどな」

「え？　黒縁眼鏡？　ふたりおったんか？」

聞き返しながらも、社員の顔を思いつくままに浮かべていく。存外速やかにひとりの顔に行き着き、身が凍った。信次朗が首をすくめ、「言うたら、あかんことやったかな」と上目遣いに訊いた。音三郎は面を繕い、「なに、ようあることじゃ」と平静を装って受け流した。

表に出ると、もう蜩が鳴いていた。信次朗と並んで歩きながら、音三郎は忙しなく頭を働かせている。

——今の話、なにかに利用できるんやないか。

靭南通に出ると、至る所に警官の姿があった。時折、軍の隊列ともすれ違う。そのたび音三郎に鋭い視線がいくつも集まった。労務者風情は、暴徒と警戒されている時期である。自分が不熟練労働者と同価に見られていると思えば、焦燥がいや増した。今日は粗末な形の信次朗も、警官を見遣って疎ましげに言う。

「あちこちで暴動が起こっているせいで、府警官が千五百人も増員になったらしいで。今宮署が新しゅうできるやろ。一番物騒なとこに署を構えるやなんて、思い切ったことすんで」

　今宮署だけではない。他十箇所に新たな警察署を設置して、治安維持に力を入れているのである。大阪府知事の林市蔵は、労働者を無差別に圧する官憲に抗し、大阪工業の発展に労働力がいかに必要かを説いている。その説が載った雑誌『救済研究』は音三郎も目を通したが、かえって見下されているような屈辱感を抱かぬわけにはいかなかった。

〈大阪における現今の繁栄が、労働階級の力にまっこと頗る大なるものありしは敢て疑うべからずと雖も、またその反面にこれら労働者が一転して失業者となり、浮浪者となり、犯罪者若くは各種非社会的群衆となりて、間接または直接に地方の安寧福祉を阻害せしこと幾何なりしやも未だ識るべからず〉

　林は労働者を「有力なる利源」と称するが、それこそが労働者を単なる発展のための駒としてしか見ていない証ではないか。

「おい」と、腕を小突かれた。「あれ……あれ、見ろや」と、信次朗が顎をしゃくった先に目を遣ると、小さな八百屋が出ている。その店先に懐かしい姿を見付けて、音三郎は息を呑んだ。

　ふくよかな体と威勢のいい声は以前のままだ。道行く人が飛び上がるほどの大きな音で手を打って客を呼んでいる。

「おばはん！」

　信次朗が伸び上がって呼んだ。お杵は首をひねって、「あれっ！」と目を丸くした。相変わらず元気そうだが、ほうぼうから飛び出している後れ毛に白髪が目立つせいか、だいぶ老け込んだように見える。

「お揃いで。久しぶりやな。達者でやっとるんか。なんや、あんた、その格好。いつもの背広はどないしたんや。社長から追ん出されたか？」

お杵は信次朗の袖をつまんで軽口を叩いた。

「おばはんこそ、こないなところでなにしてん。買いものとちゃうやろ？」

信次朗が訊くと、お杵はかすかに眉を下げた。だがすぐにいつものようにさっぱり笑い、

「工場がな、火の車なんや」

と、明るく返したのだ。

「景気がようなって注文数は増えとるんやけど、材料の仕入れ値も高うなってやな、仕事しても仕事しても儲けが出んのや。小宮山が言うには、鉱山の働き手がほうぼうで賃金上げろと訴えて、スト……なんやったっけ？」

「ストライキや、おばはん」

信次朗が助け船を出す。

「それや。ストライキや。あれ起こしとるやろ。そやさけ仕入れも安定せん、値も上がる。うちみたいな下請けは、こうなると仕入れ先と納め先との板挟みや」

米も野菜も高くなっているから賄いを支度するのも足が出るようになった、でも職工らには少しでもいいものを食べさせたい、だから昼間はこうして自分も外に働きに出ることにしたのだと、お杵は言う。朝晩職工の飯を作って、外でも働いてじゃあ体がもたんやろ、と信次朗が

気遣っても、体だけは丈夫にできているからなんでもない、とお杵は湿った泣き言を一切口にしなかった。そのくせ、信次朗と音三郎のことはやたらと案じるのだ。飯はちゃんと食べてるか、嫌な目に遭うてないか、給金は滞りなくもろてるか、仕事は楽しいか——。

「嫌やで、おばはん。いつまでも子供扱いしよって」

信次朗が冗談めかして返すと、お杵は不意に「そういえば」と、音三郎のほうへ首を伸ばした。

「豊川君、来月一杯で辞めることになったんやで。あんた聞いとるか？」

「研輔さんが？　なしてでがーす」

そういえばここ三年ほど研輔には会っていない。大都伸銅に移って間もない頃は、小宮山製造所の寮から通いだったし、ともに無線電信機の開発もしていたからよく顔を合わせていたのだ。が、寮を出てからは研輔を訪ねることはおろか、思い出しもしなかったことに、音三郎はこのときはじめて気が付いた。

「うちらにもはっきり言わんのやけどな、なんや例のデモクラシー運動ゆうんか、このところあれに夢中になってな、労働争議にも加わっとったらしいんや。でな、今後そないな運動に専念したい言うねん。怪しいやろ、そんなん。止めたんやけど、意志が固うてな」

「怪しいっちゅうこともないけどな。民本主義は昨今の流行りやし。『人民によっての、人民の為の政治』っちゅう奴や」

信次朗が繕い、音三郎は疑問を口にした。

「けんど泰さんも子もおるのに、工場を辞めてどのにして食わせるつもりじゃ」

「なんや、冊子を作る仕事があると言いよったで」

お杵が言った途端、「うーん」と信次朗は首をひねった。

「冊子っちゅうても、民本主義を広めるための読み物やろ？　そんなに売れんで。金になるとも思えんけどなぁ。普通選挙を訴えとる者も出てきとるが、そもそも軍が存在する限り、人民主導の政治は無理やで」

信次朗の現実主義に触れるだに、研輔の清廉(せいれん)すぎる理想が脆(もろ)く感じられ、音三郎の胃の腑は鉛(なまり)を飲んだように重くなった。

「ともかくや、郷司君。あんた、豊川君がいるうちに一度会いにおいでや。一緒に故郷(くに)から出てきたお仲間なんやし」

客に呼ばれてお杵が慌ただしく仕事に戻ったのを潮に、音三郎たちは店を離れた。しばらく行ったところで、信次朗がぽつりと言った。

「わし、小宮山製造所に少し金を融通したろうかな。おばはんにも親方にも、さんざん世話になったしな」

「それは……やめといたほうがええ」

そう返すと、信次朗がこちらに向いて小さく頷いた。

「せやな、よけい惨めな思いさせるかもしれんな」

独り合点した信次朗に「それもそうじゃけんど」と、音三郎は言葉を継ぐ。

「不遇な者に肩入れすると、そっちに引っ張られるけん。おまんがいかにええところにおっても、そのな者と関わった途端、沼に引きずり込まれるんじゃ」

藤太(とうた)や糸谷に飲まされた煮え湯を、音三郎は思っていた。故郷のすさんだあばら屋が目の前をよぎる。

「トザ……」

「いかに恩義があっても、自分より下におる者と必要以上に関わるのはようない。そのな者は見なかったことにして通り過ぎんと、おまんが損するけんな」

唾を飲み込む大きな音が隣から聞こえた。けれど信次朗はなにも言わなかった。ただ、氷の固まりでも押し付けられたような顔で、音三郎を見詰めていた。

皆川という社長の読み通り、この日から三月(みつき)後の十一月、本当に欧州大戦はドイツが降伏して休戦となった。日本は連合五大国のひとつとして、ベルサイユでの講和条約調印にも参加するという。まことの一等国になったのだと喜んだのは政治に関心のある筋だけで、また足踏みをはじめた景気が人々の暮らしに暗い影を投げかけている。軍需品の輸出は止まり、大都伸銅でも砲兵工廠(ほうへいこうしょう)の下請け仕事や艦船工場から回ってきていた注文がパタリと途絶えた。それまで躍起になって、「軍の役に立つものを作れ」と発破(はっぱ)を掛けてきた役員たちは事態の急変に翻弄(ほんろう)され、米騒動以来、巷に広まっている社会不安は工場をも覆っていくようだった。

ビリケンこと寺内内閣はこれより先の九月に辞職し、新たに原敬(はらたかし)が首相を務めている。これまでの軍閥政治から一転、「平民宰相」の誕生に、デモクラシーという名の社会運動はますます盛り上がり、今こそ民衆が動いて政治に参画せんとする意気も高まっていた。

世の中が大きく転換していく中、受注量も不安定な大都伸銅を支えたのが、金海開発の密閉型ヒューズである。その性能が巷で認められると、急変する時勢などどこ吹く風で堅調な売れ行きを見せたのだ。販売部も会計課も自然、金海には頭が上がらぬようになり、上層部や現場から開発案が上がるとまずは金海に意向を聞くという図式ができあがりつつあった。技師室には室長なる役職はなかったが、実質彼がこの一室を取り仕切っていると言っても過言ではなく、もっと言えば大都伸銅の開発は彼の裁量に任されていると言っても間違いではない状況だった。それだけでもやり切れないのに、一度技師室で多賀井とふたりでいたとき、「くそ。金海のほうやったか」と、彼がつぶやいたひと言が、音三郎の胸に暗く深い穴を開けることになった。

大正八年に入って半年も過ぎた頃には、無線電信機の技術売買はさすがに頭打ちとなり、日本が参加した講和条約、いわゆるベルサイユ条約の調印が報じられた日の夜、音三郎の仕舞屋を訪れた多賀井は「無線はそろそろあかんな」と冷淡に告げたのだった。

「まだ需要はあるはずでがーす。欧州大戦は終わっても、日本軍はシベリア出兵しとりますけん」

音三郎が食い下がっても、彼は非情にかぶりを振る。

「シベリア出兵は正直、日本に利があるとは思えんで。アメリカの送り込んだ兵が七千、英仏は六千弱やろ。日本だけが張り切って一万二千も送り込んどる。どうにも勇み足や。寺内ビリケン内閣の失策や。シベリアに日本の統治国を作れるとは、わては思えんけどなぁ。きっと原敬がこの尻拭いをすることになんで」

「シベリア出兵が成功でも失敗でも、軍が存在しとる限り無線は入り用ですけん」

「そうやが、こうデモクラシー、デモクラシー言うて市民が騒いどるのは、軍への反発もあるさけな。今後、血税が軍需品に使われることは少のうなるかもしれんで」

「じゃったら」

と、音三郎は身を乗り出す。

「この機にわしの手で製品化しますけん。社の会議に通して一般用に売り出したらどうですじゃろう。戦争も終わったし、町人らが無線を楽しめる時代がすぐに来るかもしれんでがーす」

「君はまた、それか。こんだけ他所に売ったあとやで。そもそも、そこまで無線にこだわらんでもええやろ。他に開発すべき課題を見つければええ。銅製品ならなんぼでもあるやろ」

多賀井は胸を引き、土間にいたミツ叔母は非難がましい顔を音三郎に向けた。

「いや、無線こそ将来性のある製品じゃ。ほなけんわしは、この手で完成品を生み出したい。鳥潟右一は自分の手でTYK式無線電話機を造って、鳥羽と答志島と神島の間で無線飛ばすましたやないですか。伊勢湾を電気波が飛んだんじゃ」

「鳥潟？　え、君はそないなもんと己を比べとるんか。むちゃしよるなぁ。向こうさんは逓信省のお役人やで。工場の技師とはちゃう。ええ学校出て、御国に請われて働いとる者や。立場が違うで」

音さん、わがまま言うたらあかんじょ、とミツ叔母に余計な声を投げられ、音三郎の奥歯が鳴った。

「わしかて……わしかて、逓信省におったら鳥潟に引けをとらんはずですけん」

多賀井は目をしばたたかせ、「郷司君は案外」と言いかけて口をつぐんだ。茶を一口啜ってから、薄ら笑いを浮かべて言葉を継いだ。

「あんな、逓信省に入ること自体がえらい難儀なんやで。どないに知識があってもや、学校出とらんとはねられるんや。可哀想やけどな、郷司君は逆立ちしても逓信省には入られへんねん。そやさけ、わてがこうして道をつけてやな……」

「わしのような小学校も出とらん者は、いかに努力しても、こっそり技術の切り売りをするしか道がないゆうことですか？」

低くうなると、多賀井は頰を引きつらせ、媚(こ)びを含んだ笑みを向けてきた。

「いや、切り売りいうのはちゃうで。基礎作りをしとると思えんかな。君が思いついた発想を提供する。それを大手の優秀な技師が応用して、素晴らしい製品を造る。つまり君は、技術の基礎を広く伝えとるんや。なんも悪いことはないやろ」

音三郎はみなまで聞かずに立ち上がり、土間に下りた。

「え、なんや。どないしたんや、急に。話の途中でどこ行くねん」

多賀井が叫ぶ。「用を思い出しましたんじゃ」と振り向かずに言い、下駄をつっかけ表に出た。「音さん、失礼じょ」というミツ叔母の声が背中に聞こえた。

体のあちこちが卸し金をあてられたようにひりついている。けれども足は躊躇(ちゅうちょ)なく、越増を目指していた。夕暮れの御堂筋(みどうすじ)を辿り、暖簾(のれん)を分けて店に飛び込むや、そこにいた男衆(おとこし)に越田を呼んでほしいと頼んだ。程なくして怪訝な顔で奥から現れた越田は、丸眼鏡の上から小さな目を覗かせ、「どないしたんや。血相変えて。また錫(すず)と燐(りん)が入り用か？」と冗談口を叩いた。

「弓濱さんに」

挨拶も忘れて、前のめりに音三郎は言う。

「弓濱さんに会いたいんじゃ。どのにしたら会えるじゃろうか」

「急になんや。どないな用や」

「ここでは言えません。ほなけんど、伝えたいことがあるんじゃ。大事な話ですけん」

眉間を揉んで、越田は黙り込む。音三郎は自然と祈るような格好で、両手を組み合わせた。

「なんやわからんが、そしたらな、再来月の十日に弓濱さん、ここへ寄るさけ、あんたも来とき。いつも昼過ぎに来はる。ただし、わしが手引きしたっちゅうことは言うたらあかん。あんたがなにを訴える気か知らんが、火の粉をかぶるのは御免やさけ。あくまで偶然を装うて会うんやで」

恩に着ます、と頭を下げて越増を出ると、体の痺れが激しくなった。息を吐いて空を仰いだが、目に入るのは隙なく張り巡らされた電線ばかりである。汗だくになって黙々と硬銅線を加工していた小宮山製造所での日々がぶり返す。音三郎は怖気を震い、うしろを見ずに駆け出した。

十

七月半ば、池田の富から手紙が来た。利平の筆跡とは異なる不慣れな筆遣いだったから、妹は簡単な文章程度は書けるよう手習いをしたのだろう。とはいえほとんど平仮名で、それがかえって読みにくく、幾度も行きつ戻りつしながら文字を追わねばならなかった。そしてその内容は、少なからず音三郎を驚かせるものだった。

ひとつには、利平が東京赴任となるため富も池田を離れねばならぬ、ということ。軍の内情を利平は家でけっして語らぬから今回の転属がなにを意味するのかわからないが、自分は夫を信じてついていくつもりだと、つい力が入ったのか、その部分だけ一際太い字で書かれてあった。

もうひとつは、岸太郎(きしたろう)兄と直二郎(なおじろう)兄がそれぞれの家族を連れて、移住先の満州で達者に暮らしているから安心してほしい、ということ。手紙には、移住については当然音三郎も知っているだろうとの前提で書かれていたが、兄たちからはなにひとつ報(しら)されていなかっただけに胸を冷やした。

「なあ」

と、音三郎は、隣の部屋で煙草(たばこ)をくゆらしているミツ叔母に、襖(ふすま)の隙間から声を掛ける。

「岸太郎兄らが漆川(しっかわ)を出たっちゅうのを知っとったか?」

するとミツ叔母は蛇さながらに鎌首をもたげ、「出た? 池田に下りたんか?」と眉をひそめた。どうやら、ミツ叔母にも報せは届いていないらしい。

「満州に渡ったんじゃと」

「満州? 大陸に渡ったんか? ほんまか、それ」

声を裏返したと思ったら、不意に険しい顔で黙り込んだ。ややあってから、どうせ食い詰めたんじょ、池田でもうまい働き口が見つからなかったんじょ、と片方の口角を思うさま持ち上げて嗤(わら)う。「海を渡ったら景気がようなると思うたら大間違いじょ。そのにたやすく運ぶはずないわ」と口走ったのち、また神妙な面持ちになって、「あの土地や山は売ったんじゃろうか」と、つぶやいた。

「音さん、あの漆川の土地や財産はどのに分けることにしとったん？　兄弟の間で決めとったじゃろ？」

「いや。あのな土地、いくらにもならんじゃろ」

「そのなことはない。畑もある、山もあるんじょ。立派な財産じょ。それをこっちにも報せんで売ったとなったら、兄さんふたりが横取りしたっちゅうことじょ」

「そのに大袈裟なことやないじゃろ」

ミツ叔母は煙草を揉み消し、大きくかぶりを振る。富は女だからいいとして、土地を売った金は兄弟三人できちんと分けるのが人の道だ、と鼻息荒く言うのである。満州に渡るのに金が入り用だったのだろうと音三郎が取りなしても、「音さん、あんた、そのに平気な顔して！　財産を盗まれたんじょ」と目を吊り上げる。

「そのなことより」

音三郎はうんざりして、早々にミツ叔母の剣幕を遮った。

「満州に渡るのに、こっちになにもなかったのは、どのなわけじゃろう」

漏らした途端、ミツ叔母は鼻を鳴らし、

「音さんとうちのことは、家族と認めとうないんじょ、どうせ」

そう言った。なぜ自分とミツ叔母とがひと括りにされねばならぬのか、少し前から抱えていた不可解を今こそ明らかにすべきだと、はっきり感じていた。が、どういうものかこのときの音三郎には、それすら面倒だったのだ。ただ、ミツ叔母という些末な存在にこだわることもない、と必死で自らに言い聞かせたのはもしかすると、どこかに真実を知ることへの恐れが挟まっていたからかもしれない。

「まぁな、金持って逃げたような者らにええ将来が待っとるはずないわ。あんたの兄さんらは新天地に渡って心機一転のつもりじゃろうけど、きっとろくに作物もできん涸れた土地に難渋するんじょ。明治の頭に、蝦夷に渡って苦労した徳島の者らと同じ目に遭うんじょ。ええか、音さん。人間っちゅうのは落ちはじめたらキリがないんやで。底を打つっちゅう言葉があるけどな、それが当てはまるのは景気のことだけじょ。人間は落ちても落ちても、けっして底は打たん。いつまでもどこまでも落ち続けていくんじょ。ほなけん、いっつも足を上げて、一歩でも上に進み続けなあかんのよ。底なし沼にはまったら、二度と上がってこられんけんね」

ひと息に言ってミツ叔母は、「阿呆らが。うちらのことを邪魔者扱いした報いじょ」と吐き捨てた。

大阪の町はどこもかしこも、「デモンストレーション」という単語に溢れている。八月に東京の砲兵工廠が工員ストにより停止し、ここに働く数百名の職工が賃金や労働環境の改善を訴えたと新聞が報じてから、運動はいっそう苛烈になっていた。砲兵工廠でデモをするのが許されるなら、民営工場がなにを恐れることがある、と職工らは声をあげはじめたのだ。デモクラシーはこれまで無力であった民の背中をしたたかに押しているようだった。

ものものしく変じた町中を、この日音三郎は越増へと向かっていた。弓濱に会うためである。昼少し前に適当な理由を付けて技師室を抜け出し、越増の前まで来たちょうどそのとき、折良く弓濱を乗せた車が横付けされた。脇の下にじわっと汗が噴き出す。けれど音三郎は努めて冷静さを保ち、偶然を装って車から降りてきた弓濱に深々と一礼したのだ。

「おお。久しぶりやのう。あんじょうやっとるか」

音三郎に目を留めて弓濱は、軽く杖を持ち上げた。

「はい。お陰様で。あの……」

声が震えている。まずい、と息を整えた。

「弓濱さん。今、少しお話をさせていただきたいのですが、お時間よろしいでしょうか？」

緊張に干上がった喉で早速切り出すと、弓濱はたちまち顔を曇らせた。

「なんや、待ってたんか？」

「いえ。弓濱さんにいずれお話ししたいことがあると思うていたところで、偶然こうしてお会いできましたので、つい」

本題に入るのが性急すぎたろうかと動じながらも、かろうじて繕った。ここで弓濱の機嫌を損ねては終いだ。

「それに私は、弓濱さんが本日ここへお越しになることを知りませんでした」

ふん、と弓濱は疑心の浮いた目を音三郎に向け、

「ま、ええ。中で聞こか」

と、敷居をまたいだ。

「おやおやこれはお揃いで。珍しいでんなぁ」

と、空々しい小芝居でふたりを出迎えた越田は、弓濱が「これがわしに話がある言うてんね

ん」というのを受けて、「そうでっか。立ち話もなんやし、どうぞ、奥へ」と、暖簾奥の客間にふたりを案内した。「ほな、あとでお茶をお持ちしますよって」と、越田がそそくさと出て行ってしまうと、音三郎の前には、弓濱の巨体だけが残された。さすがに武者震いが走り、話をはじめるまでに何度も唾を飲み込まねばならなかった。

「このなことをお伝えするのは気が咎めるのですが……」

　ようやっと出た声は、やはりひどくかすれている。

「大都伸銅にはかねてより汚職が存在しとります」

「汚職？」

弓濱は袂から扇子を取り出し、首筋に風を送りはじめた。これから大変な告発をするというのに彼がひどく悠長であることが音三郎を焦らせ、言葉をいたずらに急がせた。

「はい。技師と会計課の者が組んで、社内で開発した技術を他所に売っとりますんじゃ。会社にはむろん断らず、提供費は自分たちの懐に入れとります」

　確かめたわけではないが、多賀井とともに動いているのは小柴に違いなかった。信次朗が語った特徴は小柴のものであったし、社内の調整役を押し付けられて常々不満をかこっている彼が、多賀井の甘い誘いに乗らぬはずもないのだ。多賀井にとっても、事務方をひとり抱き込んでおけば、数字のやりくりを任せられる上、露呈を防ぐのに有効だと計算したのだろう。

「弓濱さんが以前、声を掛けてくださった春日出第一発電所の凝汽器の件、あれも他所が工事の権利をとりましたんじゃけんど、大都伸銅の技師が内々に技術提供をしとります」

弓濱はなんの反応も見せない。代わりに、訝しげな目を音三郎にひたりと貼り付けている。

背中が絞られたように軋んだ。

「ひ、引抜管は大都伸銅の要の技術じゃのに、それをたやすく他に売っとりますんじゃ」

「で、君はどないしてほしいんや」

矢継ぎ早の言葉を、弓濱は唐突に遮った。音三郎は「え?」と喉を詰まらせる。

「そないな内情をわざわざわしに告げ口するっちゅうことは、見返りが欲しいっちゅうことやろ?」

「いや……そのなことやのうて……」

「そうやないんか。ほんなら好き勝手しとるその小者らを、この弓濱の一閃で打ち首にせいっちゅうことか?」

「いや……あの」

「それやったらいくらでもやったるで。明日にでも大都伸銅に乗り込んでやな、誰や、勝手に発電所に関わったんはっ、と大声で叫んだるわ」

「いえっ、そのなことは困ります!」

音三郎は思わず尻を浮かした。

「なんや、それも困るんか。けったいな話やな。別にどうもしてほしいないのやったら、なぜわしに言うんや。不正が許せんのやったら、会社の上層部に言うたったらええことやろう?」

自分の浅慮を思い知らされ、音三郎はうなだれた。細かに練ってきたはずの話の運びを、一瞬で覆されたのだ。信次朗に以前教わった「取引」の筋書きを描くことすらろくにできないという絶望的な事実に打ちのめされる。膝の上で握った拳を見詰めた。と、不意に磊落な笑い声が降ってきたのだ。驚いて顔を上げた音三郎の目に、肥り肉を揺する弓濱の姿が映る。

「君は、商売はでけん質やな。その才覚はないわ。取引っちゅうもんが、ひとっつもわかっとらん。そないにたいそうな構えで、こないなつまらん札切りよったら、全部相手に持ってかれてまうわな。こののち、間違うても商売の道に進んだらあかんで」

そうしてから弓濱は、ずいと身を乗り出して、意外なことを口にしたのである。

「技術を他社に売る――結構なことやないか。昨今は自由競争の時代やで。技術をひとつところで抱え込んどったら発展はない。競ってこその工業界や。その熾烈な競争に勝てるよう、技師らも腕を磨く。会社っちゅう枠を超えて、自分を売り込んでいく。そうなれば、さらにええもんができる。もっと盛んにやってもええくらいや。技術でもなんでもそうやが、競争があってはじめて、進歩があるんやで」

「ほ……ほなけんど、会社に黙ってそのなこと。忠誠ゆうものがないと思うて……」

「君、若いのになにを古臭いこと言うてんねん。社っちゅう単位がもう古い。忠誠に至っては、化石みたいなものや。これからは個がどんどん出ていかなあかん。優秀な者は垣根を越えて活動の場を広げられる世の中にならな、発展はないんや。会社っちゅう小さい枠の中で立身出世を競うのは藩政時代のやり方や」

口をつぐむしかなかった。これ以上ない切り札だと信じて勢いよく振り込んだものは、弓濱にとっては無価値な古札であったというわけだ。弓濱が目をたわめてこちらを見据える。

「存外君もその小者らの口車に乗せられて、他所に技術を売ったんとちゃうか？　単に不正を知ってわしに言わなあかんと思うような正義漢には見えんけどな」

「そのなことは……しとりません」

「ほんまにそうか？　おおかた、自分の技術を他で使われんのが嫌になったんやろ。それで仲間を売ろうっちゅう魂胆やろ。そいつらが社を退けば、また大都伸銅で製品化の機会が巡ってくるとでも思うとるんやろ。さんざん儲けておいて虫のいい話やないか。え、郷司君。君、汚い奴やで」

音三郎の膝に置いた拳が震えはじめた。こめかみを流れた汗が、顎からポタポタと滴って洋袴(ズボン)に染みを作っている。長い沈黙が流れた。

「せやけどな、その見境のなさこそが、君の長所や。わしが最初に君に会(お)うて、見込んだところや」

だいぶ経ってから弓濱が言った。

「商才はからきしやし、取引能力は目も当てられん。けどや、技術者としての得難い資質を君は持っとる。己の製品を形にするためにはなんでもするっちゅう構えや。他人を貶(おとし)めても構わんっちゅう極悪な心や」

「そのなこと……」

唇が小刻みにわなないた。

「まぁ自分では気付かんやろうがな。けどわしの目は確かやで。せやさけ、もっと広う世の中を見なあかんっちゅうことや。なにも大都伸銅やら大阪にだけ開発の場があるのとちゃうで。そこにしがみつくことはないのや」

弓濱の言わんとしているところが汲(く)めずに、音三郎は、おそるおそる顔を上げた。目が合うと、弓濱は顔中の皺を蠢かしたのち、ひっそり囁いたのだ。

「なぁ、郷司君。君、東京に行かんか？」

　音三郎は口を開けたきりで言葉が出ない。

「東京にな、君が働いたらええんちゃうか、っちゅう工場があんねん。君の開発力を存分に活かせると思うで。大都伸銅のような一介の銅吹屋とちゃう、もっと大きな産業や。国家を担っていく機関や。東京もデモンストレーションの波で砲兵工廠があないにガタガタしとるやろ。存外、今出て行ったらおもろいかもしれんで」

「ほなけんど、わしは製品化したいものがあって……」

「そやさけ、もっと大きなとこへ出ていったほうがええんや。余計なしがらみに囚われんと、開発に専念でけるとこにな。どや、わしが口利いたるで。わしもちょうど、東京に足がかりが欲しかったんや」

　弓濱は有無を言わせなかった。段取りはつけるさけ、君は連絡を待っとればええ、と言い、それがどんな工場か、いつから東京に行くようになるのか、肝心の無線の開発は続けられるのか、音三郎に問う隙すら与えず、一方的に話を打ち切ったのだ。

　そうしてこの十日後には本当に、大都伸銅の役員宛てに「郷司音三郎に頼みたい仕事があるから、御社を退かせてほしい」と、弓濱直筆の依頼状が届いたのである。

　役員から確認を請われたらしい小柴が泡を食って駆け込んでくるや、技師室には猜疑を帯びた重苦しい空気が立ち込めた。多賀井は動揺も露わに、「なんや。君、弓濱さんにまた取り入ったんかいな？」と、引きつった笑いの下から言い、小柴も小柴で「なんなんや、弓濱さんの言う『頼みたい仕事』っちゅうのは」と、詰問する。音三郎は東京での勤め先も聞かされておらず、まさかこれほど早くに弓濱が大都伸銅へ話をつけるとは思ってもみなかったから、「わしにもようわかりません」と、応えるよりない。多賀井がいつもの愛嬌をかなぐり捨てて、「わからんはずあるかい。弓濱さんは君のことで、わざわざこないな書面を起こしとるんやで。あらかじめ話があったはずや」

と、その奥底に隠してきた本性を表出させた。

「へぇ。多賀井さんもそないに厳しい声を出すんやなぁ」

のどかに冷やかしたのは、金海である。

「僕、あんたのことは、どこまでも呑気（のんき）なおっさんやと思うてたんやけど」

重ねて言って、なにかを見透かすように目を細めた。多賀井は口をつぐみ、金海から顔を背ける。頬が、小魚の跳ねるように痙攣（けいれん）していた。

「小柴さん、あんたもこの程度のことでそないに泡食ってどないすんねん。己のケツの穴の小ささを宣伝しとるようなもんやで」

蓬髪（ほうはつ）を揺すって、ケケケと笑う。小柴は金海になにか言われると、頭に血が上るように体が慣らされてしまったのだろう、「なんやとぉ。弓濱さんからの手紙が届いたっちゅうことは、間違いなく一大事なんや。われは知らんやろがな、弓濱さんっちゅうのは伸銅業界でそれほど大きな存在なんや」と、顔を朱に染めて息巻いた。

「弓濱ゆう男の権勢くらいわかっとるわ。おんどれら、事務方の怯（おび）えようを見れば容易に察しがつくさけなぁ」

金海は鉛筆の尻で鼻をほじりながら嗤っている。小柴の顔がますます赤くなったが、今日ばかりは多賀井も間に割って入らない。音三郎という使い勝手のいい技師を失う動揺で、頭がいっぱいなのだろう。

「けどや、よくよく考えてみぃ。弓濱が言うてきたのは、この新入りを」

と、金海は音三郎に顎をしゃくった。いっときは新入りと呼ぶのをやめていたのに、ここへ来て再びその蔑称で呼ぶのを金海は常としているのだ。

「辞めさせてほしいっちゅうことだけやないでっか。なにも社長を替えろっちゅうわけでも、工場を潰すっちゅうわけでもない。ろくに図面も引けん、新たな開発をする気もない、会社にとってはなんら戦力にもならんお荷物がひとり、いなくなるっちゅうだけのことや。そないな穴、すぐ埋まりまっせ。なんなら僕の出た高校に募集を掛けてもよろし。優秀な生徒が、こぞって手ぇ挙げよりまっせ」

　小柴が音三郎に視線を送った。なにか言い返してやれ、というように目の奥に歪な光が灯っている。音三郎はしかし、頑なに言葉を呑んだ。もはや金海の嫌みに反応する労力すら惜しい気がしていたのだ。弓濱が東京でどんな勤め先をあてがってくれるかは知れない。が、彼が手引きするからには、大都伸銅より遥かに発展的な現場が待っているはずだった。金海なんぞが足下にも及ばない優秀な技師がひしめき合っており、音三郎もきっとその一員になるのだった。弓濱は、国家を担っていく機関だと言った。大都伸銅のような一介の銅吹屋と違う、とも言っていた。だからもう、金海ごときと張り合う必要なぞないのである。

「ただな、これだけは覚えとき」

金海の声が、ようやく音三郎に向かって放たれた。音三郎は静かに目を上げる。

「われはここで負けたんや。負けて逃げるんやで」

奴の片眉が吊り上がったのを見て、音三郎の口が勝手に立ち向かう。

「勝ちも負けもあるか。このな小さな土俵で」

小柴が凝然（ぎょうぜん）としてこちらを見たのが、目の端に映った。多賀井はとうに心ここにあらずで、なにやら帳面をめくっている。金海が甲高い笑い声をあげた。

「阿呆。その小さな土俵で、おどれはなにひとつ果たせんかったんや。無線の企画が一度通らんかっただけでとっとと諦めて、尻尾巻いて逃げるんや。そないな根性無しが、大きな土俵で勝てると思うか？　おどれの案を製品化できると思うか？」

金海は椅子の背もたれに身を預け、机の上に足を放り投げた。

「ここでなにか成果を挙げて、世間に製品が認められて、それをバネにより大きな土俵に移るんやったら話は別や。僕かて諸手を挙げて喜んだる。祝福したる。けどわりゃあ、己の手で開発した製品をいっぺんも世に送り出したことがないやんか。己の仕事を、世に問うたことがないやんか。見も知らん人間が使（つこ）うて、その反応を得たことも肌で感じたこともないやろ。われの今までしてきたことは、机上の空論以外のなにものでもないんや」

わしの技術は使われとる、と喉元まで出かかった。多賀井を通して、多様な現場に図面は渡っているのだ。いずれ製品化したものも出回るはずだ。だが音三郎は、すんでのところで踏みとどまった。多賀井がしている技術の切り売りを秘さねばならないという抑制ではなく、実際製品となったものが仮にあったとしても、自らが見たことも聞いたこともないという事実の前になにも言えなくなったのである。

「われには、自分の作った製品で世の中をどうしたいかっちゅう構想がまるきりないねん。無線ゆうのも目の付け所はええ、面白いんちゃうか、と僕も思うたで。けどや、われはそれが使われたときの様子を想像すらしとらん。どんなふうに人の役に立つものか、見えとらん。希望を、見とらんのや」

「技術を成立させるのに、希望などいらんのじゃ。それよりも、まずは形にすることが大事なんじゃ」

音三郎はかろうじて言い返す。

「そやさけおどれは駄目なんや。すべての技術は希望からはじまらなあかんのや。人の暮らしを明るくしよう、楽しゅうしよう、安全に高度な技術に接せられるようにしよう——そないな意識をもって開発にあたらな、技術っちゅうのは本当の意味で成就せんのや。馬鹿な軍人が涎垂らして使うような、つまらんものしか作れなくなんねや」

小柴が聞こえよがしの溜息をつき、「郷司君、あとで会計課に来てや」とぞんざいに言い置くや出て行った。音三郎はそれに返事もせずに、黙考している。ずっと前に、今、金海が言ったようなことを自分も考えていた時期があった。人の暮らしを明るくするための技術ということを。あのときは機械の将来になにを見ていたのだったか——記憶を掘り起こしたが、いかに深くまで掘り進めても暗い闇が広がっているばかりだった。

「おまんのつまらん御託を聞くのはうんざりじゃ」

思い出せない苛立ちが、音三郎を苛烈にした。多賀井が帳面から目を上げ、険悪な気配に眉をひそめた。だがそれだけで、いつものように「まぁまぁええやんか」と、取りなすことはしない。「小柴は出ていったんか?」と訊き、それに答えずに睨み合っている金海と音三郎にとっとと見切りをつけて、「少し相談があるさけ、わても外すで」と言い置いて、そそくさと技師室を出て行った。

「わしは世の中で必要とされるものを作るんじゃ。それも町人らが使うようなちまちましたもんと違う。もっと大きな、国を動かすようなものを作るんじゃ」

音三郎は、まっすぐ声にした。自分の言葉に身の内の澱が一掃されていくような、清々しささえ覚えた。金海はしばらく黙って音三郎を見詰めていた。それから大きく息を吐いた。

「世の中が工業化していくのはええことやが、それによってこないな阿呆が増えていくと思うと、憂鬱やな」

言ったときにはもう、音三郎がそこにいることなど忘れたように、彼は開いた図面に向き直っていた。

音三郎の退職届は正式に受理され、その月のうちに慌ただしく荷をまとめて大阪を去ることになった。強制貯金をしていたことを思い出して会計課を訪ねると、「手続きせなあかんから、明日出直してきてや」と小柴は目も合わさずに言い、翌日再び訪ねた音三郎に、明細を貼り付けた封書を投げて寄越した。「明日」と言ったところで小柴は「忘れていた」「支度が間に合わんかった」なぞと偽って無意味に支払いを遅らせるのだろうと覚悟していただけに、嫌みのひとつも言わずすみやかに貯金の精算がなされたことに音三郎は驚き、こういう細部にも弓濱の力が及んでいるのを肌で感じぬわけにはいかなかった。

貯金額にさして興味もなかったが、一応明細に目を通す。半年、いや、切り詰めれば一年くらいは働かずに暮らしていける程の額が貯まっていた。それを音三郎は、幸運に思うより虚しく感じた。この金が、大都伸銅にいた五年という年月のすべてなのだ。

研輔のこともあったから、出立前に小宮山製造所に顔を出して、挨拶をしようかと考えもしたが、結局はよした。信次朗にだけは東京に越すことを伝え、住所が決まったら手紙を書くと約束した。

「東京？　また思い切ったのう」

信次朗は目を丸くしたが、

「けどトザは立派や。黙って働いて、気付けば一段も二段も高いところに澄まして上っとる。わしは仕事量の割にしゃべり過ぎやな」

友を誇るように言って、快活に笑った。

澄ましてなぞいない。内心は踏みしだかれた畦道のようにドロドロなのだ。

「わしもきっと大儲けして、いずれ東京に乗り込んだる。そのときは向こうで会おうや」

一片の曇りもない笑みで返されて、音三郎は苦く笑った。

退職の日は早朝から大都伸銅に出社し、誰もいない技師室で書籍や道具を箱に詰め込んだ。もしかすると早番で駒田が入っているかもしれないとちらりと思ったが、やはり工場を覗くのはよした。

荷物を詰め込んだ箱を抱え、最後に六尺板に掛かった、「技師室」の札を見上げる。はじめてここに通されたときに覚えた誇らしさと昂揚が、甘酸っぱく胸に疼いた。

「いや。このなところで止まっとるわけにはいかんのじゃ」

音三郎は大きくかぶりを振り、技師室に背を向け歩き出す。正面口ではなくいつもの裏口に回り、身をこごめるようにしてそこをくぐった。


上京を機に池田に帰らせるつもりであったミツ叔母は、「岸太郎兄さんらも富もおらんのに、うちが帰ってどないするんじょ。ひとりで野垂れ死ねっちゅうんか？　音さんまでうちを見捨てるんか」と、くどいほどに恨み言を連ねた挙げ句、音三郎にしがみつかんばかりにして東京行きの汽車に乗り込んだのだった。

「うち、このに立派な汽車に乗るの、はじめてや」

車内で幼女のようにはしゃいで周りの失笑を買ったと思ったら、ふと真面目な顔になり、

「音さん、あんた、縁切ってきたか？　よう手紙寄越してきた貧乏くさい女とはちゃんと別れてきたんか」

と、首を突き出した。

「手紙の女？」

鸚鵡（おうむ）返（がえ）しをしてから、音三郎は「ああ」と間の抜けた声を出す。そういえば、そんな女がいた。おタツというその名を思い出すのに、トンネルをふたつばかり越える時を要さねばならなかった。

第六章

一

東京駅で汽車を降りた。右も左もわからなかったが、ともかく人波に従ってホームを辿る。

「万世橋駅行きは左手になりますっ」と駅員の叫ぶ甲高い声が雑踏の隙間を突き抜けてくる。

「こっから市電に乗るんか、なぁ、音さん」

派手に下駄を鳴らしてついてくるミツ叔母が、国訛りを隠しもせずに大声で問うた。音三郎は振り向かず、かすかに首を横に振ってみせる。

——駅からはタクシーで行きや。東京に出て早々、院線乗り継いで十条まで行くのはまず無理やさけ。

弓濱はそう言って、大阪を出る間際、音三郎に百円もの金を託したのである。技術売買の実入りと強制貯金のおかげでそれなりの蓄えはあった音三郎だが、遠慮せずその金を懐に仕舞った。勤め先のみならず引っ越し先まで弓濱の周旋に任せ、このひと月ほどは新たな職場での立ち回り方にのみ考えを集めている。そのせいか、はじめて接する東京の景色も、音三郎にはぼんやりした印象しか残さなかった。

「東京駅ゆうのは噂以上やなぁ。立派な駅舎じょ。このに天井が高い建物、うち、はじめてじょ。高麗橋の三越より大きょいと違うか。やっぱり大阪より東京のが上やな。こうして大っきょい街に出られるのは、音さんがどんどん出世していっとる証じょ。あ、見てみぃ、音さん。

あっこ、天井に動物が彫ってある。見えるか、音さん。鼠（ねずみ）やろか、馬やろか？」

騒ぎ立てるミツ叔母から少しでも離れようと足を速めた。

「あ、なんやの音さん。そのに早（は）よ歩かれたら、うち、はぐれてまうやないの」

腕を摑（つか）まれた。かさついたその手を素早く振りほどき、音三郎はうしろも見ずに言う。

「はぐれたら、それまでじゃ」

ミツ叔母はそれきり静かになった。駅舎を出たところにタクシーが止まっているのを見つけ、音三郎がさっさと乗り込むと、泡を食って隣に滑り込んできた。

正面には皇居の緑が鮮やかである。背丈の等しい石造りのビルがお堀沿いに一列に建ち並んでいる。ミツ叔母は控えめに歓声をあげ、運転手に逐一ビルの名前を訊（き）いた。客からしょっちゅう同じ質問を投げかけられているのだろう、運転手は「三菱さんのビルですよ」と、おざなりに答え、「外国みたいやなぁ」と、外国に行ったこともないのにミツ叔母が感心すると、「ここらは一丁倫敦（いっちょうロンドン）と呼ばれていますから」と、やはり木で鼻を括（くく）ったような解説を施（ほどこ）すのだ。

大阪でタクシーに乗ったことはないが、街について訊けばおそらく、いずれの運転手も持ちうる限りの知識を得々として披露するだろうと思えば、そのそっけなさは奇異にも映った。ミツ叔母も居心地の悪さを感じはじめたのか、助けを請うような目を音三郎に向ける。気付かぬ振りでそれをやり過ごし、代わりに後部座席から運転手の形（なり）をよくよく検（あらた）めた。詰襟（つめえり）の上着、黒色の乗馬ズボンに編み上げ靴を合わせている。いずれも上質な仕立てであることは、木綿しか身につけたことのない音三郎にも十分見てとれる。弓濱から「東京に行くときに着ていき」と買い与えられたネルのシャツがお仕着せに見えぬよう、そっと襟を正した。

三十分ほども走ると、街の喧噪も高いビルも跡形もなく消えてしまった。車窓から見える景色は田畑ばかりになり、大阪市中ではまず見られないだだっ広い空き地が目に付くようになる。さらに行くと舗装された道さえ途切れ、車は水たまりがあちこちにできた凸凹の砂利道に迷い込んでしまったのだ。これには音三郎も面食らったが、ミツ叔母はまったく途方に暮れたといった面持ちで、「ここ、ほんまに東京か？」と、ほとんど十分置きに運転手に確かめ続けた。

弓濱に渡された住所は「板橋町志村清水町」である。十条駅から西に一キロメートルほどの場所だと大阪で聞かされたときは、梅田や心斎橋のような大きな街であろうと想像していたのだが、どうやらとんだ僻地であるらしい。

東京駅より小一時間タクシーに揺られてようよう目当ての住所に辿り着いたときには、悪路を来たせいだろう、音三郎は車酔いの悪心に取り憑かれていた。支払いを済ませ、転げんばかりに車を降りる。体の中で反転しているのではないか、というほど納まりの悪い胃の辺りを押さえながら周囲を見渡す。野っ原に平屋の家がポツポツと点在している様は、棟割長屋が押し合いへし合い建ち並んでいた大阪の景色に慣れた目にはことさら寂しく感じられた。

「なんやの、ここ。島流しにでもされたんと違うか」

ミツ叔母の不平も、まんざら的外れとは言えない。まだ車酔いでおぼつかない足を引きずって、音三郎は住所の書かれた紙と電信柱に貼られた番地を照らし合わせながら狭い路地を行きつ戻りつする。板塀がLの字に巡らされた砂利道の突き当たりに、ようやく「島崎」という表札を見つけた途端、張っていた気持ちが弛み、再び悪心に襲われた。

「すみません。弓濱さんのご紹介で伺った者ですが」

玄関の引き戸を少し開け、中に呼びかける。

「あれっ。こないな古い家に住むんか？　嫌やわぁ。大阪と変わらんやないの」

背後でミツ叔母が、不用意に甲高い声を上げた。返事はない。留守だろうか、と今一度手にした紙片に目を落とす。そこには確かに、〈板橋町志村清水町十八番　島崎伊蔵〉と弓濱の筆跡で書かれてある。

ミシッと床の鳴る音がした。音三郎はハッと顔を上げ、奥へと目を凝らす。廊下の薄暗がりがわずかに動いた。靄に似たその塊はゆっくりと進みきて、やがて玄関から差し込む灯りに姿を浮かび上がらせた。

着流し姿の老爺であった。頭髪はものの見事に抜け落ち、その反動のように目に掛かりそうなほど長い眉を蓄えている。片眼は白く濁り、痩せてたるんだ皮膚は黄みがかっていた。ゾッとして思わず身を引いた音三郎に、老人は、「早いお着きで」と、風貌に似つかわしくない柔らかな声で言い、これから借りることになっている家の大家とは思えぬ腰の低さで身を折ったのだ。

「早速、お部屋を御覧になりますでしょう?」

老人はこちらが名乗りもせぬうちから言って、下駄を突っかけた。敷居をまたいだ老人を見るなり、表で待っていたミツ叔母の顔から愛想笑いが蒸発した。

「こちらです。どうぞ」

と、砂利道を先導する老人に従った音三郎の袖を引き、「てっきり幽霊が出たと思うたじょ」と、耳打ちしてくる。音三郎は聞こえやしまいかと、前を行く老人を窺った。こちらを気にするふうはない。枯れ枝のような風体に似ず、足の運びは確かだ。からげた着物から見える脛に、刀傷のような痕が数本走っている。

「あの、私は郷司音三郎と申しまして」

　小走りに老人に近寄って、頭を下げた。話の通りがよすぎて、誰か他人と勘違いされていやしまいかと不安になったのである。

「聞いておりますよ。大都伸銅にいらしたとか」

　しゃがれ声が返ってきたが、老人はまっすぐ前を向いている。

「大都伸銅をご存じですか？　あそこにいらしたことがおありですか？」

「いえ。話に聞いたことがあるだけです。私は大阪には行ったことがございませんのでね」

「そうですか。では、弓濱さんとはどういったご縁で？」

「はぁ。ずいぶん昔に知り合いました」

　老人は、それ以上の子細を語ることはしなかった。

　案内されたのは島崎の家から五分ほどの小さな一軒家である。六畳ふた間続き、二間の押し入れに流しに便所、驚くべきことに内風呂がついている。「えらいこっちゃ。風呂屋に行かんでもええんじょ。お大尽みたいや」と小躍りするミツ叔母に老爺は目を遣ることもなく、

「お荷物はこれから？」と音三郎に訊いた。樟脳に似た口臭が鼻先をかすめた。

「いえ、先に送った布団だけです」

「はぁ、そうですか。それは手間のかからないことで」

　大阪で買い集めた書物は、ただ一冊、鳥潟右一が著した本を除いてすべて古書店に売り払っ

た。本の中身はすべて頭に入っていたし、いずれもすでに古くなった知識だからだ。技術は、書籍に著すことが追いつかぬほどの速さで進歩を続けている。

「それであの、お家賃はいかほどお支払いしたらいいでしょう?」

なるたけ漆川の言葉が出ないよう留意しつつ会話する。言葉を改めるのは、大阪を出る前に決めてきたことだった。

「弓濱さんからいただいておりますから、当面の間は結構ですよ」

「え……弓濱さんが?」

初耳だった。

「あの『当面』とおっしゃいますと、どのくらいの期間でしょうか」

「はい、きっかり三年分」

音三郎はつい苦笑いを漏らす。それが、弓濱の設けた東京における音三郎の試用期間なのだ。その間に相応の働きができねば、おそらく弓濱との縁は切れる。しかしどんな結果を出せば弓濱の役に立つのか、現段階では皆目見当がつかなかった。

「お勤め先については、弓濱さんに聞いておられますな?」

白く濁った老爺の目が、音三郎の眉間にひたりと据えられた。頷いてはみたものの、音三郎が聞かされているのは機関名と大まかな事業内容のみであって、細かなことは「行けばわかる」と放り出されたのである。

十板(といたか)火薬製造所(かやくせいぞうしょ)っちゅう官営の軍需工場に研究員として入れるように手配したんや。あとは向こうに行けばあんじょう整っとるさかい——弓濱は痣(あざ)を蠢(うごめ)かして鷹揚(おうよう)に告げたのだ。大都伸銅より規模が大きく、研究や開発に潤沢な予算がとれる環境ならば願ってもないことだと、音三郎も二つ返事で承諾したのである。

「場所はここから歩いて十分ほどです。後ほど地図にしたためてお渡ししましょう」

工場について老爺が詳しく語ってくれるものだろうと言葉を待ったが、単に通いの道順を示すということらしい。音三郎は少しばかり落胆したが、普通に考えればこんな老爺が軍需機関の内情に通じているはずもないのである。

「では、ごゆっくり」

老人が音三郎に鍵を手渡して敷居をまたいだところで、奥からミツ叔母が走り出てきた。

「あの、大家さん。これ、つまらないものですが」

と、いつの間に用意したものか干菓子の箱を差し出す。「すみません。お気遣いをいただきまして」と老爺が腰を屈めるとミツ叔母は上がり框に三つ指をつき、

「音三郎の母にございます。お世話になりますが、どうぞよろしゅう」

と、額を床にこすりつけたのだ。

こちらこそ、とおざなりな返事を残して老爺が去ってから、

「なしてあのなこと言うたんじゃ」

と、音三郎が嚙みつくと、

「細かいこと言いな。そっちのほうが通りがええんじょ。叔母言うたらかえって変に勘繰られるけん。色恋沙汰とでも噂されたら面倒じょ」

ミツ叔母は、しれっと言ってのけた。

島崎老人に渡された地図を手に翌朝早く家を出た。この日音三郎は、生まれて初めて背広というものに袖を通した。これもまた「餞別や」と大阪を出る前に弓濱が仕立ててくれたものだ。研究員になるんや、もう股引も菜っ葉服も用無しや、別人になったつもりできばらなあかん、とそのとき弓濱は、呪文でも唱えるように告げたのだった。

路地を縫って大通りへ出た。すぐに、「地図などいらんな」と独り言が漏れた。高くそびえる幾本もの煙突が、行く手に見て取れたからである。

——このに遠くから見えるとは、さすがに国の機関は規模が違う。

音三郎は誇らしい気持ちで揚々と歩を進めたのだが、正門前に辿り着いたところで、怖気を震うこととなった。

高さ十尺はあろうかという門扉も、広大な森を抱いた工場敷地も、まったく未知の規模だったからだ。御一新前は大名屋敷があった土地で三万坪はあるんや、下手したら住友さんより広いで、と弓濱から聞かされてはいたものの、実際まのあたりにすると、これから分け入る世界の途方もなさに気が遠くなった。

獣のうなり声を思わせる機械音が、辺り一帯にこだましている。硫黄の臭いがかすかに漂ってくる。

池田の刻み煙草工場にはじまり、小宮山製造所、大都伸銅株式会社とこれまで経てきた工場が、前世の記憶のごとく遠くに感じられた。工場を変わるたび新たな機械に触れては湧いた昂揚もこのときの音三郎にはなく、内心は冷ややかに凪いでいた。ひとつ息を吸って背広の裾を引っ張り、大きく一歩踏み出す。

　正門を警備していた男に来意を告げると、事務棟の場所を教えられた。門をくぐってから五分もかかる場所にひっそり建った平屋棟で受付の男に弓濱の紹介状を見せ、するとすぐに事務員が現れて、研究棟へと案内してくれた。ここもまた事務棟から早歩きで五分は要する。工場内で移動するのも容易じゃあないのう、と内心嘆息するうち辿り着いたのは、煉瓦造り三階建ての立派な建屋である。

「これが、研究棟ですか？」

　昨日降り立った東京駅のようだ、と音三郎は口を開いて見上げる。

「ええ。研究員はみなさん、こちらに詰めておられます」

　事務員は、人の好さそうな顔を向けた。

「工場は別にあるんですよね？」

「はい。あの森、御覧になれますでしょうか？　森といっても周りに木を植えただけなのですが。あの奥にございます」

　彼方の緑を、事務員は指さした。

「つまり、この棟で製品を造るわけではないのに、ここまで大きな建物なんですか」

「もちろん簡単な試作くらいはできる機器も入っておりますし、なにしろ研究員が大勢おりますから」

　男はこちらの不見識を見下すことなくてきぱきと答え、ついてくるようにと目で促して、研究棟に踏み入った。広々として塵ひとつない真っ白な廊下を辿りながら、研究室は第一から第三まであること、部署によって階が分かれていることを、彼は丁寧に説いてくれた。常に高圧的に接してきた小柴とは、同じ事務方でもだいぶ違う。東京という土地柄ゆえか、それともこの工場ではそれだけ研究員の地位が高いということなのか——。

音三郎が配属となるのは、三階に位置する第三研究室だという。

「主にどういった内容の研究を行う部署なのでしょう?」

訊くと、男は申し訳なさそうな笑みを浮かべた。

「私どもには各部署の研究、開発内容までは知らされておらんのです。機密の漏洩(ろうえい)を防ぐ目的だと思うのですが……。第三研究室長から、のちほど詳しいご説明があるかと存じます」

三階まで上り、「こちらです」と告げてから、事務員は第三研究室と札のさがった戸口を硝子(ガラス)瓶(ビン)でも扱うように慎重に開けた。彼に続いて入室した音三郎は、その広々とした空間に目を瞠(みは)る。実際の坪数がどれほどなのか、これまでせいぜい八畳程度の狭い技師室に身を置き続けた音三郎にははかりようもなかった。

北側に大きな窓がとられ、南側は壁一面書架になっている。整頓された室内に、製図台を兼ねた大きな机がおよそ三十並んでいる。机上はいずれもきれいに片付いており、図面や書物が広げられたまま放置されていることもない。奥にはおそらくこの研究室を統括する者の部屋なのだろう、仕切りのある別室が設(しつら)えられていた。その手前には大都伸銅の応接室にあったような別珍のソファが据えられている。

まだ八時前とあって、室内に研究員の姿はなかった。

「もうすぐ、研究員が出勤すると思います。ここは八時半始業でして」

事務員は壁掛け時計を見上げてから、顎を揉んだ。それまで音三郎をどこで待たせるべきか、思案している様子である。

「あ。そうしましたら、みなさんがいらっしゃるまで適当に待たせていただきますから、どうぞお仕事にお戻りください」

音三郎は、事務員の仕事を妨げては申し訳ないと気を利かせたつもりだったが、彼は「とんでもない」と言わんばかりにかぶりを振ったのだ。

「おひとりでお待ちいただくわけにはいかないのです。ここには表に出せない資料などもございますから」

なるほど、と音三郎はすぐに合点する。

ここまで研究室がきれいに片付いているのも、所員の机の上に鉛筆一本転がっていないのも、機密を管理するためなのだ。よくよく見れば、各人の机の抽斗にもすべて鍵がついている。多賀井がしていたような技術の横流しも、ここには入り込む余地がない。もっとも、十板ほど権威も規模もある機関に勤めながら、その立場を危うくするような禁忌を自ら犯す馬鹿もいないだろうと音三郎は思い、大阪で多賀井に誘われるがまま大事な無線電信機の仕組みを見も知らぬ者たちに譲渡していた自分の浅はかさを今更ながらに呪った。

――もうあのな薄暗い場所にはわしは二度と立たん。堂々と胸を張って、日の当たる道を歩いていくんじゃ。

胸の内で唱えて、内に湧いた黒々とした雲を払う。

「そろそろ小岩さんがお出でになると思います。それまでこちらでお待ちいただけますか」

事務員は入口近くのソファを指した。

「小岩さんとおっしゃると……」

「小岩正武（まさたけ）氏です。最前申し上げた、この第三研究室を統轄している室長です」

特に会話もない気まずい時間を事務員とふたりで過ごすうち、ポツポツと研究員らしき男たちが出勤してきた。みな、ソファでかしこまっている音三郎に目を留めると、柔和な笑みを作って軽い会釈を送ってくる。大都伸銅で金海がしたように訝（いぶか）しげに見遣る者は皆無で、こちらが何者かもまだわからぬのに警戒も敵視もしない彼らに、余裕と自信を感じ取る。恵まれた環境で成長し、秀でた頭脳を持つ者だけが得られる余裕だ。

「あ、小岩さん」

事務員が言って腰を上げたのは、八時二十分のことだった。音三郎は時計を確かめ、小岩という室長の出勤時間を頭に刻んだ。所員たちがパラパラと立ち上がって、銘々「おはようございます」と小岩に頭を下げる。中には、机に広げた書物に夢中になっているのか、挨拶をしない者もある。といって小岩がそれを咎（とが）めるふうもない。規律はさほどやかましくないらしい。

「やぁ、はじめまして。今日から入られる方ですな」

小岩は穏やかに言って、音三郎より先に会釈を寄越した。音三郎は跳ねんばかりにして立ち上がり、一礼する。

白い背広の中に山吹色のチョッキを着込んだ小岩の姿は、およそ研究者らしからぬものだった。きっかり真ん中で分けられた髪と相まって、これから社交場にでも出るような華やかさをかもしている。背丈は音三郎より二寸ほど低い。細身だが、腹だけ丸く突き出ている。眉が薄く、一重の細い目は感情が浮かぶのを阻(はば)んでいるように一切の揺れがない。そのせいか、柔らかな物腰に反して冷ややかな印象が先に立った。

「弓濱氏のご紹介と伺っておりますが」

小岩は椅子(いす)を勧めながら言い、自らも向かいのソファに腰を下ろした。

「はい。弓濱さんには大阪でお世話になりまして」

慣れない東京言葉に舌を嚙みそうになりつつも、懸命に笑みを浮かべる。

「そうですか。私は大阪に縁がありませんでね、弓濱氏とも面識はないんですよ。ただこの研究所を取りまとめている所長が懇意(こんい)にしておって、私も彼から幾度かお名前を聞いておりましてね。その者が大阪の砲兵工廠(ほうへいこうしょう)にいた時分にいろいろ融通してもらったとかで」

そんな繋(つな)がりがあったとは聞かされていない。ということは、弓濱は過去に大阪砲兵工廠に在籍していたのだろうか。疑問が喉元まで出かかったが、音三郎はあえて、「そのようですな」と微笑んだ。なににせよ「知らない」と口にすれば、自分の価値が低く見られそうで怖かったのだ。

「郷司さんは」

と、小岩は、事務員から手渡された書類を眺めながら、はじめて名を呼んだ。

「大阪では民営にいらしたそうですな。官営を選ばなかったのはなぜですか？」

「はい。技術開発だけでなく、仕入れや流通の仕組みも知りたいと思いまして」

あらかじめ支度しておいた回答は、存外すみやかに滑り出た。

「それは一理ありますが、しかし珍しいですな。工科大学を出とるあなたのような方は、たいていそのまま官営に入りますでしょう」

「ええ。周りはみな、そうしていました。私が臍曲(へそま)がりなんです」

できうる限り朗らかに切り返すと、小岩は眉を開いた。女のような細くて甲高い笑い声を聞いた途端、音三郎の体が意思に背(そむ)いて震えた。

弓濱から東京での職場を提示された折、音三郎はその場でひとつの条件を出したのだ。

——これから勤める先には、相応の学校を出ていることにしてほしい。

弓濱は束の間目線を宙にさまよわせ、「学歴を詐称(さしょう)せい、いうんか？　そないな必要ないで。あんたの、そのままで入れるように、わしが話つけたる。そのくらいなんでもないんやで」と不満げに返したのだ。わしの力を侮(あなど)ってもらっては困ると、その顔には書いてあったが、音三郎は「どうしても大学を出たことにしてほしい」と、頑(かたく)なに頭を下げ続けたのである。弓濱は煙草に火をつけ、思案顔で二、三服した。ややあって鼻から思うさま煙を吐き出すと、「大阪工科大学でええか。あっこなら顔が利くさけ」とつぶやいた。それから音三郎にグッと顔を寄せ、「せやけどボロが出んか？　そないな大風呂敷広げて」と、半ばからかうように言ったのだった。

「けっして尻尾出すような羽目にはならんでがーす。大学出に負けん知識は、すでに身につけとりますけん」

「ほう。えらい自信やな」

弓濱は口の端で笑い、「ま、あんたに任せるわ」と声を投げた。そのあっさりした返しに、たとえ詐称が露呈しても弓濱は自らが泥をかぶらぬよう手配するのだろうと察しがつき、音三郎はかえって気楽であった。

「ご存じかと思いますが、簡単にご説明を。ここは東京砲兵工廠の属廠として誕生した機関です。主な研究、製造内容としましては、ひと言で表せば、火薬というのがもっとも的確でしょうか。現在は黒色火薬から無煙火薬に切り替えて、より精度の高いものを求めて研究を重ねておりましてね」

黒色火薬は硝石、木炭、硫黄を材料として造るもの、無煙火薬は綿を硝化して造るものだと、小岩は簡単な説明を施した。実際に製造現場を見たことはなかったが、火薬の仕組みや混合の比率については、音三郎も一通りの知識がある。黒色火薬の加工に使われる圧磨機圧輪という、御一新前にベルギーから輸入した機械について、以前興味をもって調べたことがあったからだ。

「郷司さんは、無線がご専門と伺いましたが」

「はい。鉱石検波器を使った無線を一般に広めたいと開発にあたっておりました」

「一般に……」

と、小岩は異世界の話でもするように目を細めた。

「無線は今後ますます軍事の場で重要となるでしょう。通信はことに海軍で重用されておるのはご存じでしょう。先に逓信省と海軍が無線に関して協定を結びましてね、船橋無線電信局を共同で使うことにしたんですよ」

「船橋……」

反復しかけて声を呑んだ。そんな施設があること自体知らなかったし、音三郎には船橋がどこにあるか、うっすらとしか判じ得なかったのだ。

「瞬滅火花式送信機と鉱石受信機が据えられているそうです。空中線は、なんでも六百六十尺の高い塔として立っているとか。逓信省は先年ここで、ハワイとの通信実験を行ったそうですよ。鳥潟氏が設置に関わった平磯分室ではサンフランシスコとの通信実験に成功したとも聞きます」

頭の中で銅鑼でも叩かれたように脳みそが痺れていく。鉱石受信機でハワイやサンフランシスコと通信実績があるというはじめて耳にする事実に、音三郎は打ちのめされていたのだ。

「しかし海軍に比して陸軍は未だ通信に関して、やや遅れをとっております。国土も小さく人口も少ない日本のような国で、人海戦術は不利ですからな。効率よく戦える機器を開発していかねば、列強に置いていかれると軍部に尻を叩かれとるんですよ。海外派兵もここへ来て縮小化しているくらいですから」

寺内正毅内閣時、シベリアに送った兵は陸軍一個師団を皮切りに毎月のように増えていったという。その膨らみすぎた兵士を減兵せよと命じたのが、現総理の原敬だった。三月かけて三万余りの兵を本国に戻し、英仏の出兵要請をも無視している。

日英同盟の雲行きが怪しくなってきた今、原首相は列強の先頭に立ったアメリカの機嫌を窺いながら出方を決めていると報じられている。対華二十一箇条要求を掲げて中国を支配下に置こうと目論む山県有朋ら軍部上がりの元勲に抗して、中国と友好的関係を築くべく腐心しているのも、東南アジアへの進出を狙うアメリカに気兼ねしてのことではないか、ともっぱらの噂であった。

「軍部も今が正念場という思いがあるのでしょう。対露戦争で一等国の仲間入りをしたのに、欧州大戦で米英仏に水をあけられましたからねぇ」

小岩は世間話でもするようなのどかな口吻で続ける。

「水をあけられた？　そうでしょうか？　日本は先の大戦でも連合五大国のひとつとして一等国の範疇であると私は解釈しておりますが……」

「とんでもない」

小岩は首をすくめた。

「政治の場では確かに欧米と対等に渡り合っているかもしれません。しかし技術面では大きく遅れをとっておる。米英がこの戦争で用いた兵器の精度に、私どもは舌を巻いたのです。無線にしてもアメリカはだいぶ進んでおりますでしょう。確か、あすこが開発の起源だったはずですよ」

「はあ。その通りです。私はまだ米国製の鉱石受信機を目にしたことはないのですが」

「いずれにしても、技術開発は急務です。東京にはいくつか砲兵工廠があって、それぞれ数千人単位の工員を抱えている。ここも七千人からおりますが、有用な武器を作らねば人材の無駄遣いですからな」

「七千人……」

百人単位の工場でしか働いたことのない音三郎には、現場を想像することすら難しい。それだけの人員を擁して、兵器が作られているという事実にも動じた。

「取り敢えず、皆に紹介しましょう。よろしいですか？」

小岩は音三郎に断ると、先に立ち上がり、

「皆さん」

と、声を張った。出勤している全員が一斉にこちらに向く。音三郎も小岩に倣って直立の姿勢をとった。

「本日から新たに加わっていただく郷司音三郎君です。しばらくは殿山君、君、一緒に動いていただけますか?」

はい、とひとりの男が手を挙げた。歳の頃は音三郎と同じくらいだろう。ずんぐりとした小太りで、眉や髭が砂鉄でもまぶしたように濃い。研究員の中では、並外れて鈍重そうに見える。

「では、ご挨拶を、君からも」

小岩に促され、一歩前に進み出た。二十人ほどの男の目に晒され、身がすくんだ。幾多の高尚な頭脳が自分を見澄まし、能力をはかっているのだ。

——生まれ変わるんじゃ。

音三郎は己に言い聞かせる。

——ここで生まれ変わらな、わしは一生お仕着せの人生を歩む羽目になるけん。

音三郎は勢いよく顔を上げ、胸を反らした。

「郷司音三郎と申します。大阪工科大学出身。これまで培ってきた技術を、御国のためにお役に立てたいと思っております。どうぞご指導のほど、よろしくお願い申し上げます」

室内に響き渡る声で言い、一同を悠然と見渡してから頭を下げた。

二

研究室の基本的な注意事項は、その日のうちに殿山円太郎から細かに伝えられた。

所内で行う実験や研究については、いかに些末なことであれ家族にも語らないこと。軍部の人間との接触においては失礼のないよう留意し、出入りの軍人個々の名については徹底して秘すこと。技術が外に漏れるのを防ぐため、工場で働く工員らに火薬製造工程の全容を告げてはならぬこと。彼らを一個の機械と見なし、必要以上の交流は避けること。

職工に対する非情な解釈には、さすがに頬が引きつった。それを目敏く見つけたのか、

「デモクラシーの勢いが凄まじいでしょう。砲兵工廠の工員が東京では争議を起こしていましてね」

殿山は眉を下げて繕った。

「それは大阪でも大きく報じられておりました」

「軍需関連の事業は秘密厳守に進むものが多いですから、工員のストと一口に言っても、情報流出という観点からすると大きな危険をはらんできます。そのあたり、民間とは勝手が違うかもしれません。ただ、研究にせよ実験にせよ利潤や売り上げを気にせず没頭できますから、技師にとっては恵まれた環境であります」

芋虫のようにゴロリと太い人差し指を立てて、殿山は一定の速度で言葉を継ぐ。平板な東京言葉は感情というものを一切欠いているようで、切迫感もなければ本音も見えない。なにを語

っても絵空事を諳んじているように虚ろなのである。

「火薬に関しては専門に勉強してきた者が多いのですが、無線の分野はみな不案内です。期待しておりますよ」

人のいい笑みを浮かべた殿山に、音三郎は「こちらこそ」とそっけない挨拶を返した。ここでは、必要以上に下手に出ないよう心掛けている。

「検波器はおおかた完成しておりますから、それが軍需の場でどのように役立てられるか、また、軍需の場にふさわしい無線とはいかなるものか、そういったことをひとつの課題にしたいと考えています」

気張り過ぎぬよう、しかし出来うる限り堂々と展望を告げた。殿山はきっと目を丸くするだろうという、かすかな期待が音三郎の内には湧いている。

「三四式、三六式ときて、無線は長らく海軍の特権のような具合でしたからね。通信距離も千海里、二千海里という記録もあるようですな。ために陸軍も、海軍に引けをとらぬよう無線を取り入れることに熱心になっとるのでしょう」

無線については門外漢であるはずの殿山にまくし立てられ、音三郎は用心深く口をつぐんだ。

「十板は陸軍と近い機関ですから、陸戦の現場を重んじて開発していただけるとありがたいのですが」

「無線に関して、陸軍と海軍で技術を共有しとらんのですか?」

すると殿山は意外そうに小首を傾げてのち、「いやぁ」と頭を掻いたのだ。

「郷司さんもご存じだと思いますが、陸軍と海軍は同じ軍とはいえ、その間には大きな溝がありますからねぇ」

　言葉を濁すと、からりと表情を変えて続けた。

「船に備え付けられる海軍の大型無線とは異なり、持ち運びが容易な小型の無線機を開発するような、目先を変えた研究が必要かもしれませんね。僕らも可能な範囲で君の開発に協力します。ここでは情報共有を第一に、開発を進めておりますから」

　音三郎が組み入れられたのは、第三研究室で殿山が班長を務める十一班である。他に篠崎征司といういかにも士族崩れといった四十に近い男と、大学を出たばかりの伊瀬銀之助という若者が属している。彼らはいずれも東京帝国大学の出である。見るからに鈍そうな殿山までが帝大で理学を修めたと知って落胆と劣等感に苛まれたが、音三郎はさあらぬふうを装って受け流した。不世出の秀才がうようよいるこの組織で、小学校もまともに出ていないという真の学歴を告げていたら……と想像するだに寒気がした。

「郷司君は大阪工科ですか。ここではじめてじゃあないかな。あそこの卒業生はたいがい大阪砲兵工廠に行くだろう？」

　自己紹介をするなり、篠崎が言った。この男もまた物腰柔らかで屈託がない。ずっと日の当たるところを歩んできた者は、一切の陰を寄せつけないのかもしれない。ただそれだけに、体型も年齢も声も顔立ちもそれぞれまるで異なっているにもかかわらず、どういうものか同じ色に塗り潰されたように個性が見えにくかった。

「ええ。ただ私は、もともと電気や電波に興味がありましたもので、そうした開発が可能な民営を勤め先に選んだのです。無線技術は逓信省が先導していますが、より広域な開発ができないか、と当時は考えておりましたので」

大学の話がこれ以上続くのを避けるため、音三郎はそれとなく話題を変える。

「そうですか。逓信省の開発には僕らも通じてないからな」

伊瀬が漏らしたひと言によって、

――官営は厳密な縦割りか。

音三郎は胸の内で合点した。縦割りは技術の進歩を阻む悪習である。が、逓信省や海軍の単なる後追いではなく、独自に開発を進められるという点で、自分にはかえって有利に働くかもしれないと、すぐさま頭を切り替えた。その上、大都伸銅の頃のように、小柴の算盤(そろばん)を気にすることも、危ない橋はけっして渡ろうとしない社長の采配に翻弄(ほんろう)されることもないのである。

弓濱が言った通りだ。

――ええか、郷司君。ほんまに気ぃ入れて技術開発をしたいんやったら、官営、ことに軍需工場が一番やで。なにしろ「商品」いう概念から解き放たれるさけな。利鞘(りざや)が出るか、素町人が使って安全か、広く使われるか、そないなチマチマしたこと考えんと、これまでにない技術を自由に生み出すことができんのや。作り手はむろん、使い手も玄人(くろうと)っちゅう環境や。いくらでも高度な技術に挑戦できる。それが形になって、一箇所でも有効に使えんのやったら、軍部は御の字やさけな。

当初、東京行きに及び腰だった音三郎の気持ちが、前へと傾(かし)いだ瞬間だった。

――その上、製鉄は製鉄、伸銅は伸銅と分業の範囲でしか動けんのとも違う。電気も瓦斯(ガス)も鉄鋼も伸銅も、必要とあらばいかようにも用いることができる。すべての技術を使(つこ)うて遊べるんや。あんたにとってはおもろい職場やと思うで。
戦争が商売になる、一番手っ取り早く儲かる手段になる、技術をもっとも高めるための最上の実験場になる、と弓濱は力説した。近い将来、軍需産業こそが国力の鍵を握る存在になる。そのとき、日本の代表的産業の、あんたは長にもなれるんや——。

弓濱の展望をすべて鵜呑みにしたわけではない。といって、すべてを否定することもできなかった。本来、日本各所に置かれた商工会と軍とは、対立姿勢が強い。西園寺内閣の折、増師を決めた陸軍に「行政改革に反する」として猛抗議したのも、新聞であり各所の商工会議所であった。血税を優先的に軍に注ぎ込むやり方を非難し、それよりも商工業の発展に国は力を入れるべきだと嚙みついたのである。

弓濱がそのとき、どんな意見を持ち、大阪工鉱会をどう導いていたのかは知らない。ただ、こうした立場の違いを圧して彼が軍需産業に肩入れしているということは、相応の鉱脈があるからだと音三郎は判じた。深い縁があるでもない、叩き上げの一技師である音三郎を東京に送り込んでまで足がかりを作ろうという弓濱の必死さに、最後は突き動かされたのだ。

戦争はなにより金になる。そして技術発展の貴重な土壌になる。

音三郎は殿山に向き直る。

「つまりは、私が逓信省にも海軍にも負けぬ無線技術を作り上げればよいということですな」

不意に湧いた使命感に背を押され、気付けばそう告げていた。殿山も篠崎も伊瀬も虚を衝かれた顔で音三郎を見遣った。

「さすがに上方の方は元気がよろしいですなぁ」

殿山が感心すると、他の二人も口元をほころばせた。田舎者が、と馬鹿にされたようで束の間音三郎はひるんだが、すぐに開き直りに近い感情が生まれた。

「はい。これが成功すれば、あらゆる応用も可能になるはずですから。他にないほど優れた機器を造り上げることは、けっして不可能ではありません」

敢然と述べると、殿山たちは顔を見合わせ、同時に破顔した。純粋に音三郎の無邪気さを楽しんでいるといった、なんら嫌なものを含まぬ笑い声だった。音三郎も一緒になって快活に笑う。必ず成功してやる、という野太い意志が腹の底では静かに燃えさかっていた。


朝は六時過ぎに家を出、晩は十時を回ってから家路につく日が続く。

仕事量は際限なかったが、試作に使う材は殿山に頼むか小岩に願い出るかすれば容易に手に入ったし、つまらぬ会議に付き合わされることも、予算に縛られることもない。余計なことに煩わされず開発に没頭できるのが嬉しくて、時を忘れて作業に勤しむのだ。

家に帰ったのちも、書物を繰るのに時間を費やした。厄介なのはミツ叔母が、机に向かう音三郎に止めどない愚痴を垂れ流すことである。この辺りは空気が汚い、工場の音がうるそうて昼寝もできん、このな辺鄙な田舎に住まわされては東京に来た意味がない、近所の者も冷たいと、ありったけの雑言をまき散らし、挙げ句、

「あんたな、せっかく東京に出て来たのにどこにもうちを連れてかんで。うちは飯炊女やないんじょ」

と、耳元でがなるのだ。飯を炊く以外のなにができるのか、と怒鳴りたいのをこらえ、

「嫌やったら池田に帰ってもうて構わんのじゃ」

と、冷ややかに言い放つ。するとミツ叔母はたちまち黙るのだが、翌日にはその二倍三倍の不平となって返ってくるのである。

音三郎は叔母となるたけ顔を合わせぬようにして、家に帰ると奥の自室に逃げ込む。そうして夜更けまで新型無線機の構造を模索する。精度の高い受信機を作るには、大容量蓄電器が必要で、まずはそれを試作するつもりであった。

——モスシスキー蓄電器を応用してはどうか。

と、音三郎は算段している。絶縁体としてガラスを用い、その内側と外側に銅片を貼る。これを真鍮管（しんちゅうかん）に入れ、グリセリンを水に溶解したものを注いで熱伝導を一定にする。これによってガラスが過度に熱せられるのを防ぐのだ。

大都伸銅の頃の癖でつい、研究室でもひとり黙々と図面を書いていたところ、殿山から注意を受けた。

「郷司君、開発内容に関しては班内で情報共有していかないと合理的に進みませんよ」

いつもの柔らかな口調ではあったが、目の奥には厳格な光が宿っていた。

「ここは民営と違って、個々の手柄を競うところではありませんからね。定められた期間内に着実に成果を挙げることこそが使命ですので」

「すみません」

音三郎はひとまず詫びる。それでも、ある程度完成した図面を見せて、彼らが不案内な無線の知識を顕示し、驚かせたいという内にすくう欲心を新たにしたとき、

「モスシスキーか」

不意に声が落ちてきたのだ。驚いて目を上げると、机の前に立った篠崎が音三郎の引いた図面を覗き込んで顎を揉んでいる。彼は用紙の端を人差し指で軽く叩いてから、おもむろに言った。

「大容量の蓄電器であればエナメルのほうが適当じゃあないか？　モスシスキーは装置としては大き過ぎるよ。銅面の先端にエナメルを塗れば、芒光放電(ぼうこうほうでん)で電荷を溜められるだろう、その分小型化できる。ダイエレクトリックヒステリシスのような損失も併(あわ)せ持つ点は厄介だが、ライデン瓶を用いれば十分に対応できるだろう」

音三郎は凝然(ぎょうぜん)と篠崎を見詰めた。

「それもそうですね」

殿山がひとつ頷く。

「ガラス板の耐圧力は一万五千ボルト程度までもつはずです。相応の芒光放電が見込める。基地から電波を飛ばすとはいえ、移動も視野に入れなければならない以上、そう大がかりな装置を作るわけにはいかんですからエナメルのほうが妥当かもしれませんな」

「空中線も同じく、大がかりな電柱は無理でしょうから、インダクタンスコイルを改良するかしたほうがいいかもしれんですよ」

いつしか輪に加わっていた伊瀬も、にこやかに応じた。悪い夢を見ているようだった。彼らは確か、無線のことは詳しくないからご指導願う、と言っていたのではなかったか。

「それじゃ、エナメル蓄電器の方向で修正をお願いしてもよろしいですかな」

殿山は音三郎の肩をひとつ叩き、それを潮に銘々自分の机に引き取った。音三郎は図面に目を落としたきり動けずにいる。吐き気に見舞われていた。冷や汗が内臓をも濡らしていくような気持ち悪さであった。

「起立っ！」

このとき突然響き渡った平素とまるで様子の異なる号令にも、音三郎はのろのろと顔を上げることしかできない。室内の研究員が揃って、弾かれたようにその場に直立するのが見えた。わけもわからず音三郎も、一気に重さを増した身体を立ち上がらせる。初日に言葉を交わした事務員の男が、入口に姿を現した。顔がひどくこわばっている。

そのすぐあとに続いて、軍服に身を包んだ男たちが入室してきた。全部で六名。先頭の男は相応の位にあるらしく立派な口髭を蓄えていたが、あとに続く五名は比較的若い軍人である。

——視察だろうか。

まだ霞のかかった頭を持て余しながら、ぼんやりと軍人ひとりひとりに目を沿わせていく。ちょうど中央に立った男のところで、動きを止めた。

「あ……」

と、小さく声が漏れる。向こうはまだ音三郎に気付かない。かつてとはまるで異なる男の威厳に、音三郎もまた、声を掛けることをためらった。

三

「関東軍、駐劄一個師団、菱川大佐のご視察である」

研究室長の小岩が、研究員を見渡して告げた。日頃の柔らかで物静かな口吻とあまりに懸け離れた厳粛さに、音三郎はおのずと背筋を伸ばす。周りを窺うと、いずれの研究員も敬礼の姿勢をとっている。

「ご苦労である」

先頭に立った軍人が低い声で応えた。皺ひとつない軍服の胸元には、従えた他の軍人にはない徽章が光っていた。

「ご存じのように我が軍は関東州を主として大陸に独立守備隊を派兵しておる。現在は六個大隊を従えるに過ぎないが、南満州鉄道付属地の守備を固めるためにもこののちの増兵を検討しておるさなかであり、それと共に兵器の開発も急務であると考えておる。皆にはいっそう励んでいただきたく、本日は激励も兼ねての視察である」

菱川は怒鳴ることはせず、むしろ声を潜めて告げたのだ。それであるのに言辞の隅々にまで息苦しいほどの威圧感が染み込んでおり、室内は咳ひとつもはばかられるほど張りつめていく。

音三郎は密かに、中央に立つ軍人を見詰めている。一見してすぐに大山利平だと気付いたものの、今はその確信が揺らいでいる。以前より頬が削げ、軍帽の庇で陰になっているせいか瞳も薄暗く沈んでいた。故郷にいた時分から歳を重ねて面変わりしたせいもあろうが、それ以上に彼のまとう雰囲気が記憶にあるものとあまりに隔たっていたのである。棒きれを振り回しながらタコオの山を駆け回っていた幼い頃の利平とも、池田の勝友製造所で逞しく働きながら懸命に文字を覚えていた彼とも、目の前に佇む軍人は重なるところがあまりに乏しかった。他人の空似ではないか、と次第に音三郎は疑いはじめる。ひとりの人間が、たかだか数年でここまで変わるはずもないのだ。

「火薬、砲弾の改良は中でも特に力を入れていただきたい。より正確で、より威力を発揮する武器がなければ、一等国として欧米と対することは不可能である」

菱川は研究員を睨め回して言い、それから小岩につと身を寄せ、「新たな火薬開発が滞っていると聞いたが」と、声を落として訊ねた。別段責めたふうでもなかったが、小岩はたちまち身をすくめた。

「いえ順調に進んでおります。旧来とは異なる配合を試みておりまして、これまでにない威力と精度の火薬製造を目指しておりますからご安心いただきますよう」

声が無惨に裏返っている。研究室長の威風を自ら削いでいる様子に哀れを催していると、小岩がやにわにこちらに向いて、

「郷司君」

と、手招きをしたから狼狽した。返事もそこそこに音三郎は前に出る。呼吸がいたずらに上がった。

「先日、着任したばかりの研究者で無線を専門にしております。逓信省とも海軍とも異なる、新式の無線開発を任せております」

我々の研究開発はなにも滞っていない、砲弾のみならず研究の裾野を広げてさえいるのだという小岩の懸命な顕示を傍らに聞きながら、音三郎は打ち込まれた杭のように突っ立っているよりなかった。他の研究員に先んじて大佐に面通しされたという誇らしさは欠片もなく、ただ、

大阪を出る前にしっかり着込んだはずの鎧の紐が切れはせぬかと、そのことだけを恐れていた。学歴を偽っただけであればここまで怯えなかった。いかようにも言い逃れてやると、とうに腹は括っている。だが、これまで死ぬ思いで身につけてきた知識への自信までもが、有能な同僚たちの前に揺らぎはじめた現状が足下をおぼつかなくさせるのだ。

菱川の目が音三郎に据えられる。品定めをしているだけでなく、こちらの言葉を待っているようでもある。おそらくは無線に関する知識をひとくさり述べるべき場面なのだろう。開発の目処や過程を語るべきなのだろう。だが、中途半端な知識を披露することでむしろ藪蛇になるのではないかと思えば、肺腑が固まって息をすることさえままならなかった。音三郎は菱川の目を見返すこともできず、彼の胸元に張り付いた、中央に星が象られた徽章をただ見詰めている。

「エナメル蓄電器というものがございます。無線に使う大容量の蓄電器としては有力かつ軽量化にも適していると考えられておるものであります」

斜め後ろに声が立った。無意識に自分の口が動いたのかと一瞬錯覚したほど、その声は的確に無線の動作を解説していく。そっと目を流す。殿山の姿が映った。

「加えて空中線も小型化し、移動に備えられるよう研究を進めております。逐一空中線の塔を打ち立てていては、基地局はここだと敵に報せるようなものですから」

殿山はそこから、菱川を前に少しの緊張も見せずに細かな仕組みを淡々と語っていった。それは音三郎が現段階で持ちうる知識を超えてあまりある内容だった。粘ついた汗がまた滲んだ。

菱川は軽く頷きながら黙って耳を傾けていたが、殿山が息を継いだのを見計らい、

「ともかく完成を急いでくれ。期待しておる」

と、子細な報告を望んだ割にはあっさり納得して、話を打ち切った。それを受けて殿山が一歩退き敬礼すると菱川はじめ軍人たちは踵を返し、足早に退室した。総身から力が抜ける。

「たまに抜き打ちみたような形で視察に来るんだよ」

研究員たちが三々五々自席に着き、小岩がいつもの柔らかな調子に戻って「ご苦労さん」と音三郎の肩を叩いて廊下に出て行ってから、殿山が太い眉を上下させつつ耳打ちしてきた。

「ま、関東軍はまだ小隊だから、どうということもないが、これが陸軍省や参謀本部となると大変なんだぜ。吟味も細かければ、ひどく横柄でさ、説明しながら口の中がカラカラになることもしょっちゅうなんだ。ただ彼らに専門知識があるわけじゃあないから、詳しい構造や配合を説明しても存外あっさりした反応しか返ってこないんだが。今みたいにね」

なにが面白いのか、笑みをこぼす殿山に、「関東軍、というのは……」と、音三郎は訊いた。軍の機構について、まったくと言っていいほど知識がないのだ。殿山は以前見せたのと同じく意外そうに目をしばたたかせたが、すぐに「ああ、最近改称したばかりだからね」と、それとなく補って、音三郎の無知を見下しはしなかった。

「確かその昔は、関東総督府という名だったと思うんだが、これが関東都督府と改称したろう。このときできた陸軍部が独立して、関東軍と名を改めたんだ。もともとは満州の満鉄沿線の警備に当たっていた部隊だが、台湾や朝鮮、支那に駐屯した小隊もまとめて組織化したらしい。それでも陸軍本隊からすれば小規模なんだろうが」

欧州大戦のさなか、利平から「青島に出征する」と揚々と綴った手紙をもらったことを音三郎は思い出していた。そのまま中国に駐屯し、何らかの事情で関東軍に組み入れられ、その後富が手紙で書いて寄越したように東京へ転属となったのだとしたら、やはり先の男は利平なのかもしれない。軍人たちのそばに立ちながら、気が動顚して、利平らしき男を確かめる余裕さえなかった自分が情けなかった。

視線を感じて目を上げると、殿山がこちらを窺っている。その頰に、これまで見たことのない複雑な湿気を帯びた笑みが浮かんでいた。

「君、ここに入った初日、小岩さんから僕と組めと言われたときに嫌な顔をしたろう。しばらくは僕を軽んじてたように見えたぜ」

あくまでも朗らかに、殿山は言った。音三郎は息を詰める。

「あのときの君の内心は、こんな愚鈍そうな男と組まされるなんて嫌だなぁ、そんなところじゃないか？」

「いや、そのなことは……」

動じたせいで国訛りが出てしまう。殿山はそれを受け流し、「あ、気を悪くしたら申し訳ない。別段怒ってるわけじゃないんだよ」と、眉を開いた。

「なにしろこの風貌だろ、軽んじられることはしょっちゅうなんだ。飯屋なんざ入ると、店主やらお運びやらにひどくぞんざいな扱いを受けるよ。学生の頃からだからね、こっちはもう慣れっこなんだ」

甲高い笑い声を上げたと思ったら、不意に真顔になった。

「だけど帝大は存外こんな面の奴が多かったぜ。絵に描いたような聡明な顔立ちなんざ滅多にお目にかかれなくてさ、勉強漬けだと垢抜けなくていかんな、とみなで軽口を叩き合ってたんだ。君もそういう面相は見慣れてると思ったんだがな。大阪工科はよほどジェントルが揃ってたんだな」

体の芯に灯っていた明かりがひと息で吹き消されたような気がした。なにひとつ返せぬ音三郎に、殿山は一切の曇りがない笑みを向ける。

「容貌で人物を判じるのはうら若き乙女の特権だと思ったが、そうでもないんだな」

殿山は快活に言い置くと、自分の席へ戻っていった。

仕事を終えて研究室を出たところで事務員の男に呼び止められた。「郷司さんですな」と、彼は初日に研究室まで案内してくれたにもかかわらず、記憶に自信がないのか、音三郎の上から下まで用心深く目を流してから、「本日視察にいらした関東軍の方が郷司さんに、と」と、小さく折り畳んだ紙片を差し出したのだ。

音三郎は驚きを顔に出さぬようそれを受け取り、礼を言って足早に工場の門を出る。周りに人影がないのを確かめてから紙片を開くと、月明かりに浮かんだ文字は、見覚えのある懐かしいものだった。

〈明晩　家ニ来ラレタシ　富ト待ツ　利平〉

音三郎は紙を握りしめ、口中に溜まった唾を飲み込んだ。東京という不案内な土地で旧友に相まみえたのは心強いことであるはずだった。だが音三郎は、昼間見た男が利平でなければいい、と心のどこかで望んでいたことをこのとき知ったのだ。あの男に宿った翳は、それほどに暗く重苦しいものだった。

紙片には住所もしたためられてある。牛込(うしごめ)、という耳慣れぬ町に利平は住んでいるらしかった。行き方を早急に調べねばならないと思ったが、研究所の人間に訊くのははばかられた。関東軍の軍人と個人的に親交があることがどう受け止められるかわからなかったし、利平の存在によって自分の経歴が明らかになってはまずいという恐れもあった。さりとて牛込にどんな用事があるんだと訊かれた場合、うまくごまかせる自信も音三郎にはなかったのだ。

身近なところで他に訊ける者はおらぬかと思案し、程なくして島崎老人に行き着いた。夜分であるからためらわれたが、利平との約束は明日である。やむなく音三郎は、十板を出てまっすぐ大家宅に足を向けたのである。

夜も十時に近い時間であるのに島崎老人は起きていて、突然の来訪を驚くでもなく、「玄関口ではなんですから、どうぞ」と奥へ通してくれた。牛込までの路線を訊いて早々に退散するつもりだった音三郎は少しばかり面倒に思ったが、居間に踏み入るやその考えは霧消(むしょう)した。古びた平屋建ての外観からは想像もつかない光景が広がっていたのだ。

十畳ほどの洋間には、年代物のソファが据えられている。部屋の隅には幅一間はあろうかという両袖机と肘(ひじ)掛け椅子があり、机の上には数冊の分厚い書物が無造作に置かれていた。片眼の濁った老人の部屋とは思えぬ洗練された佇まいにも肝を潰したが、それよりもなにより音三郎を驚かせたのは壁一面に設えられた書棚だった。

他人の家だということも忘れ、夢中で背表紙の文字を追っていく。量子論、電磁現象、電磁波、原子核——音三郎の細胞をざわめかせる文言がおびただしい数並んでいるのだ。呆気にとられて棚を見上げているところと香ばしい匂いが漂ってきて、にわかに現実に引き戻された。

「コーヒーを淹れましたので、どうぞ、お座りになって」

いつの間に台所に立ったのか、老人が盆を手にソファの前に佇んでいる。コーヒーと聞いて音三郎は、いよいよ狐につままれたような心地になる。

「あの……島崎さんはどういう……」

促されるままにソファに腰かけ、その思いがけず柔らかな座り心地に戸惑いながらも音三郎は訊いた。

「ただの大家ですよ」

「いや、しかしこの書物……」

老人はテーブルにカップを置き、「どうぞ召し上がって」と勧めてから、

「私も、かつてあなたと似たような仕事をしておりましたから」

と、控えめに言葉を置いた。

「十板の研究所にいらしたんですか?」

「いえ、軍需関連の工場にはおりません。ただ、電気事業の開発に携わって参りましたので」

と、島崎は書棚に目を遣る。

「電気……」

音三郎は身を乗り出す。島崎の若かりし頃であれば、電気が各所に引かれていた当初だ。貴重な立ち上げの時期に、開発や研究を任されたということは、技師として特別に秀でた人材であった証である。

「現役を退いたときに書物はすべて手放そうと決めておったのですが、数年前に理研の立ち上げに駆り出されましてね。おかげでいつまで経っても片付きません」

理化学研究所――確か、おととし立ち上がったばかりの財団法人ではなかったか。各分野の第一人者を集めて幅広い研究開発をなす機関だと、いっとき新聞で盛んに報じられていた。帝国議会で承認されたため、創立時には二百万円もの国庫補助、百万円の皇室下賜金(かしきん)が下りたという。さらには財界から二百万円も寄付が集まったと聞いて、国の、理化学研究所に対する期待の程が窺い知れたのである。その理研創設に関わっていたとなれば、島崎は研究者として相応の立場にあった人物なのだろう。緊張がジワリと身を縛り付けた。

「それで、今日はどういったご用で?」

牛込までの行き方を訊きに参りました、とはとても言い出せなかった。なにを話題にしたものか逡巡(しゅんじゅん)し、気を落ち着かせるためにテーブルに置かれた琥珀(こはく)の液体を一口啜る。これまで味わったことのないしぶとい苦味が舌を刺した。

「あの、島崎さんは弓濱さんとはどういったご関係なんでしょう? 一緒になにか開発に当たられていたようなことは……」

「いえ。ずっと以前に多少の交流があった程度で、さほど親しいわけではありません」

もしかすると音三郎の十板への入所を実質働きかけたのは、この島崎ではないか、という感触が湧いた。弓濱から依頼されて島崎が直接口を利いたのではないか、と。しかしそれほどまでに島崎が十板に食い込んでいるとすれば、なぜ弓濱はわざわざ自分を送り込んだのかと懐疑が頭をもたげる。弓濱が十板とつてを作り、内部情報を得たければ、島崎を繋ぎ止めておけばいいだけの話ではないか。

音三郎はそこから少しずつ質問を変えながら弓濱との関わりを訊いたが、島崎老人はお茶を濁してそれ以上は答えなかった。代わりに、「いかがですか、研究所勤務は」と、茶飲み話といった気軽さで訊いてくるのである。

「欧米諸国に技術力ではまだまだ劣っている、開発が急務であると、みな励んでおります。ただ、原首相は軍縮を唱えておりますから、今行っている開発がどこまで国家のお役に立てるかと危惧しておりますが」

通りいっぺんのことを述べるに止めたのだが、島崎は即座に片眉を上げ、

「いえ、あなたは……郷司さんはいかがですか、と私は伺っているのです」

言って、白く濁った目を音三郎に据えたのだ。気圧されて言葉に詰まる。

「私は……」

私はただ周りについていくのが精一杯で、己の無学に打ちのめされております、と正直に打ち明けられたらどれほど楽だろうと思いながら、音三郎は表向きの言葉を差し出した。

「私も早く研究所に慣れて、一研究員として立派な成果を挙げたいと切望しております」

答えるなり島崎老人はふっと肩の力を抜き、ソファの背もたれに身を埋めた。

「郷司さん、ひとつだけ覚えておいていただきたい。研究者は、ことに科学技術に関与する者は、ご自分の意志や理念、理想をけっしておざなりにしてはなりません。軍人のように右向け右ではいかんのです。また世の中の、いわゆる普通の市民の感覚というものを常に身近に引き寄せておかねばなりません。個々がしっかり立っておらぬと、科学というのはおかしな方角に

走り出すものですから」
老人にそのつもりはないのかもしれないが、挑戦的な物言いに音三郎には聞こえた。話の内容が、どこか金海を想起させるものだったからかもしれない。自然と身を硬くすると、島崎は芝居がかった動きで額を打ち、「これはいけない。ろくろくお話ししたこともない方に説教めいたことを申しまして。年寄りの悪い癖です」と、表情をくつろげた。音三郎はかぶりを振り、再びコーヒーのカップを取り上げる。

「あの……島崎さん」

老人はソファから身を起こし、背筋を伸ばした。

「もし今後、研究に行き詰まるようなことがあったら、こちらに伺ってもよろしいでしょうか？」

東京に出たらけっして誰にも頼らぬと決めていた。自力で立身してやる、なににも縛られずに有無を言わせぬ製品を作ってやると意気込んでいた。それなのに上京して早々、こんな隠居老人にすがっている自分に内心では苛立（いらだ）ちさえ覚えている。けれども身体のほうは、意志に背いて深々と頭（こうべ）を垂れているのである。

「こんな老いぼれではあなたの力には到底なれますまいが、こやつらならば役に立つことがあるかもしれない」

と、老人は書棚を指した。

「どうぞ、いつでもお好きなときにお使いください」

四

翌朝出勤するなり小岩を捕まえ、島崎伊蔵という技師をご存じか、と音三郎は問うた。理研立ち上げに関わるほどの影響力を持った人物が、現役時代に為した功績を知りたいという好奇心であった。が、小岩は「島崎」と何度か口の中でこねた挙げ句、「はて、私は存じませんな」と、首を傾げたのだ。なにかを秘しているようには見えなかった。かえって「その島崎とは何者です」と興味深げに訊き返されて、言葉を濁して切り抜けるのに難渋した。

まるで視界の利かない靄の中に佇んでいるようで落ち着かなかったが、ひとまず利平との約束を果たすため、音三郎は定時に研究室を出て牛込へと向かう。行き方は結局、事務員に訊いた。十条駅から列車に乗り、揺れに身を任せながら、利平と会ったらまずなんと声を掛ければよいか、と言葉を探す。漆川や池田の工場で彼とどんな話をしていたろうと記憶を辿るも、常に明るくて正義感が強く、威勢のいい利平の面影は、あの軍人からは掻き消えていたのだ。以前のようなやりとりが成り立つとは、どうあっても思えなかった。

牛込柳町に降り立って、音三郎は妙な懐かしさを覚えた。街中のような賑わいこそなかったが、人家が建て込んでおり、暮らしの音や匂いが漂ってくる。大阪ではそこここにあった棟割長屋も見受けられ、音三郎は居心地のよさを感じながら、番地の書かれた紙片に目を落とす。と、「音兄さん」と呼ぶ声が聞こえた。目を上げると、前から富が跳ねんばかりにして駆けてくる。漆川にいた頃となんら変わらぬ走り方に、音三郎の頬はつい弛んだ。

「よう来てくれたね。ここまで迷わず来られたん？」

まるで子供に訊くような口振りで、妹は案じ顔を向けた。

「おまんこそ、わざわざ迎えに来てくれたんか？」

「うちはすぐそこやけん。駅のほうを見とったら、音兄さんが見えたけん」

この薄暗がりの中、妹が遠くから自分の姿を見付けてくれたことが素直に嬉しかった。富と最後に会ったのはいつだったか。父の亡くなった報せを受けて漆川に戻ったときだから、もう六、七年は経っている。あのときもその可憐さに目を引かれたが、今はさらに磨き上げられ、落ち着いた気品さえ身につけていた。柔らかに結った丸髷も、仕立てのいい紗紬も垢抜けして見える。これが自分の妹かと思えば、気後れを感じるほどだった。

「東京で会えるやなんて、嬉しい。うち、音兄さんが東京に来たこと、知らんかったけん。えらい出世したと聞いとるけんね」

抜けるほどの白い肌を上気させ、富は音三郎の手を引いた。

「さ、早よ。うちの人、もう帰っとるけん。夕飯食べてってな。うち、腕をふるったんじょ」

「『うちの人』か。おまんも一人前のかみさんじゃな」

からかうと富は頬を赤くした。妹の横顔を見て、昨日利平に感じた暗さは錯覚かもしれん、と音三郎は思う。単に、任務についているときに会ったために険しく映っただけかもしれない、と。

古びた棟割長屋の一室に、利平は居を構えていた。家の中も質素ではあったがけっして殺風景ではなく、床の間や箪笥に置かれた一輪挿しには見栄えよく花が生けてあり、富の丁寧な暮らしぶりが窺い知れた。座敷も隅々まで掃き清められ、障子の桟（さん）は埃（ほこり）ひとつまとっていない。ミツ叔母が秩序なく散らかした自宅と比べて、この家のせいせいとした空気を羨（うらや）ましく思う。

利平は奥の六畳間に、着流し姿で座していた。富の話し声は聞こえていたろうに玄関まで出迎えることもせず、音三郎の姿を認めても「おう」と軽く手を挙げて、向かいの座を指し示しただけである。その印象はやはり昨日研究室で見たものと変わらず、音三郎はかすかな落胆を覚える。

「昨日は、妙なところで会（お）うたな」

笑みも見せずに、利平は言った。

「うむ、驚いた」

音三郎も答えたきり、なにを話したものか惑って押し黙る。富が気を利かせて、「お酒、つけますね」と台所に立った。その後ろ姿を見送ってから、利平は改めてこわばった顔を音三郎に向けたのだ。

「はじめはおまんと気付かんかったんじゃ。様子があまりに変わっとったけん。他人の空似じゃろうと思うとった。けんど室長がおまんの名ぁを呼んだけん、トザやとわかったんじゃけんど」

それはこっちの台詞だ、と音三郎は言い返しそうになる。おそらくは、利平自身が変じたために、そう見えたのだろう。自分はなにも変わっていない。いやむしろ、漆川や大阪にいた頃より今の環境のほうが自分らしくいられる。しかしそうした存念を表に出さず、「だいぶ会っとらんけんな」と音三郎は軽く受け流した。

「ほなけんど、おまんが十板の研究室におるとはのう。えらい出世じゃ。あそこは帝大卒の牙城（がじょう）やっちゅうじゃろ。トザは昔から頭がよかったけん、不思議やないけんど、よう入れたもんじゃ」

「いや、それは……」

言いかけて、台所を窺った。富が出てくる気配がないのを確かめて言葉を継ぐ。

「わしは大阪工科を出たことにしてもうてるけん。学歴を偽っとるんじゃ。それで入ることができたんじゃ」

良心の呵責（かしゃく）から旧友に打ち明けたわけではなかった。過去を知る利平の口から、事実が漏れるのを避ける目的であった。まずは正直に話して、固く口止めをしなければならない。

頭ごなしに叱責（しっせき）されるのは覚悟の上だった。昔から曲がったことの嫌いな男だったし、軍の規律の中で生きておればその傾向がいっそう強くなったとて不思議はない。が、意外にも利平は、「なるほどのう」とつぶやいたのだ。

「思うところに入れるのなら、嘘でもなんでも使（つこ）うたほうがええ。組織っちゅうのは、どこもかしこも派閥がものを言うけんな」

音三郎が言葉を継ぎかけたとき、「お待たせしました」と、富が酒と肴（さかな）を運んできた。「たいしたものはないんじょ」と肩をすくめつつ卓の上に並べた料理はいずれも、一見して手が込んでいるとわかるもので、日頃ミツ叔母の手抜き料理に慣れた目にはことさら魅惑的に映った。

酒を酌（く）み交わし、勧められるままに箸を付ける。鰈（かれい）の煮付けも鶏団子の煮物も里芋を炊いた一品も、出汁（だし）がしみていて溜息が出るほど旨（うま）い。昔であれば「ええのう、おまんは毎日このな飯を食うとるんか。おまんなんぞに富をやったのは不覚じゃったのう」と冗談口も叩けたろう。利平はきっと、「富はわしを好いとるけん、料理も手ぇ抜かんのじゃ。な、富」と、おどけたに違いない。けれどこの堅苦しい座にあっては、「旨いのう、富」と目を丸くすることすらためらわれた。

　利平はせっかくの料理にほとんど手をつけず、またたく間に徳利を空けると、「もう一本つけてくれや」と富を台所に追い払った。そうして「軍も同じじゃ」と先刻の話を続けた。

「明治の頃は長州閥が幅利かせとったらしいてな、長州出でないと出世は望めんかったんじゃ。けんど原首相がだいぶ制度を変えたけん、長州以外の軍人が除け者にされるようなことはのうなった。ほなけんど代わりに、学歴が重要視されるようになった。天保銭の天下じゃけん」

「天保銭？」

　すると利平は自分の胸元をトントンと二度ほど突いた。

「軍服の胸につけとる徽章じゃ。天保銭に形が似とるのよ。あれは陸軍大学校出しかつけられん。一目で学がわかるようになっとるんじゃ。軍では学っちゅうのはすなわち身分じゃけん」

　音三郎は昨日研究室を訪れた菱川の胸元についていた、中央に星を象った徽章を思い浮かべる。

　将校になるには陸軍大学校を出なければどうにもならんのだ、と利平は言った。幼年学校も陸軍士官学校も陸軍省管轄だが陸軍大学校だけ参謀本部直轄であり、つまり大学校は参謀本部に属する将校を育てるための機関ということになるらしい。

　音三郎はしかし大学校の件よりも、十三歳から入学できるという幼年学校なる軍人養成機関があることに驚いていた。フランス語、ドイツ語、ロシア語を学べ、さらには歴史や地理、物理化学まで五年間みっちり英才教育がなされるのだという。

「軍人になることが義務づけられとるんじゃが、その代わり学費がただなんじゃ。わしもタコオにおる頃知っておれば」

利平は唇を噛み、「ただそこを出て、上の学校に進めば金がかかる。結局は軍学校で学ぶことはできんかったかもしれんけどな」と、視線を畳に落とした。

「わしは陸士も出とらんけん、はなから出世の道を外れとるんじゃ。志願して池田の小隊に入ったときは、徴兵されて泣く泣く入隊した奴らと一緒でな、覇気のない同期の尻を叩くのが仕事のようなもんじゃった。そっからはじめたんじゃ」

「けんどこの人、内務班の班長を仰せつかったんじょ。偉いことやと思わん？」

徳利を持って出てきた富が、屈託ない笑みを向けてくる。音三郎には内務班がなんのことかわからなかったが、杯を受けながら取り敢えず頷いた。

「なにが偉いもんか。兵士を取りまとめるだけのつまらん係じゃ」

利平は鼻であしらい、里芋をひとつ口に放り込んだ。

「ほなけんど、この人、同じ時期に入った軍人さんの中では一番出世したんじょ」

富はあくまで兄の前で、夫を称えたいらしかった。反対に利平は、内に燻っている鬱憤を隠そうとはしなかった。

「軍人ゆうても、池田では雑魚ばっかりやったけん、当然じゃ。けんどいかに働いても、わしのような下士官は、どこまで行っても下士官でしかない。これが現実なんじゃ」

投げやりなことを次々と口にする。しかしその横顔は、諦めているふうにも嫌気が差しているふうにも見えないのだ。むしろ、獲物を待つ獣のごとくひりついた殺気を帯びていて、先刻から音三郎を静かに脅かしているのである。

陸軍の精神を長きにわたり支配していたものに、白兵銃剣主義というものがある、と利平は幾分声を落として言った。敵の懐に突っ込み、軍刀を振りかざして斬りかかる、至近距離から銃を撃つ、攻撃を恐れず精神力で敵陣に乗り込んで相手を倒す、そうした歩兵戦闘こそが勇であり、軍人の鑑だ、とする考え方である。実際に日露戦争では成果を挙げた戦法であり、内務班の班長を任された時分、利平も盛んにこれを訴え班員らを教育した。だが、欧州大戦で青島に派遣され実戦に臨んで以来、白兵銃剣主義の脆さに彼は気付いた。ドイツ軍の優れた兵器を間近に見て、「精神力」をやみくもに訴えてきた自分を嗤うしかなかったのだ、と。

「どのな兵器じゃ。ドイツはどのな兵器を持っとったんじゃ」

音三郎は思わず身を乗り出した。

「まず砲弾じゃ。これが我が軍のものとは比べものにならんくらい飛ぶ。機関銃も、わしらが持っとるもんとは大違いじゃ。凄まじい速さで弾が連射される。しかも飛距離がある。あのな銃に狙われたら逃げようがない。フランスとドイツが衝突した戦場では、飛行機や飛行船も飛んでな、毒瓦斯も使われたそうじゃ」

「化学兵器か。そのなところまで行っとるんけ」

富が居心地悪そうにうつむいているのが目の端に映った。だが音三郎は話をやめることができなかった。

「爆撃は火砲だけか？　発破のようなもんはなかったか？」

「わしも青島の戦況しかこの目で見とらんが、大砲だけじゃったと思う。けんど、他の戦地ではわからん。イギリス軍がフランスのソンムっちゅうとこで陸上弩艦を走らせたっちゅうくらいやからのう」

「なんじゃ？　陸上……？」

「戦車じゃ。でかい車輪のついた鉄の車じゃ。砲撃が苛烈になると塹壕戦になることがままある。互いに防御に徹して膠着状態になるんじゃ。ほなけんど戦車はたやすく火薬にはやられんけん、砲撃戦の中を突っ込んでいける。塹壕を車体で潰すことも難なくできる。それこそ白兵で向かって行きゃあたちまちぺしゃんこじゃ。腸が飛びでて終いじゃ」

利平がかすかに笑んだ。歪な笑みだと思った途端、肌が一気に粟立った。

「ほうじゃ。茶碗蒸しも作ったんじょ。音兄さん、食べるじゃろ？　今、蒸すけん」

話の腰を折るように富が言って、音三郎の返事を待たず台所に駆け込んだ。

音三郎は利平に目を戻す。頰に薄い笑みを残して猪口を舐めるその顔を見るうち、唐突にひとつの確信が胸に灯った。

――利平は、人を殺しとる。

彼の変わり様は、単に軍の生活に浸かっているというだけのことではない。欧州大戦で日本軍が唯一本格的な戦闘に加わった青島で、利平はしかと手柄を立てたのだ。己の役目を果たしたのだ。

「のう、トザ」

利平が顔を上げ、こちらを見据えた。

「ええ兵器を作ってくれ。アメリカもドイツも英仏も目ぇ剝くようなもんを作ってくれや。わしが必ず実地で使ってみせるけん」

箸を握りしめたまま、音三郎は黙って幼馴染みを凝視する。

「関東軍はただの陸軍とは違う。大陸に根を張って満蒙を掌握しとる軍じゃ。天保銭が額を寄せ合って机上で作戦練っとる参謀本部とは、実力も経験値も違う。本当の戦争を知っとるのはわしらじゃけん」

そうして利平は手を差し出した。

「ともに手柄を立てるんじゃ。天下を取るんじゃ。わしらはもともと選ばれるべき人間のはずなんじゃ」

利平の語気に気圧され、音三郎はおずおずと手を伸ばす。いつの間にかごつく逞しくなったその手を握ったとき、なぜだか音三郎は、行くべき道がひとつに絞られたとはっきり感じたのだった。

五

大正十一年の正月を、音三郎は島崎老人の家で過ごしている。

「ご迷惑じょ。旗日にまで」

と、ミツ叔母は眉根を寄せてたしなめたが、どうせ内心はせいせいしているのだ。これまで大阪と東京で何度となく迎えた正月に、おせちはおろか、雑煮の一杯も作ったことのない叔母である。ひとりであれば気兼ねなく手を抜けると胸を撫で下ろしているに決まっている。

島崎老人の家をはじめて訪ね、壁一面に設えられた書棚に圧倒されて以来、音三郎は時折書物を借りに寄るようになった。最初は五日に一度だったものが一日おきになり、今では休日になると老人宅に上がり込んで閲覧するまでになっている。ここに居座って書見するのには理由があって、それというのも英文の講釈を島崎に頼んでいるのだった。

十板の研究室に勤めて、二年という月日が経っていた。無線の研究開発に専念し、少しずつではあるが相応に成果も挙げている。ただ、再々胸を冷やしたのは、研究員の誰もが論文を原文で読んでいることだった。語学に一切手をつけてこなかった音三郎は、これで化けの皮が剝がれる、と蒼ざめたのだ。正体があばかれぬうちに他所に移ることも考えはした。けれど、十板の正門をくぐり、工場に急ぐ職工たちの群れを横目にゆうゆうと研究棟に向かう瞬間の誇らしさを手放す気には、どうしてもなれなかった。殿山たち帝大出の同僚と机を並べている環境もまた、重荷である半面、音三郎の志気を高め、その地位にしがみつかせた。

島崎老人が英語にも通じていることは、書棚に並んだ原書からも察せられた。ために、英語に不案内であることを正直に打ち明け、「一から教えてほしい」と請うたのだが、そのとき老人は意外にも驚いた顔ひとつしなかった。「私もたいして通じておりませんが」と謙遜しながらも、翌週訪ねたときには簡単な文法をまとめた帳面を渡してくれたのである。

「構文をいくつか覚えれば、あとは応用でこなせるでしょう。そもそも技術書は専門的な単語を把握することがもっとも肝要になりますから」

老人の言う通りだった。基礎構文を頭に叩き込み、難解な単語はその都度辞書を引いて覚えていけば、半年ほどで論文を前にして手も足も出ないということはなくなった。

島崎はひとり住まいで、灯りがともってさえいれば夜分に寄れるのも心安い。老人は自らの身の上を一切語らず、音三郎も訊かずにいるため、彼がずっと独り身だったのか、単に子供や孫と別に住んでいるだけなのかは知れない。ただ、正月というのに誰も訪ねてこないところを見ると、家族とは縁がないのかもしれない。

「お茶を、どうぞ」

声がして、音三郎は書物から目を上げた。島崎が、ソファの傍らのテーブルに湯飲みをふたつ置いたところである。

「恐縮です。あ、今、何時でしょう？」

「そろそろ八時になりますな」

「もうそんな時間ですか。これはすみません、遅くまで」

このソファに腰を落ち着けたのは、確か三時過ぎだった。かれこれ五時間近く居座ったことになる。

「こちらこそお夕食も差し上げませんで。なにかとりましょうか？」

「滅相(めっそう)もない。もうお暇(いとま)します」

音三郎は急いで茶をあおる。熱さにむせた。

「慌てないでゆっくりお飲みなさい。そういえば」

老人は束の間呼吸を置いてから、それとなく話を続ける。

「十板では満州の話が出るようなことはございますか？　国が今、重工業資源の基地として、かの地を活用しはじめておるでしょう？」

　音三郎は少しく身を硬くした。島崎は時折、こうして研究室内部の動向を探るようなことを訊く。それが技術者としての単なる興味なのか、彼と音三郎を引き合わせた弓濱への情報提供目的なのか、未だはっきりしないのだ。内部のことは下手に漏らさぬほうがいいと自戒しつつも、内情を語ると島崎からも相応の忠告や情報を得られることもあり、近頃では知りうる範囲のことを答えるようにしている。

「特に満州が話題に上ることは今のところないようです。国が満鉄に金を注ぎ込み過ぎだと、四方山話（よもやまばなし）の折に出るくらいで」

　国の南満州鉄道への資本注入は尋常ならざる勢いで加速している。このほど資本金が二億円から四億四千万円に増額されたと報じられると、研究室内に不満の声さえ立ったのだ。そんなに金があるなら、もう少しこちらの予算に回せというのだった。

「ロシアは国内で革命が起こったことにより、北満州から撤退いたしましたね。そこで日本がかの地の特産品の輸出入に参入した。南満州鉄道はその荷を運ぶ大事な足ですから国が力を入れるのも致し方ないでしょう。中国が満鉄と並行して線路を敷くのを阻止するのに、政府は一億円を投じたとも聞きますから」

「阻止といっても、どうやって阻止するのです？」

「私も詳しくは存じませんが、沿線の国土を買い取るなど、手立てはさまざまにあるはずです」

老人は、手の平で湯飲みをもてあそびながら国際間の競争をおっとりと語る。

　昨年十一月、平民宰相と呼ばれ国民の支持を得ていた原敬が東京駅で暴漢に刺されて命を落とし、首相は高橋是清に替わっていた。裕仁親王が摂政となられ、年をまたいでワシントン会議が開かれている。主に極東問題について欧米諸国と話し合いを持ったこの会議で、日本は窮地に立たされたと報じられている。第一に、アメリカが撤兵したのちもまだ日本軍がシベリアに駐留していることについて、占領を目論んでいるのではないかと嫌疑の通告を欧米諸国から受けていること。二つ目には日英同盟への懸念である。ロシアと断絶し、米国との間に摩擦が生じているさなか、英国との同盟関係まで破棄されれば日本の国際的孤立はまぬかれず、仮にここで世界大戦規模の戦争がまた起これば孤軍奮闘を強いられる。欧米は、自分たちの戦争の手助けを日本に強いるが、日本が独自に力を持つのは許せないのだ。

　だからこそ軍事力を高める必要がある。国際的にいかなる立場に立たされても、生き残れるように。それには、最先端の兵器の有無が鍵になる――これは昨今、十板でも盛んに交わされている論である。

「満州というのは、それだけ魅力的な土地なのでしょうか」

　島崎に訊いた。満州に渡った兄らのことが頭をよぎっていた。富のところにはよく手紙が届くらしく、近況は折々に耳に入る。

　てっきり鍬を手に開墾に勤しんでいるものとばかり思っていた岸太郎兄らは今、撫順炭鉱で坑内掘りをしているのだという。一緒に働いとる支那人はツルハシで掘っとるんじゃけんど、兄さんら日本人は電気ショベルを使えるんじゃ、偉いことやな、と富はふたりの兄の出世ぶりを語るのだが、長らく伸銅業界にいて鉱山掘鑿の厳しさを聞かされてきた音三郎には、いかに電気ショベルを使っても牛馬並の重労働に違いない兄らの日々を憐れむだけだった。それに、兄らが単に息災を伝えるためだけに書き慣れぬ手紙をしたためるはずもないのだ。ことによると金の無心でもしているのではないか、と満州の話をするたび富の横顔に射す翳を見て感ずるのだが、音三郎は気付かぬ振りを通した。兄たちが自分と線を引いたのであれば、関わらぬに限る。低いところを漂っている者に手を差し伸べれば、向こうが這い上がってくる前に、こちらが引きずり落とされるのがオチだ。

「鞍山鉄山という鉱山が満州にありますな」

島崎は茶を一口啜ってから言った。

「ほとんど用をなさない貧鉱だったのですが、満鉄が多大な研究費を投じて磁化焙焼法というものを打ち立てました」

「磁化焙焼……鉱石を焼くということですか？」

「ええ。鉄鉱物は非磁性ですが、これを焼くことで強磁性鉱物となる」

「つまり銑鉄の段階に移るのに有益ということですね」

「有益であり、合理的です。焙焼法を導入したことで、中国さえ持て余していたこの鉱山の鉄の産出量は莫大なものになりつつあります」

技術というのはすべて発展にこそ使われるべきで、発展とはすなわち人々に均等に幸をもたらすものに限る——おそらく島崎老人はそう続けたいのだろう。この二年強、幾度となく繰り返された彼の信条である。

「磁気というのは、電荷も蓄積しますね。今、無線の小型化を探っているのですが難航していて」

音三郎はさりげなく話題を変えた。

「電気もなかなか尻尾を摑ませてはくれませんからな。マクスウェルの基本的な考え方を、後年のヘルツやローレンツが変容させたが、それでもなお、正体は知れない」

島崎は壁の書棚に目を遣る。おもむろに立ち上がると、『Electricity and Magnetism』と背表紙に刻まれたマクスウェルの原著を取り出した。

「けれども存外、基本に立ち戻って考え直してみると、新たな発想が浮かぶかもしれませんよ」

老人の言葉とともに本を受け取った。茶を飲み干して壁の時計を見ると、八時半を指している。

「ご馳走様でした。あの、この御本をお借りしても？」

「ええ、どうぞ、お持ちください」

玄関まで見送りに出てきた老人に礼を言い、家路を辿る。帰ったら茶漬けでもかき込んで、早速本を開こうと足を急がせたのだが、玄関前に立ったところで、中からミツ叔母の甲高い笑い声が聞こえてきて音三郎は舌打ちをした。嘆息ののち戸を引き開ける。下駄を脱ぐ間もなく、

「よお、博士のご帰還だ」

と、男の酒焼けした声に耳を穢された。媚びを含んだミツ叔母の笑い声がそれに重なる。

「どうだ、博士。正月くれぇ一緒に飲もうや」

赤ら顔の男が手招きをした。飯台の上には徳利が転がり、部屋にはするめを炙った臭いが充満していた。どこで馴染んだのか知れぬが、たびたび叔母のもとに通ってくる労務者風の中年である。音三郎が勤めに出ている昼の間、叔母はこの男を密かに引き入れていたらしいのだが、去年の夏あたりから時間を問わず顔を出すようになったのである。「あのに偉い工場の研究者に会うてみたいと言うんじょ。会うてやってや」と、ミツ叔母は盛んにせがんだが、会ったところで男は馬鹿のひとつ覚えよろしく冷やかすだけであったし、音三郎もまた目を合わせることすらせずその存在を無視している。

「しかし十板の研究者様たぁとんだ出世だ。おめぇの子とは思えねぇな」

男が言って、ミツ叔母の耳たぶをいじった。

「うちは学問がからきしなんやけんじょ、これの父親がよく出来たんじょ」

ミツ叔母は姿態を作り、いつもの虚言を口にする。信次朗や島崎老人に音三郎の母と騙ったのと同様、「叔母なのに一緒にいる理由を説明するほうが厄介だ」という横着なのだろうと、近頃では逐一取り合わぬようにしている。

「な、この人の言う通り、あんたもたまには付き合いぃ」

傍らの畳を叩いた叔母には応えず、まっすぐ奥の自室へと進んだ。

「なんや、その態度。あんたな、いっくら学問積んで偉うなったかて、そのに愛想なしやと世の中ではやっていけんじょ。才能だの知識だの、そんだけで生きていくことはできんのやで」

後ろ手に閉めた襖越しに、叔母のがなり声が響く。

「え、わかっとるんか？　才なんぞ下手に持っとるとな、世の中にうじゃうじゃいる無能な奴の妬みを買うて終いなんじょ。ほなけん、ほんまに出来る奴は、石投げれば当たるような凡人の振りをするもんや。そのにしとけば、足を引っかけられることも、頭を叩かれることもないけんな」

そうだ、俺みてぇな凡人は生きやすいぜ、と男の下卑た笑い声がする。

「ええな音さん。なんやかんや言うても世の中、才だの知恵だのがものを言うわけやないんじょ。下手に出て、弱い振りした者が最後は勝つんじょ。万人の憐れを誘った者が終いには一番ええところをかっさらっていくんじょ」

酔ったミツ叔母の絡みはいつまでもやまなかった。音三郎は机上の電灯をつけ、島崎老人に借りた本をそっと開く。耳を塞いで、ただ書物の文字だけを追っていった。すべての血から解き放たれて、たったひとりでこの世にいられたらどれほどよかろうと、腹の底から思っていた。

A displacement current——変位電流と主に訳されている単語を、音三郎は机に突っ伏さんばかりにして先刻から見詰めている。

電気が流れることによって、その周辺に磁界が発生する。また、磁界が変化することによって、電流が発生する。つまり、電界と磁界が互いに発生を促しながら空間を伝わっていく現象が電波なのだ。

音三郎は研究室の机にかじりついて、図面を引いている。考えすぎで熱を持った額を手の平で押し上げたとき、小さな紙片が机の端に貼られているのに気付いた。

〈一段落したら声を掛けてくれ。殿山〉

顔を上げると、ちょうどこちらを向いた殿山と目が合った。

「すまん。考え事をしていた」

音三郎は言って、頭を掻いてみせる。

「メドゥーサに石にされちまったのかと思ったぜ。今いいか？　少し相談がある」

殿山は笑って、窓辺に置かれた大机を指した。研究員は一様に、いきなり話しかけるということをしない。煮詰まっていた相手の思考が、ひと声掛けたせいで飛んでしまうことを恐れているのだ。逆に言えばそれが、作業中は自分にも容易に話しかけるなという牽制にもなっている。

所長室前の応接ソファに腰掛けるなり、殿山は溜息をついた。

「軍縮、軍縮で嫌になっちまうな。こう予算を削られちゃあ、研究もおぼつかないよ」

国内では軍縮の動きが加速しており、研究員たちが話の取っ掛かりに愚痴をこぼし合う光景も珍しくなくなった。立憲国民党総理の座にある犬養毅が師団半減を唱えたのは去年のことだ。産業立国主義を打ち出し、「いかに精緻な武器があっても、弾薬があっても、経済力が伴わなければ結局負け戦になる」と唱えたのである。この論には、「なにを言っとる。威力のある爆弾がひとつあれば、戦争には勝てるだろう」と、研究室内でも篠崎を筆頭に異論を唱える者が多かったが、軍縮はまたたく間に国の総意となった。シベリア出兵で九億円の戦費を使った上、不良兵卒が横暴を働く事件が相次ぎ、国民の間に軍人軽視の風潮が広まっていたためだ。

「こんなことなら民営に勤めればよかったよ。産業立国の恩恵にあずかれるかもしれない」

殿山は口をへの字にして、頬杖をつく。

「民営は民営で面倒だぜ。売り上げだの決済だの、やたらとうるさいことを言われる」

音三郎は愚痴には乗らず、軽く返した。

十板に入った当初は、殿山や篠崎といった同輩たちを前に、ひたすらかしこまっていたのだ。恐れていたと言ってもいいだろう。年若い伊瀬に対してさえ絶えず緊張していたのは、これまで出会ったことのない優れた頭脳を持つ者たちへの畏怖だったかもしれない。

ただ幸いなことに、ここには金海のようにお説だけご立派な、中途半端な技師はいない。選び抜かれた一流の研究員のみである。ならば彼らの胸を借りるつもりですべてを吸収し尽くしてやれ、と肩肘張らずに居直ることができたのだった。

「それで、郷司君の無線だが」

「すまんな。思うように進まなくて。性能を高めるために努めてはいるんだが」

「わかってる。君は十分にやっているさ。ただ、上から進捗を報せろというお達しでさ」

声を低くして言う。「上」とは三部に分かれた研究室を統轄する梁瀬唯生という所長のことである。軍部の意向はまず彼に伝えられる決まりになっている。

「世間は軍縮一辺倒だっていうのに、軍部は相変わらず、予算なんぞお構いなしで、兵器の科学化先端化をのべつ幕なしに要求してくるからたまらんよ」

「君たちが進めている爆薬はどうなってる?」

自分だけが断罪されぬよう予防線を張ったわけでもないが、殿山たちの仕事の進み具合へと一旦話を逸らした。

「ピクリン酸を使うところまでは進んだが、実用までにはもう少し精査が必要で、こちらも足踏みしている」

音三郎はわずかに安堵する。それを見透かしたのか「だから今回の指示は、君が遅れているせいじゃあなく、むしろ、時代の流れとして無線の実用化が急務になったということなんだ」と、殿山は口調を和らげた。

「アメリカ電話電信会社は、潜水艦と飛行機に同時送受信式の無線電話を開発してるらしいな。海底ケーブルだと、爆弾のひとつも落ちれば切断の可能性が出るからな」

そう応えた音三郎に、

「ああ。各国、無線技術に注力するのは必然かもしれんな。なにしろ、鉱石検波器を使った受信機も一般化されたくらいなのだから。聞いたろ、radioの話」

ラジオという英語を、殿山はことさら強く言った。まだ日本にはない無線通信局である。アメリカではウェスティングハウス社の技師がアマチュア無線電信で放送を行い、鉱石ラジオを一台十ドルで売ったそうである。売れ行きは好調で、この結果に会社が出資を決めて、放送局を開設した。二年前のことだ。今や電話や電気扇のように、普通の家庭に鉱石ラジオが置かれていると聞く。大都伸銅で実験に明け暮れていた頃には、そんな日が来るのは遠い未来のことだと思っていたが――。

「日本でも、早晩放送がはじまるだろう。みなが当たり前に鉱石ラジオを持つ日が来る。米国も開発にいっそう力を注ぐだろうし、精度も上げてくるだろう。欧州大戦のときは無線の技術者が大勢米軍に引き抜かれたというぜ……おい、郷司君、聞いてるか?」

殿山がこちらの顔を覗き込む。話の途中から思案にこもっていた音三郎は、そこで我に返り、机に両肘をついて身を乗り出した。

「鉱石検波器を使う無線はあらかた完成しているのだが、いかんせん鉱石という自然素材に委ねる部分が大きい。軍需用にはもっと狂いのないものを作りたいと僕は考えているんだ」

「しかし、他にどんな手がある？」

音三郎はひとつ深呼吸し、それから言った。

「真空管を考えている。真空状態を作ることで、電波をより正確に受信できるようにする装置だ」

「真空？　真空管研究所という組織は聞いたことがあるが、それが受信機に応用できるのか？」

「ああ。真空管の底に筒状の導体、いわゆるプレートを置く。そこに電圧をかけると電子が真上に飛ぶんだ。そこで一方向に電気を流すことができる仕組みだ。いずれにしても、うまく真空状態が作れれば、の話だが」

音三郎が説くと、「なるほど、鉱石が担っていた検波の役目を真空管が担うってことか」と、さすがに殿山は飲み込みが早かった。

「おそらくは鉱石より安定して検波できるはずだ。波長四十メートル程度の短波でやりとりできれば、受信機も小型化できるし、空中線も高く張ることなく済む。長波中波の空中線のように大がかりなものはいらないんだ。せいぜい四、五間引っ張れば十分に受信できるはずだ」

「それで、広範囲に電波は飛ぶのか？」

「長波、中波より直進性は強い。船舶に適しているくらいだからね」

自信たっぷりに言ってのけると、殿山はきれいに刈り上げられたうなじを叩いて、人の好さそうな笑みを覗かせた。

「なるほど。考えたな。僕らの爆薬とどちらが早く完成を見るか、勝負だ」

勝負だなどと子供じみた言い条に笑みをこぼした音三郎に、殿山は顔を寄せた。

「それからもうひとつ話がある。君、いくつになる？」

「なんだ、藪から棒に」

「なに、ちょっとさ」

「この正月で三十三だが」

するとと殿山は顎をさすり、「ちょうどいいな」とつぶやいたのだ。

「これも小岩さんから頼まれたんだが。君、以前、ここへ視察に来た菱川大佐を覚えてるか？」

確か、利平をともなって訪れた関東軍駐箚一個師団の大佐だ。胸元に天保銭が引っ付いていたから印象に残っている。

「お嬢さんがひとりおられるそうだ。ちょうど二十歳らしい。どうだ？」

「どうだ、って、なにが？」

「なにがってことはないだろう。むろん、君のお相手にだよ。歳の頃はちょうど似合いだろう」

「相手？　結婚相手ということか？」

思わず大声が出てしまった。泡を食って周りを見回したが、誰もこちらに向く者はない。みな机に向かって集中している。音三郎は殿山に向き直り、大きくかぶりを振った。

「とんでもない。あんなお偉いさんのお嬢さんを僕がいただけるわけがなかろう」

「君だって立派に大阪工科を出て、ここに勤めてるんだ。不足はないよ」

身がすくんだ。菱川というあの大佐に自分の出自がばれたら、と想像するだに恐ろしかった。

「いや。お断りするよ。僕には過分な話だ」

「しかし君。いつまでも独り身じゃあ出世に障るぜ。僕だって所帯を持ってようやっと班長を任されたんだ。結婚は男にとっちゃ信用問題なんだぜ」

殿山は、第二研究室室長の娘をもらっているのだと以前に聞いたことがある。女はどれも似たり寄ったりさ、そもそも女の役目なんざ飯を炊いて子を育てるだけだもの、個性も能力も関係ない、器量だって歳をとれば似たり寄ったりになる、だから相手の親で選ぶがいいぜ、自分の研究の利になりそうな人物を選ぶことだ、と彼はかつて放言していたのである。

「篠崎さんはとうに所帯を持っている。伊瀬は若すぎるだろう。君がちょうどいいんだ。上からも、できれば君がいいと言ってきてるんだ」

「だって梁瀬さんは、僕のことなど知らんだろう」

「いや、それが知ってるらしいぜ。大阪の、なんと言ったかな、梁瀬さんが昔銅の仕入れで世話になったとかいう」

音三郎は唾を飲んだ。

「……弓濱さんか？」

「ああ。確か、そんな名前だ。工鉱会の重鎮だってな。その方から君の話は聞かされているようだと小岩さんは漏らしていたが」

——なにを企（たくら）んでおるんじゃ。

上京以来、弓濱からはなんの音沙汰もない。家賃援助を受けているおかげで未だ無料で借家に住まっているのに、なんら要求してこないのを音三郎はずっと気味悪く感じている。もしかすると、島崎老人が折々に訊いてくる研究室での業務内容が大阪に伝わっており、それを代償ととらえているのかもしれない。だが、自分を使って関東軍の要人につてを作ろうという狙いはなんだ——。弓濱の目元に張り付いた痣をありありと思い浮かべ、身震いした刹那、不意にひとつの語句がひらめいた。

——満蒙。

弓濱は初手から、満州への進出を視野に入れていたのではないか。日本は資源が豊かとは言えない。今ある鉱山もいずれ枯渇するだろう。島崎老人が、鞍山鉄山をはじめ大陸の鉱山の話を何度か口に上らせたことを思い出す。将来を見越し、民営企業の参入が難しい地域へ大阪工鉱会をあげて挑む足がかりを作るためだとしたら——。

「おい、どうした？　またぼんやりして。ともかく菱川大佐の件、よろしく考えておいてくれ。先方が乗り気なら、ここで君が退くのはまずいぜ」

殿山は、音三郎に軽く微笑みかけると自分の席に戻っていった。

六

ひと月後の六月、政府はついにシベリア派遣兵の撤退を決めた。軍部が頑なに貫いてきた派兵を公に否定することになったこの声明により、市民の軍人に向ける目はさらに冷ややかなものへと変じていった。

　縁談の件を相談がてら利平の家を訪ねると、「陸士予科の志願者数が大幅に減っとるんじゃ」と、彼は暗い顔を見せたのだった。

「四、五年前から減りはじめたんじゃけんど、今や陸士の志願者も陸幼の志願者も千人行けばいいっちゅうありさまじゃ。このままじゃと人員不足で軍を維持するのも難しゅうなる」

　軍に入るより、民営企業に入るほうが分がいいと考える者が昨今では増えているのだ。軍は大尉、中尉を除いて俸給はほぼ一定で、何年在籍しても額が横這いなのも不人気の一因だった。

　それでも利平は、音三郎に持ち上がった縁談話を聞くや、「そりゃあええ。ええご縁じゃ」と諸手を挙げて賛成したのである。

「どのなお嬢さんか知っとるか？」

　訊くと利平はかぶりを振り、「けんど、どのなお嬢さんかは、どうでもよかろう。菱川大佐の娘やけん。それだけで十分じゃ」と久しく見られなかった健やかな笑みをみせた。傍らで話を聞いていた富が苦い顔をする。

　縁談には弓濱や梁瀬、菱川といった面々の腹蔵が絡んでいるに違いなく、自分がなにかしらの人柱にされていることは、いかに音三郎とて察しがついた。だがそれを加味しても、乗って損はない話かもしれない。それによって無線開発に利便がはかられるなら、望むところである。

　思案に暮れつつ家に帰ると、このところほとんど居候と化している男が、赤ら顔で寝そべっている。膳の上には徳利が二本、転がっていた。台所から叔母が顔を出し、

「あれ、もう帰ってきたん？　夕飯、あんたの分、用意しとらんじょ。外で食べてくると思う

たけん」

悪びれもせずに言った。「よお、博士」と壊れた蓄音機のようにお決まりの台詞を吐く男を受け流し、自室に入って襖を閉める。夕飯はまだ食っていなかった。駅前にそばでも啜りに行こうかとも思ったが、大阪の昆布出汁に慣れた舌には、東京の真っ黒なつゆは醬油の味しかせぬようで受け付けず、重い腰と空腹を持て余して机に突っ伏す。

と、断りもなくいきなり襖が開いて、男がにやけ顔を突き出したのだ。

「勝手に入ってこんでください」

慌てて身を起こすと、男は蛸が壺から這い出るようにぬるりと入室し、後ろ手に襖を閉めるや、音三郎の傍らにしゃがみ込んだ。

「なぁ博士。ものは相談だが」

酒臭い息が鼻先にかかって、音三郎は息を止める。

「少し小遣い、くれんか?」

男の顔を正面から見据えた。溶けかけたゴムのようにたるんだ皮膚や黄色く濁った白目、黴にしか見えぬ不揃いの髭——間違いなく底辺にいる者の顔だった。研究室や軍部には一生近づくことさえできぬ、音三郎の棲む世界とはまるで違う低い場所を這いずっている人間の姿だった。

「な、なんだよぉ。怖い顔して。十円でいいんだよ。なぁ、都合つかねぇか」

言い募る男には応えず、台所に向かって「叔母さんっ」と怒鳴った。男が目を丸くする。ミツ叔母に真っ先に声を掛けたことにも、母親であるはずの女を音三郎が「叔母」と呼んだことにも泡を食っている様子だった。

襖が開いて、顔を出したミツ叔母は、

「嫌やわぁ、この子は。急に他人行儀に『叔母さん』やなんて」

しどろもどろになりつつも、懸命に体裁を繕っている。音三郎は構わず声を張った。

「この人が十円貸せと言ってるが、僕は手持ちがありません。叔母さん、融通してやってくれますか」

敢然と告げるや男は居すくみ、叔母は険のある目を音三郎にではなく男に向けた。

「あんた……また」

言いかけたが、音三郎が凝視しているのに気付いてか口をつぐみ、「知らん」と言い捨てて台所にとって返した。慌てて男があとを追う。しばらくして台所から、犬が吠え合うような諍いが聞こえてきた。音三郎は襖を閉めて、机に向き直る。

縁談を断る理由は、やはりないのだ。周囲に渦巻くさまざまな腹蔵を恐れている場合ではない。弓濱の人脈も、菱川の利権も、今後の自分の研究にとって必ず有益な後ろ盾になる。未だこの身にへばりついている澱をこそげ落とす、これは天が与えた最上の好機なのだ。


翌朝、縁談をお受けしたいと告げると殿山は破顔し、「よかった。肩の荷が下りたよ。ずいぶん待たせるから案じたんだぜ」と、音三郎の二の腕を小突いた。その日のうちに話は上に通り、夕方、音三郎は小岩に呼ばれて菱川大佐の自宅を訪う段取りを告げられた。

「ご挨拶に伺って、先方はそこで祝言の日取りを決めたいそうだ」

「ずいぶん慌ただしいんですね」

「そうだな」

と、小岩はお茶を濁す。もしかすると菱川は近く満州へ渡るのではないか——そんな予感が頭をかすめる。利平もここ二年で何度か往き来しているようだが軍務は秘匿らしく、不意に牛込の家から姿を消し、しばらく経つとまた戻るといった按排（あんばい）である。音三郎はその動きの忙（せわ）しなさに不穏を感じたが、富はもう慣れてしまったのか、利平の留守を気丈に預かっていた。

「そもそも結納のような大袈裟なことはしたくないとおっしゃっておられるんだ。軍縮に軍人軽視のご時世では、派手なことをすれば周りからとやかく言われるだろうからな」

そこで小岩は一旦言葉を飲み込み、「そういう形で君のほうは問題ないか？　ご家族は、どうおっしゃってる」と、こちらを気遣うふうをみせた。

「父も母も亡くなりまして、兄ふたりは外地に渡っております。それと妹夫婦が牛込におります。家族はそれだけであります」

「少ないんだねぇ」

「はあ。親戚も遠くですので。ただ、妹の連れ合いは菱川大佐の部下ですから」

「関東軍か？」

「はい」

「そりゃいい。大佐もご安心だろう」

菱川家を訪ねる日取りは、次の日曜日と決まった。小岩の手配の速さはおそらく、研究所を仕切る梁瀬に好印象を与えるためだろう。結局は研究員も組織で上り詰めるには、開発力や研究の能力とは関わりのない配偶者だの上役への目配りだのがものを言うのかと、音三郎はかすかな落胆を覚える。

菱川の自邸は市谷（いちがや）にあり、大佐の屋敷として見ればずいぶん質素な二階家だった。通された八畳の座敷も華美な飾りはひとつもなく、床の間にも庭から切ってきたらしいあけびの蔓（つる）が飾られているだけである。着流し姿の菱川には、以前研究室で見せたような険しさはなく、どこにでもいる親しみやすい初老の男といった様子である。おかげで音三郎の緊張は幾分和らいだが、娘を嫁にやるというのに菱川が音三郎になんら興味を示すふうもなく、黙々と煙草をふかしているのはどこか奇異に映った。沈黙を埋めるように、小岩が言葉を継いでいる。

「この郷司君は将来有望な研究者です」

と、話の隙間にちょくちょく追従（ついしょう）を差し挟むことが気恥ずかしく、落ち着かない思いでいたところ、

「失礼いたします」

と、襖の向こうに声が立って、スラリと開いた戸から若い女が盆を手に身を滑り込ませたのである。額が畳につくほど深々とお辞儀をしてから再び盆を手にして、音三郎たちの湯飲みを新しいものに替えていく。梔子（くちなし）色の小袖が、薄暗い座敷の中に華やかさを灯した。網に入った蝶が鱗粉（りんぷん）を撒（ま）き散らして羽ばたくのを見るような心持ちで、音三郎はその姿を追う。と、菱川が咳払いをして、女へ顎をしゃくった。

「娘の佳子（よしこ）だ」

女が指をつく前に、「これはきれいなお嬢さんだ。な、郷司君」と、すかさず小岩が世辞を

口にした。娘は男たちの視線を阻むように面を伏せた。音三郎は構わず彼女を凝視する。鮮やかな小袖に比して、個性というものがまるで見えない、ひと言で片付ければ無味乾燥な容貌であった。器量は十人並みだろう。目が細く、唇は薄く、地味な顔立ちだ。中肉中背で、ややいかり肩。色は浅黒く、猪首で猫背のせいか、歳より老けて見える。黒々として艶やかな髪が、唯一若々しさを放っている。

「よかったな、郷司君。こんな美しい人と所帯を持てるなんて羨ましい限りだ」

小岩が盛んに褒め立てるごとに、かえって女の容姿がくすんでいった。

「はい。私には過分にございます」

それでも音三郎はそつなく答える。女はどれも似たり寄ったりさ——殿山の声が甦る。誰でも同じであるならば、技術者としての自分の歩みに少しでも役に立つ者をもらうに限る。住む場所を与え、飯を食わせて、長きにわたって養ってやるのだから、飯炊き掃除以上の利益をもたらしてくれねば嫁をもらう意味なぞないのだ。

「うちは女所帯でね、娘ばかり三人です。これは次女で、上がもう嫁に行っているのだが、恥ずかしながら俸給取りのところに嫁いでしまった。だから下の娘たちの相手は軍人か軍関係者でなければ示しがつかないと思いましてね」

菱川は苦い笑みを作り、わずかに居住まいを正した。

「娘をよろしく頼みます」

唐突に会釈をしたものだから、音三郎は慌てて座布団を外して頭を下げた。

「こちらこそお願い申し上げます。過分なお話ですが、務めさせていただきます」

よかった、よかったと能天気な小岩の声が響く。女の口からはひと言もない。ただ、音三郎が頃合いを見てゆっくり顔を上げたとき、先程照れた様子で縮こまっていた姿とは懸け離れた、品定めするような権高な顔がこちらを見下ろしていたのだ。

ミツ叔母には、「金をやるけん、池田に帰ってくれんか」とそれだけを告げた。祝言の日取りが決まり、板橋に夫婦で住む家を借りる手はずを整えてから、言い渡したのだ。音三郎には段取り通りでも、ミツ叔母には青天の霹靂だろう、しばし虚ろな目を宙にさまよわせたのち、

「なしてよ」と血相を変えたのだ。

「これから根を詰めて研究にかからななならんけん。仕事に集中したいんじゃ」

適当な言い訳を放った。

「そのなことなら研究室でできるじゃろ。ここには寝に帰ってくればええんじゃけん。うちは邪魔せんよ。あいつも追い出したしな」

よく通ってきていた労務者風の男とは近頃切れたらしい。このところ、姿を見ていない。

「いや、ここは引き払うつもりじゃ。十板の寮に入るけん」

すみやかに追い出すための偽言であったが、叔母は猫のように目を細めたのち、

「……まさかあんた、所帯を持つんやないやろね」

と、にじり寄ってきたのだ。相変わらず勘だけはいい。音三郎はごまかし続けようとしたが、ここで断ち切らねば一生つきまとわれるという疎ましさに背を押されて開き直った。

「わしゃもう三十三じゃ。所帯を持ったとしてもおかしゅうないじゃろ」

言うや叔母の形相が悪鬼のごとくひしゃげていった。「なにを言うとるんじょ」と小刻みに震える口元から低いうめきが漏れ出す。

「あんたが所帯を持つから、うちは捨てられるんか。え？　あんただけがええ思いするゆうんか。恩も忘れて、あんただけがっ」

「恩？　おかしなことを言いな。わしが親でもないおまんをこれまで食べさせてやったんじゃ。こっちが恩返ししてもらわなあかんくらいじゃ」

叔母は手にしていた鍋を土間に叩き付けた。派手な金属音が部屋の空気をかき乱す。

「ふざけるなっ、この悪たれがっ。誰が産んだったと思とんのや。所帯を持つからいうて、実の母を捨てる奴がどこにおんのじゃっ」

「また、そのなことを。寝言もたいがいにせぇ」

平静を装って返しながらも、叔母の剣幕に胸の内が波立っていく。喉の奥が熱を持ち、「それ以上話すのはやめろ」と叫び出しそうになる。

「寝言やない。まっことうちが産んだんや。あんたはうちの子や。正真正銘うちが腹を痛めてこの世に産み落としたった子なんや。あんたはな、うちの唯一の財産じょ。ほなけん絶対に、なにがあっても手放さんのやっ」

音三郎はただ黙って、ミツ叔母のこめかみに浮かんだ青筋を、刺し貫く勢いで睨んでいる。

「え？　わかっとんのか？　あんたを産んだのはうちや。正真正銘うちなんじょ。池田の料亭で働いとるときに孕んだ子ぉなんや」

父親は誰じゃ——音三郎の頭の中にはそれだけが渦巻いていた。目の前の女など、もはやどうでもよかった。こいつはただ動物として、低級な容器の役割を果たしただけだ。音三郎の眼底に漆川の父の顔が浮かぶ。あれほど支えにしていた父であるのに、このときはなぜか、自分が父の子でなければいいという願いが腹の奥底に薄暗く湧き出していた。

「うちは、あの店じゃ一番人気があったんじょ。来る客来る客、うちの顔を拝んでいったんじょ。うちの旦那はな、そん中でもとびきりの学士さんや。東京の大学出てな、池田に仕事で来とったんじょ」

「阿呆言いな。全部出任せの作り話に決まっとる」

鼻で笑いながらも音三郎は、得体の知れぬ優越感がせり上がってくるのを感じている。

「作り話とちゃうわっ」

「それやったらなしてわしは漆川で育てられたんじゃ。お母と姉妹じゃいうだけで子ひとり引き取れるほど、うちは裕福やなかったけんな」

「そら、うちが義兄さんと……」

勢い込んで言いかけて、ミツ叔母は不意に言葉を呑んだ。真っ赤に膨れあがっていたその頬が、見る間に蠟細工のごとく色を失う。炯々と光を放っていた目が伏せられ、挙措が怪しくなる。

――お前は兄弟の中で頭ひとつ抜けている。

父の潜め声が、久方ぶりに鼓膜の奥に甦った。その声にはもはや、遠慮と後悔しか見出せない。けれどもそれは、他人の子に対するにごりのない遠慮とは様子が異なっていた。我が子に向ける悔悟としか感じられなかった。いや、悔悟ではなく、恐怖だったのかもしれない。

岸太郎兄や直二郎兄の、音三郎に対する冷ややかな態度を思い出す。その兄たちの冷淡な目が、あるときから父にも向けられるようになっていたことを。

音三郎はゆっくりと立ち上がった。顎を上げ、高い場所からミツ叔母を見下ろした。一歩前へ踏み出すと、叔母はかすかに震えてうしろに下がった。

「『義兄さんと』、なんじゃ」

叔母は忙しなく前掛けを揉んでいる。

「まさかおまん、お父をたらし込んだんと違うやろな。孕んだのがわかった途端、お父に言い寄ったんとちゃうやろなっ。脅したんとちゃうやろうなっ」

ミツ叔母は髪の乱れるのも構わずかぶりを振った。なにが起ころうと顔色ひとつ変えぬ平素のふてぶてしさを欠いた仕草は、「その通りだ」と語っているに等しかった。

ミツ叔母と父との関係がいつからかは知れない。だが、母の生きている時分から密通していたのは確かだろう。同じ時期に叔母は、大学出の学士とやらとも通じていた。どうせ遊ぶだけ遊ばれて、挙げ句捨てられたのだ。子ができて持て余した叔母は父の胤だと言い張って、産み落とした赤子を漆川の家に押し付けた。父は素直に自分の子だと信じたに違いなく、叔母自身も実際どちらの子だか判断がつかなかったのかもしれない。だが子を託された母は平静ではいられなかったのではないか。おそらく富を孕んでいたときの出来事だ。母は富を産み落とし、程なくして死んだ。流行病にかかってのことだったと聞いてはいるが、幼かった音三郎にはっきりした記憶はない。

「畜生がっ。おまんは畜生と変わらん」

低くつぶやくと、叔母がこちらを睨み上げてきた。こめかみの血道が醜く波打っている。

「なにを言うんや。相手はどうであれ、うちがあんたを産んだことには違いないんじょ。感謝されても、責められる筋合いはないけんね。ええか。うちがあのな田舎で立派な学士を捕まえたけん、あんたはここまで出世できたんじょ。あんたがほんまに漆川の義兄さんの子やったら、岸太郎や直二郎と一緒に今頃満州くんだりまで行って、土耕したり穴掘ったりの人生やったんじょ。あんたに、十板に勤められるだけの能力を与えたんはうちなんじょっ」

音三郎はみなまで聞かず自分の部屋に取って返し、机の上に積んであった書物を行李の中に仕舞いはじめる。

「聞いとんのか、え、音さん。あんたはうちに一生かけて恩を返さなあかんのや。それだけの恩があるんじょ」

間断なく手を動かしながら、兄らと一緒に満州にわたり、電気ショベルで掘鑿をしている自分を想像する。兄弟で常に助け合い、笑い合い、心通わせ合い、汗水流して働く――本来であれば確かに存在していたはずの、自分の道を思い浮かべてみる。刹那、ふっと鼻から笑いが漏れた。惹かれる要素も憧れる気持ちも微塵も起こりはしなかった。思考を排除してただ機械のように働く、そんな塵芥のような人生なぞ真っ平だ。

書物と身の回りのものを手早く詰め終えるや、音三郎はミツ叔母に告げた。

「わしは今日限りでここを出る。新しい宿を探して移る。ここの家賃は年内で差し止めてもらうよう弓濱さんに頼むけん。おまんはそれまでに池田に帰ることとじゃな」

ミツ叔母は呆然と宙に視線をさまよわせている。今、放たれた言の葉を、目視しようと試みているようだった。音三郎は構わず行李を風呂敷に包んで肩に背負う。それを見て我に返ったらしいミツ叔母が、泡を食ってすがりついてきた。

「冗談やろ、なぁ音さん。そのな殺生なことしなや。な。うち無一文なんじょ」

急に撫でるような声を出す。

「金は毎月渡しとるじゃろ。今、おまんの手元にある金はそのままやるけん」

音三郎は叔母の手を振り払い、土間に下りて下駄をつっかける。

「あんた、本気か？　本気でうちを捨てるんか？　恩のひとつも返さんで、ようそのな酷(むご)いことができるな。え？」

「別に酷うない。十分に義理は果たしたけん」

「なにを甘ったれたこと言うとんじょ。母親への義理っちゅうのはな、一生かけて返すものやで」

「わしはおまんを母とは思うとらん。育ててもろうたわけやないけんな」

「けんどあんたは間違いのううちの子や。うちが産んだんじょっ」

叔母は髪を逆立てて同じ台詞を繰り返す。そう言い続ければ母と認めてもらえると、信じ込んでいるのだ。

「あんたには、うちと同じ血ぃが流れとるんじょっ」

敷居をまたぎかけた足を止めて、音三郎はミツ叔母に振り返った。目尻と言わず額と言わず、いたるところにひび割れ様の皺を散らした土気色の顔を眺めるうち、自分の口元に冷酷な嘲笑(ちょうしょう)が滲むのを止められなかった。ミツ叔母が瞠目(どうもく)して、かすかに身を引く。その姿も存在も、音三郎には路傍の石ころより無価値に映った。

「それが、なんじゃ」

笑いながら返す。

「おまんの血ぃがわしに流れとるとして、それがなんなんじゃ」

ミツ叔母が唾を飲む音が響いた。音三郎は「ええか、よう聞けや」と叔母を見据える。

「わしの辿ってきた道は、すべてわしひとりが作り上げてきたもんじゃ。わしがこの手で、この足で、築いた道じゃ。今のわしがあるのは、わしが己の才を磨いて、懸命に努めてきたからじゃ。おまんの汚い血ぃなぞ、とっくのとうに干上がってのうなっとる。わしに流れとる血ぃは誰のものでもない。わしが作り上げたものなんじゃっ」

ひと息に言って、敷居をまたいだ。ミツ叔母がその場に膝をつくのが目の端に映ったが、足を止めはしなかった。

第七章

一

祝言は、大正十一年十二月頭の大安に執り行う。年明けからは佳子と共に板橋の新居に移る手はずである。それまでの日を音三郎は、研究室に寝泊まりして過ごさねばならなかった。小岩には、所帯を持つまでに仕事の目処（めど）をつけたいからと理由（わけ）を話して許可をもらい、殿山たち同僚には、新居を構えるのに物入りで、今住んでいる借家の家賃を節約する必要があると偽った。大佐のお嬢さんをもらうってのも大変だ、と殿山や篠崎は冷やかし半分に言い、若い伊瀬は将来の参考にするためか祝言までの支度についてあれこれと質問してきた。おざなりに返す音三郎の答えを一字一句帳面に書き付けているのが、几帳面（きちょうめん）な彼らしく微笑ましかった。

借家を出て五日ばかり経った頃、人目につかぬ夜遅くを選んで音三郎は島崎宅に挨拶に赴（おもむ）いた。こちらの顔を見るなり老人は眉をひそめ、

「どうも大変なことをされましたな」

と、非難を含んだ一声を放ったのだ。

ミツ叔母は、音三郎が出ていったその日に老人宅に駆け込んで泣きわめき、今の家にずっと置いてくれと訴えたそうである。どうせ自らを悲劇の主人公に仕立て上げ、捨てられたのなんだのと泣き言を並べたのだろう。老人はいかにもミツ叔母に同情するふうである。お母上に対する態度としてはいかがでしょう、それに池田まで帰るといっても女人ひとりでは難儀でしょ

う、と苦言を呈した。音三郎は一切の言い訳をせず、といって反省や謝罪を口にすることもなく、家賃援助はこの十二月で打ち切るよう、すでに弓濱に手紙を出したこと、期日が来たら遠慮せず叔母を追い出してほしいということを事務的に伝えた。

老人は相変わらずの無表情である。ただ目の奥に、音三郎に関して新たな発見をしたとでもいうような揺らぎがよぎった。音三郎はそれに気付かぬ振りで礼だけ述べ、逃げんばかりにして島崎宅を辞した。ミツ叔母と鉢合わせせぬよう足早に十板に戻り、正門で守衛に身分証を見せて研究棟へ向かう。が、数歩進んだところで立ち止まり、門へと引き返した。指先に白い息を吹きかけては手を擦り合わせている守衛に声を掛けると、彼はギョッとした様子でこちらに振り向き、慌てて敬礼をした。

「私は第三研究室に所属している郷司という者だ。もしかすると私宛に、母とか叔母とか名乗る者が訪ねてくるかもしれない。なに、ひょんなことからおかしな女につきまとわれていてね」

はあ、と不得要領な返事を守衛はしたが、なんであれ工場内の事柄について踏み込んで訊くのを規則で禁じられているせいか、質問を投げてくることはなかった。

「君も、覚えがあるだろう。飲み屋で見も知らん酔っぱらいに絡まれるようなことが」

「はあ、それはございますが」

「そんなたぐいのことだ。私のあずかり知らぬところで起こったことで、どうにも対処のしようがない。母はずいぶん前に亡くなっているし、私には妹しか女の親類もいないんだ。悪いが、そういう者が来たらここで追い払ってくれ。研究室には伝えずともよいから。くれぐれも頼む」

守衛が従順に了解したのを見届けて、音三郎は背を翻した。見上げると、降るような星空である。宇宙の中でああして光を放てる星は、どれほどの割合で存在しうるものなのだろうかと考える。寒風が足下を吹き抜けた。外套の襟を立てて、音三郎は研究棟へと急ぐ。


祝言の日はいかにも冬らしい澄んだ晴天だった。

紋付から袴まで一式を研究室長の小岩に借り、媒酌人は所長の梁瀬という一切合切十板がかりの式である。

菱川家側は両親にふたりの姉妹と姉の伴侶、音三郎のほうも富と利平、研究室からは梁瀬と小岩の他には殿山だけと、ごくごく内輪だけで式は執り行われた。利平も富も殿山までも、「美しい嫁御料だ」と褒めそやしたが、白無垢綿帽子に身を包み念入りに化粧を施した佳子を見ても音三郎はやはり、量産型の人形のような、ぼんやりした印象しか抱けなかった。

菱川は年明け早々満州へ赴くのだという。自分もそれに同道するのだと、利平は酒の席で耳打ちしてきた。菱川の娘をもらって音三郎もまた関東軍の身内になったという感覚なのか、この日、利平の口は軍務に関しても滑らかに動いた。

「今回は瓦房店じゃ。満鉄沿線は、わしら関東軍の領分じゃけんな」

満州での利権に、軍も資本家も躍起になった契機は、シベリア撤兵にあると利平は言う。兵を退く折、ロシア・ソビエト連邦社会主義共和国と日本との間で開かれた大連会議で、日本はシベリアの利権他を要求したものの決裂した経緯があるのだ。その後、今度は長春に場所を移し、両者間で再び会議が開かれたがここでも合意には至らず、日本軍はそれまで布陣していた沿海州、北満州から土産のひとつもなく撤兵せざるを得なかった。そうこうするうちロシア、ザカフカス、ウクライナなどがひとつにまとまりつつあるとの噂が聞こえてきた。強国化していくソビエトを前に、日本の極東での立場は危ういものになっている。

「ほなけん、わしらはなんとしても満州をとっていかないかんのじゃ」

力んでみせてから、利平はわずかに表情を和らげ、

「わしはいつこっちに戻れるかわからんけん、富をくれぐれも頼む」

座敷の隅で佳子と談笑している富に目を流して言った。

「わかっとる。時々牛込を訪ねるようにするけん、おまんはなにも気にせず安心して向こうで務めを果たせ」

音三郎は、殿山や小岩に国訛り(くになま)を聞かれぬよう小声で返した。

富が利平と夫婦になると決めた当初、彼はまだ池田の勝友製造所に勤めていた。所帯を持ってから軍人となり、少しずつ位を上げ、今や骨の髄(ずい)まで軍組織に染まった夫の変貌を、富はどんな思いで受け止めているのだろう。

「子でもおれば富も気がまぎれるじゃろうが、なかなか授かれんけん」

利平は頼りなく笑み、おまんは早(はよ)う子を作れよ、と眉を開いた。音三郎は幼馴染みの声を耳に留めつつ佳子を見遣る。結婚は出世のための手段であり、それ以上のなにものでもなかった。それだけに、「家庭」という言葉がこのとき突然生臭さをもって感じられた。それは湿気をたっぷり含んだ綿布団に似た重さと不快さで、音三郎の身にのしかかってきたのだ。

つつがなく祝言を終え、佳子と連れだって入居した板橋の家は、夫婦ふたりで住まうには十分過ぎる広さだった。玄関からまっすぐ伸びた廊下の右手に二間、左手には東側に大きく窓の開いたひと間があり、音三郎はここを自分の書斎と決めた。奥には台所と風呂、南西に広がる庭には、枝振りのいい桜の木がそびえている。縁側に腰を下ろしてこの大木を見上げたとき、音三郎ははからずも甘美な満足感を抱いたのである。

――ついに、ここまで来たんじゃな。

桜など、漆川ではそこここに自生していた珍しくもありがたくもない木なのである。けれどこうして自宅の敷地内にあると、ある種の征服感を覚えずにはいられなかった。天然自然に存在するものを、自らの知と才覚で手中に収めた。森羅万象といえども願えば意のままに動かせるのではないか、とそんな自信まで湧いてきたのだ。

「立派な木ですね」

背後に声が立ち、見ると佳子が湯飲みを載せた盆を、音三郎の傍(かたわ)らに置いたところである。

「本当に、そうですね」

会釈して湯飲みを手に取り、かしこまって妻に応(こた)える。ミソサザイが桜の枝の間を縫って、彼方(かなた)に飛んでいった。

「でも、一本」

佳子が小さく言った。

「は?」

「たった一本しかございませんわ」

「そりゃあ、これほどの大木はそう何本も植わりませんでしょう。広い庭でもありませんから」

「ええ。ですから」

佳子は木を見上げた目を細める。

「もっと広いお庭があればいいんですわ。そういう家にいずれ住めるようご出世なされば、簡単に片の付くことですわ」

ゆっくりと視線を下ろして、佳子はまっすぐ音三郎を見詰めた。冷ややかな光をまとった妻の瞳は、ほころんでいる口元と乖離(かいり)して見える。音三郎はとっさに地面に目を落とした。翅(はね)が千切れているせいで蛾か蝶かわからぬものが、足下にひっそり死んでいた。

二

この二月、東京駅前に丸の内ビルヂングが竣工(しゅんこう)した。物見高い同僚たちは早速繰り出したらしく、「東洋一のビル」と謳(うた)われる石造りの建造物の精巧さを、昼飯時になると口々に称(たた)えている。建物の基礎には松の木を五千本も使っているそうだ、皇居周辺の美観を損ねない名建築だ、建設の指揮を執った桜井小太郎なる建築家はいい仕事をした、と時に過剰さも孕(はら)む賛辞は、あたかも日本が欧米に並ぶ技術大国になりつつあるという希望を丸ビルに仮託しているようにすら音三郎には聞こえた。

「建築分野の進歩はたいしたもんだ。海外から名だたる建築家を呼んで学べるってのも羨ましい限りだよ」

研究室で仕事をしていると、篠崎のぼやきが聞こえてきた。五月の終わり、今度は丸の内二丁目に三菱出資の郵船ビルディングが竣工した。これもヨーロッパの宮殿を彷彿とさせる威風堂々とした造りだと、正午を報せるサイレンが鳴ってからこっち、研究室内はそんな話題で盛り上がっているのだ。

「郵船ビルは、アメリカのフラー社が技術協力したといいますね」

伊瀬の声が篠崎に応える。

「僕らの分野も外国と技術協力できればいいですが、なにせ武器弾薬だからね。いつ敵国となるかわからない相手と風通しのいい環境を作ってもなぁ」

周囲が笑いさざめき、「まったくだ」と皮肉な歪みを含んだ殿山の声が加わった。

「原浄一とかいう御仁がもう少し気が利けば、僕らもロシア軍やチェコ軍の武器を検分できたかもしれんが。他国から取り上げた武器を横流しするなんぞ、まったく軍人のくせになにを考えているんだか」

殿山の厳粛な口吻に、音三郎は図面を引きあぐねてもてあそんでいた鉛筆を机に転がした。集中力の限界なのだろう、さっきから熱を持った額がうなりを上げている。

「あれは武器が消えただけでは済まない国際問題になっちまったしなぁ。長春会議じゃあ、武器紛失を知ったソビエトが鬼の首をとったようだったというぜ。おかげで日本軍はおとなしくシベリアから引き揚げるしかなかったんだ」

篠崎が伝法な口調で応じたとき、音三郎の腹の虫が思い出したように鳴り出した。

佳子は毎朝決まった時刻に、焼き魚に漬け物、炊きたての飯に具が二種類入った味噌汁という、手の込んだ朝飯を整えてくれる。料理は得意らしく、出されるものはおしなべて旨い。ミツ叔母の炊くベチャベチャな飯や辛すぎる味噌汁、ろくに御菜のない膳にすっかり慣れた音三郎の舌には過分とも言える支度であったが、一緒に箸をとらず傍らに控えてジッとこちらを見守っている佳子の存在が重苦しく、そそくさとかき込んでは逃げるように家を出るのが常だった。何度か「一緒に食べたらどうだ」と誘ったのだが、「旦那様の前で自分も箸をとるような躾はされておりませんから」と佳子は決まって固辞した。早食いが災いしてか、朝をきちんと食べるのが呼び水になるのか、このところ昼にやたらと腹が減る。

「原はそれを独断でやったっていいますが、本当かなぁ？」

伊瀬が首を傾げた。音三郎はひとつ伸びをして「原浄一ってのは誰だ」と話に加わった。殿山と伊瀬が顔を見合わせ、篠崎が「君は相変わらず世事に疎いなぁ」と解顔する。

「去年の秋からなにかと話題に上ってるぜ。日本軍が押収した三十万トンの武器弾薬が煙みたいに消えたってんで騒ぎになったんだ」

「三十万？　えらい量だな」

それらの武器は、シベリアに駐屯していた日本軍が武装解除したロシア軍から押収した、弾薬、鉄砲、鉄条網といったものだという。さらには日本とともにシベリアに進攻したチェコ軍の、武器格納貨車十九輛まで空になっていた。いずれも、シベリアからアメリカ軍が撤兵したのち起こったことで、チェコ軍の点検によって発覚した。これほど大量の武器となれば、単なる紛失では済まされない。誰かが意図的にどこかに流したのは瞭然(りょうぜん)であった。

国際問題へと発展しかねない事態に、すぐさま犯人捜しがはじまった。日本陸軍も内部調査を開始する。そこで浮かび上がったのが、当時ウラジオ派遣軍の武器保管責任者であった原浄一少佐だったというわけだ。

「早速、軍法会議にかけられて、原はあっさり、武器を横流ししたことを認めたんだ」

殿山が、おもむろに鞄から弁当を取り出しつつ言う。

「確か、一年半の懲役になりましたよね」

伊瀬が続き、

「執行猶予つきだがな。しかし原は結局、軍から排斥されたか、自分で辞めたかしたはずだ」

と、篠崎が受ける。殿山が弁当箱を開くと、銘々それに倣(なら)って自分の弁当を机に置いた。伊瀬が素早く立って、水のたっぷり入った薬罐(やかん)を手にして各自の湯飲みに注(つ)いで回る。火気厳禁の研究棟ゆえ、湯を沸かして茶を飲むことができないのである。

「もしかするとその中には、爆薬だってあったかもしれませんよ。ロシア軍やチェコ軍の弾薬を成分解析してみたかったけれど……」

伊瀬は肩をすくめ、同居している母親が支度してくれるという拳(こぶし)ほどもある大きな握り飯を頬張った。作業しながらでも食べやすいという理由で、いつもこの握り飯ふたつである。ただし中の具は飽きないよう毎日変えてあるらしく、高菜だ、おかかだ、昆布だ、と毎回玉手箱でも開くような顔で、彼は無邪気に報告する。音三郎は弁当の包みを取り出し、みなから中身が見えないようにわっぱの蓋(ふた)を立てて置いた。佳子の作る弁当は分不相応に豪勢なのだ。高価な食材は使っていないはずだが、でんぶやら卵焼きやら味以上に彩りに気が配ってある。その華美さが彼女の見栄を表しているようで、研究室で広げるには気後れするのである。

「横流しって、ぜんたいどこに流したんだ？　関東軍か？」

音三郎は三人を見回して訊いた。

「いや。それが、日本軍でせしめたんじゃあなくてさ、横流しの相手は」

篠崎が机に肘をついて、身を乗り出す。

「張作霖だ。張の軍に流したらしい」

音三郎は箸を止めた。去年の春辺りから、時折耳にする名だった。そういえば、利平も何度か口にしていた。張作霖は今後の満蒙を背負って立つ人材じゃ、日本は彼を足がかりに満蒙を取るんじゃ、と唾を飛ばしていたのである。

「当時、張作霖は奉直戦争を戦っていたからな。そら、呉佩孚率いる直隷軍閥と、張を頭にした奉天軍閥の戦争さ。日本軍は、呉ではなく張に肩入れしているだろう。助勢目当てだったのかもしれんぜ」

張の軍事顧問は本庄繁という日本人大佐である。奉天総領事の赤塚正助も奉天軍閥に肩入れしている。だが外務省は、奉直戦争に日本が関わることは内政干渉だとしてこれを嫌った。日本が張作霖を援助し、中国を支配しようとしていると英米に勘繰られて、いっそう国際的孤立が深まることを恐れたのである。

結局、張作霖は奉直戦争に敗れて外務省の懸念も杞憂に終わったが、これを機に、外交に関しては軍部も外務省に従うことと閣議で決まったのは、案外な顚末であった。それまで政府高官と直接繋がり、帷幄上奏はじめ自在な権限を持っていたのが軍部だったからだ。軍縮に加え、軍が外務省下に置かれてますます立場が弱くなっているらしいという事実は、十板に働く者たちにとって自らの将来への懸念材料ともなっている。

「張作霖は、確か満鉄にも深く関わっていたはずですが？」

音三郎は篠崎に訊く。

「ああ。満州で覇権を握っている人物だからな。吉林省から黒竜江省一帯を指導しているというな。満鉄を延長するにも炭鉱の開発をするにも、張作霖を取り込めば話が早い。もともとなんの教育も受けていない馬賊の長だったというが、偉い出世さ」

「馬賊の長？」

「そうらしい。学校ひとつ出ていないっていうぜ。それが優秀な日本軍と渡り合ってるってんだから、たいしたもんだよ」

哄笑した篠崎を尻目に、音三郎は「学校ひとつ出ていない」という言葉を心に留めた。

——張作霖。

声に出さず、頭の中でそっと繰り返す。

真空管検波器に使うガラス容器が工場から仕上がってきた。音三郎が図を書いて、職工に頼んでおいたものである。

「なんだ、電球みたいな形だな。これで検波できるのか」

殿山がガラス容器を見詰めて言う。

「真空ポンプも一緒に作ったから、それでうまく空気が抜ければ可能だ。英国のフレミングが発明した二極管は聞いたことがあるだろう?」

「確か、電球のフィラメントを応用したものだったな。前に君が説明した……」

「そう。管の中にフィラメントと金属板を離して設置する。フィラメントを熱することで電子が管の中に放出される。金属板に正の電圧がかかっていると、負の電子が引き寄せられるから、金属板からフィラメントに向かって電流が流れる。けれど、金属板に負の電圧がかかっていると、電子は反発して金属板には届かないんだ。つまり金属板からフィラメントの一方向にしか電流が流れないことになるから、鉱石と同様、検波に使えるというわけだ。ただ、この二極管の仕組みだと実用という点ではだいぶ欠陥があって、僕が今試作しているのは、三極管なんだが」

音三郎が語る詳細に腕組みして耳を傾けていた殿山は、「アメリカのドゥ・フォレストが開発したあれか」と、あっさり口にした。音三郎は肩をすくめる。どこまで行っても、なにを為しても、彼らを心底驚かせることはできないらしい。

三極管は、ドゥ・フォレストが二十年ほど前に製作に成功し、高周波での送受信を可能にした真空管受信機である。日本では逓信省が開発を先導し、民営の東京電気にその技術が伝授されたと漏れ聞くが、十板には詳しい状況は伝わってきていない。いずれにせよ逓信省や海軍で使われる装置とは波長を分ける必要があるのだ、なにも後追いすることはない。他に先駆けて、秀でた真空管受信機を作らん、と音三郎は躍起になっているのである。

「三極管は、二極管の金属板とフィラメントの間に、導線を格子に渡したものを置く構造だ。

これによってより反応がよくなる。わずかな電波でも検波できるようになるんだ」

「増幅、ということか」

すかさず応えた殿山に、音三郎は頷いてみせる。

金属板の真ん中に置いた格子状の導線に負の電圧をかけることで、金属板から流れる電流量を大きく変化させることができる。それによって電波の波形を増幅して取り出すことが可能になる。つまり、よりはっきり音を聞くことができるのだ。

「しかし、ガラスってのはなにしろ割れやすいだろう。戦地で使う場合、どうなのだろうか」

殿山は出来に感心すると同時に、懸念材料も示した。

「それは僕も気にしていた点なんだ」

苦労して生み出した製品の欠点を突かれれば、普通は腹が立つものだ。が、殿山の指摘は常に的確で、示唆に富んでおり、その柔らかい口調も相まって音三郎にもすみやかに受け止められる類のものなのだ。

「仮に破損してもすぐに替えが利くよう、真空管の予備を多めに用意することで容易に乗り切れるんじゃあないか、とそこまでは行き着いたんだが、ただ、このベースピンと」

と、音三郎は真空管の下部から出ている四本の突起を指した。

「ソケットの接続に少し手間取っている。真空管によって大きさや長さに多少の誤差が出ないとも限らんだろう。それによって接触が悪くなれば、真空管を替えた途端に通信はできなくなることもあり得るんだ。常に安定した接触をどう確保するか、未だ素材に関して試している最中でね」

「なるほど。僕はそっちの専門じゃあないからうまい助言はできないが、戦地に入ったら失敗は許されんからな。接続が悪くて通信ができなかった、大事な報せを受け取れなかったじゃあ済まんだろう。万全を期すよりないだろうが、だからといって切れた電球を替えるように簡単にはいかんだろうしなぁ」

と、殿山は同情するふうを見せた。

——切れた、電球。

反芻(はんすう)した音三郎の脳裏に閃(ひらめ)くものがあった。

「市販されてる電気のソケットだって良品は少ないくらいなんだから。うちの電気なんぞ未だについたり消えたりだぜ」

殿山が冗談めかして言うと同時に、

「バネ板だ」

と、音三郎はつぶやいていた。ん？　と殿山が首を傾げる。

「これまでベースピンの精度にばかり目が行っていたが、柔軟なバネ板をソケット部分に入れておけば、ベースピンに多少振れがあっても対応できる」

「バネ板……か。しかし素材選びからして苦労しそうだな」

難しい顔で言った殿山に、音三郎は耳の奥がジンと熱くなるのを感じつつ、かぶりを振った。

「いや、僕ならできる。柔軟性のあるバネ板を造れるんだ」

宣したと同時に音三郎の手は、机の上に転がっていた鉛筆を握っていた。抽斗(ひきだし)から新たな図面用紙を取り出して、「きっと、完璧なソケットを造れると思う」と、今一度、的然と殿山に告げた。

島崎から研究室宛てに電報が届いたのは、音三郎が新たなソケットの図面を仕上げてすぐのことであった。

〈郷司さん宛の私信を預っております。取りに来られたし〉

簡素な文面が印字してあった。ミツ叔母のことがあってから気まずくなっていたが、真空管受信機のことで島崎にも意見を請いたいと思っていた音三郎は大義名分ができたことに救われ、六月半ばのその日、仕事を終えた足でそそくさと十条に向かったのである。

玄関口で声を掛けると、ほどなくして現れた老人はいつもの淡々とした口調で、「玄関先ではなんですから、どうぞ」と、奥へと誘(いざな)った。久方ぶりに慣れ親しんだ居間に踏み入る。さんざん世話になった書棚が変わらぬ姿でそこにあるのを見て、音三郎は不思議な安らぎを覚える。

「わざわざお越しいただいて申し訳ございません。転送すればよかったのですが、あなたのお住まいがわからなかったもので」

詫(わ)びられて、かえって恐縮した。

「転居先もお知らせせず、失礼いたしました」

音三郎は慌てて、手帖に板橋の住所をしたためた。そうしながら、「あの、あちらは出ていきましたか？」と、それとなく訊いた。叔母とも母とも言いかねて、「あちら」という他人行儀で曖昧(あいまい)な言いようになってしまった。

「ええ。出ていかれましたよ。十二月の二十日頃でしたか。大晦日(おおみそか)まで待たずに」

老人の面にはなんの感情も見えなかったが、音三郎はおのずと身をすくめる。

「行き先などは、言っておりませんでしたか？」

「特には。車を呼んで荷を運んだようですが、至極あっさりしたものでした」

総身の力がふっと抜けた。ようやく、長年背中に貼り付いていた澱から解かれた安堵であった。職もなく知人もない東京にひとり残されても食う道はない。さしものミツ叔母も諦めて、池田に帰ったのだろう。住所を書いた手帖の頁を破り、島崎に手渡すと、彼はそれを机脇に貼り付け、その足でコーヒーを淹れに台所に立った。

「それで、いかがですか。そちらのほうは」

カップを運んでくるなり訊いてきた。

「おかげでずいぶん片付いて家らしくなりました。妻との暮らしにはまだ馴れませんが」

「いえ、そちらではなく」

島崎は素早く遮り、言葉を継ぐ。

「研究室での進捗です。小型無線機はうまくいきそうですか」

自分の早合点に音三郎は赤面し、一方では、付き合いを重ねても私生活にけっして踏み込まず、研究内容にのみ関心を傾ける島崎を薄気味悪くも思う。

「真空管でどうやらうまくいきそうです」

「ほう、それは。真空管というのは私が技師だった頃にはまだ登場していなかった技術です。技術の進化というものはまったく、片時も歩みを止めないようですな。そこまで行くと、私のような老人に力を貸せることはなくなります」

「そんなことはありません。今後も是非お知恵を貸していただきたい。私の研究は寄せ集めの知識と根拠のない想像の産物で、不安定な要素の多々あるものですから」

「電気に関わる技師や研究者は誰しも濃霧の中を進んでいるようなものです。得体の知れないものに関わるわけですから、手探りとなるのは必定でしょう」

音三郎はカップを持つ手を止めて老人を見た。

「得体が知れないと、島崎さんでも、そう思われますか」

「無論です。私など、とてもとても。かの鳥潟博士ですら最期まで電気は不可解だと言っておったくらいですから」

「は？　最期？」

眉をひそめると、老人は少しく顔をうつむけたのだ。

「亡くなったんですよ、この六月に。急なことだったのか、病という噂も聞きませんでしたが。せっかく電気試験所長となられたのに」

死んだ——鳥潟が。音三郎は声を呑む。確かまだ若いはずだ。四十になるかならぬか。音三郎とさして年齢が変わらないのにずっと先を歩いていた、面識こそないがいわば人生の目標とも言える人物だった。近頃では電力線を通信に使う電力線搬送通信の開発をしていると聞いていたのだが——。

「実用無線の研究はどうなるんです？」

「電気試験所には優秀な研究者が多数おりますから、引き続きなされるでしょう」

確信的な物言いに、音三郎はつと湧いた疑問を口にした。

「島崎さんは、電気試験所にお知り合いがいらっしゃるのですか？」

老人は静かに笑んで、首を横に振る。

「私は無線には詳しくありません。電気に関係する仕事をしてきただけです」

「東京電燈で、ですか」

「ええ。それから満州でも」

音三郎の頭の中で、これまではっきり見えなかった繋がりが、火花間隙（かんげき）のように一瞬で疎通した。

島崎と弓濱。

俗世にまみれ、万事損得勘定で動く弓濱と、仙人さながらに世俗を遠ざけているかに見える島崎。正反対の二人ではあるが、その間にある繋がりはけっして希薄とは思えなかった。音三郎にはふたりがどこで、どのようにして強い結びつきを得たのか、ずっと引っかかっていたのだ。

「つまり島崎さんは、満州で弓濱さんとご一緒だったということでしょうか？」

弓濱がもし、音三郎を利用してでも満蒙への足がかりを作ろうとしているのだとしたら、単に世評に流されてのことではないという気がしていた。並外れて野心が強く、営利第一に合理的に物事を運ぶ男だが、周りの意見だけでは容易に動かず、自らの目と足で確かめたことしか信じていないのは明らかである。つまり弓濱は、満蒙を知り尽くしているからこそ、その可能性に固執し、島崎を介してこれと見込んだ技師を主要な機関に送り込んでいるのではないか。

軍需工場や国の研究機関の情報を効率的に収集し、民間がつけいる隙を虎視眈々（こしたんたん）と狙っているのではないか。

「ええ。南満州鉄道株式会社の設立が公布された初期に、あちらにおりました」

意外にもたやすく島崎は打ち明けた。

「いつ頃のお話ですか」

「確か、明治三十九年です。ロシアから譲渡されたばかりで、まだ東清鉄道と呼ばれておりましたが。線路を敷いたはいいが、信号機ひとつない頃でしてね、駅の外に出て転轍機のところで鉄道員が誘導していたんですよ」

明治三十九年といえば、音三郎が池田にいた時分だ。電気というものにまだ接したことがなかった頃だ。

「では満鉄開通に関わっておられたんですか？　鉄道事業にも関わられていた、と？」

つい性急に質問を重ねてしまう。反して島崎はゆっくりと首を振った。

「いえ。鉄道を敷いていたわけではありません。私は満鉄の沿線に電気を供給する役を負うておりました。営口や遼陽、瓦房店といった都市に」

瓦房店は、利平や菱川が現在詰めている町である。菱川は以前にも、独立守備隊の一員として満鉄沿線を守ったと聞いている。

「沿線が栄えないことには、鉄道を敷いたところで効率よい運搬はできませんから」

「発電所から造ったわけですか」

「ええ、大連に。中国と共同でね。あちらは資源も豊富ですから、その点では都合がよかった。中央試験所という機関も早々にできて、さまざまな研究に傾ける時間も十二分にございました。

満鉄も今ほど大所帯ではなかったですから、存外のんびりしておったんですな」

今や三万人以上の社員を抱え、大陸の大動脈と化した満鉄の、のどかな時代というのが音三郎にはうまく想像できない。数年前から日本各所で「満州熱」なる言葉が飛び交い、満州にさえ行けばなんとかなると海を渡る者が絶えないほどにかの地は隆盛を極めている。その一端は満鉄が担っているのだ。

「弓濱さんは、あちらでどんな仕事を？」

すると老人は目をそばめ、壁の本棚を仰いだ。しばらくそうして背表紙に視線をさまよわせていたが、「そうですね、あの頃は」と、長い息と一緒に吐き出した。

「電気遊園というのを造る仕事を仰せつかりましてね、大連で」

「公園ですか」

「ええ。電気仕掛けで動く遊具が展示してありまして、誰でも試せるようになっておりました」

「ルナパークのようなものが、満州にはすでにあったということですか」

密かに肝を潰す。日本のほうが満蒙より遥(はる)かに進んでいると思い込んでいたからだ。老人は、大阪の通天閣のたもとに造られたルナパークを知らぬらしく、かすかに頷いただけであった。

「では弓濱さんも、電気遊園の事業に関わられていたんですね」

金と利権にしか興味がないあの弓濱が、市民を楽しませる遊技場を手掛けたとは意外だった。ルナパーク開設に際して、彼は消極的でわずかな投資もしなかったと、大阪にいた時分に聞いていたのだ。

「かつての弓濱氏は、そういう人でした」

老人は、目をしょぼつかせた。

「技術を使って、人を楽しませるのがなにより好きな人でした」

音三郎は相槌を打ちかねる。弓濱にも、それは若い頃があったろう。しかし今の彼しか知らぬ音三郎は、それも利益を見込んでのことだったのではないかと勘繰らずにはおられなかったのだ。

「すみません、お引き留めして。お手紙を取りにいらしたのに」

島崎はやにわに話を終うと、立ち上がって腰を伸ばし、机の抽斗から茶封筒を取り出した。受け取って差出人の名を検める。「草間信次朗」と角張った字でしたためられてあった。


老人の家を辞した音三郎は、その足で十条駅近くの立ち飲み屋に寄り封筒を開いた。労務者風の酔客にまぎれるのは鬱陶しかったが、家よりは落ち着いて読めるだろうと、一軒だけ開いていた店に入ったのである。

〈元気デヤッテオルカ〉

拝啓とも前略とも断らずにはじまっているのが信次朗らしい。

〈コチラハ相変ワラズノ不景気デ社長モ首ガ回ラヌト嘆イテオル〉

貿易業界は未だ沈んだままか、と音三郎は頬杖をつく。欧州大戦の戦後恐慌は収まったと聞くが、信次朗は手紙の中で、蛸配当による銀行の破綻で経済は大混乱だと嘆いている。投機に失敗し借入金を返せぬ負債者に、さらに金を貸し出して救おうとするも結局返済がなされず穴を大きくした銀行は、全国で四十行以上に膨れあがったという。中には、高知商業銀行のように債務者と共倒れになった銀行もあるというから事態は深刻だった。犬養毅が産業を強くして経済をよくせよと息巻いたところで、結局このざまだ。世の中が景気の善し悪しに翻弄されている限り、技術開発は後手に回る。安定した開発資金と売れ筋に関係なく予算を掛けられる、つまりは軍需工場をはじめとする国の機関でなければ、この時世、質の高い開発を続けるのは難しいだろう。思い切って十板に移ってよかったと、音三郎はそっと口角を持ち上げる。

〈大阪デハ満州熱ガ高マットルガ、大阪工鉱会ガ満州渡航商人ヲ精査シテイルトカデ、ウチノ社長ハ二ノ足ヲ踏ンデイル〉

どうやら弓濱は、自分に先んじて他の商人が満州で利益を得ることを阻止する策を早くも講じているらしい。とんだ執心だ。小さく身震いして読み進めたとき、思いがけない名前に突き当たって、音三郎は息を詰めた。

〈トザガ前ニオッタ大都伸銅デ開発サレタヒューズガ今、エライ売レテオルノヲ知ッテオルカ。金海トカイウ技師ガ作ッタカラ、製品名モ「KANAUMI」。エラソウヤロ。電熱線ガ街ニモズイブン増エテイテ安全装置ハ欠カセンラシイ。中デモコノ製品ハトリワケ性能ガイイラシク、外国カラモ問イ合ワセガ沢山アル。社長ハ「KANAUMI」ノ輸出ヲ手掛ケヨウト考エテオル。交易ニシテ勝算ガアルカドウカ、安全器ガコノ後ドノクライ消費サレテイク商品カ、トザニ訊コウト手紙ヲ書イタ〉

手の先が冷たくなって痺れていった。ボサボサの蓬髪と人を小馬鹿にしたような奴の目つきが甦る。製品名「KANAUMI」——あの男の名が刻まれた製品が広く売り出され、さらには海外にまで出て行こうとしている。会社がそれを許可し、世の中にも比類ない良品として受け入れられている――。金海の成功に音三郎は、近くの壁に身を預けねば立っていられぬほどの動揺を覚えた。奴が成功したという事実以上に、周りに何を言われようが金海がその主義主張を一切曲げずに貫いて、一家をなしたことが心ノ臓に突き刺さったのだ。

――電気は阿呆が使う。だからこそ、まずは安全を確保せなあかんのや。

甲走った金海の声が鼓膜の奥でこだまする。日々精度の高い爆薬を開発している研究室に籍を置く音三郎には、もはや世間知らずの幼い理想としか感じられない言い条である。しかしその陳腐な理想を、金海は製品としても商品としても申し分ない形で実現してしまったのだ。

〈ソレトモウヒトツ。豊川研輔サンヲ覚エトルカ。小宮山デ一緒ヤッタ、トザト同郷ノ豊川サンヤ。東京ニ行ッタト聞イタ。ソッチデ会ウカモシレン。ワシモイズレ東京ニハ行ッテミタイ。ソノトキハヨロシク頼ム〉

目は一応文字を追ってはいたが、もはやなにも頭に入らなかった。おざなりに便箋を畳み、背広のポケットに突っ込む。大きく息を吐いたと同時に、手紙をうっかり入れっぱなしにして佳子に見つかったら事だと気付いた。

音三郎は、旧友からの手紙をその場で細かにちぎって給仕に捨ててもらった。信次朗に返事を書く気にはなれなかった。どんな形であれ、金海の力になることは避けたかったのだ。

三

研究室では真空管受信機の改良をし、家では図面を直し続ける。大正十二年の夏いっぱい、音三郎は作業に没頭した。帰宅はしょっちゅう午前様になったが、佳子は恨み言ひとつ言わず手早く夜食の支度をする。献立はたいがい胃にもたれぬよう茶漬けに二、三の御菜を添えたものので、妻の気働きに感心しながらも一方では、夫の激務を案じず、ひとりで家に置かれる日々を寂しがりもしない佳子に、ありがたさより情の薄さを感じることも少なくなかった。

音三郎が、銅と燐、錫の配合と、仕上がりの厚みを指定したバネ板は、すでに工場から上がってきていた。真空管のソケットに合わせた削り作業は、音三郎自ら負うことにした。殿山と篠崎は口々に「無理することはないぜ」と言う。

「金属加工技術は、君の分野じゃあないだろう。専門の工員に頼むがいいよ」

それを音三郎は、

「いや、その必要はない」

と即座に制した。

「これで存外手先は器用なんだ。仕上げ削りくらいなんでもないさ」

小宮山製造所で、朝から晩まで勤しんでいた仕事である。無論、そのことは他の研究員には秘さねばならない。削り作業をしていると、錫や燐を仕入れるために奔走していたあの頃のことが思い出された。銅と燐と錫、その完全な比率を見出すところまで漕ぎ着けたのに、住友に先を越された日の総身がよじれるような悔しさまでもが、まざまざと甦る。

——無駄ではないんじゃ。努めて励んできたことは、どこかで報われるようにできている。なにひとつ無駄にはならんのじゃ。

ただし、もう何年も隔たっている作業である。果たして昔のようにできるだろうかと不安もあったが、幸い、頭ではなく手が覚えていた。

「郷司君にこんな特技があるとはな」

篠崎が目を丸くした。

「民営では工場にちょくちょく入りますから。職工たちの仕事を見るうち覚えてしまいました」

音三郎は朗らかに返す。「職工たち」と口にするとき、至極隔たった存在というふうを表した。

真空管受信機の改良は、このバネ板のおかげで淀みない進展を見せた。考えあぐねた停滞の時期を抜け出して、仕事が着実に進んでいく。体中の細胞が愉しげな音を奏でて常に弾けているような喜びのただ中に、このとき音三郎はいたのである。製作に没頭する充実感を享受していたのである。

それなのに時折脈絡もなく金海の顔が浮かんできて、昂揚に水を差すのだ。安全器を成功させ、得意になっている奴の顔だ。たかが安全器ではないか。単に電気による過熱を防止するだけの、なんら発展性もない装置ではないか。需要があるのも、大量に売りさばくのに適した安い製品だからだ。無線と比ぶべくもない、低質な機器だ。自分は金海などより、遥かに高尚な開発をしている。だから必ずこの無線機を、大舞台で使えるところまで持っていかねばならない。音三郎は自らにそう言い聞かせながら、一心不乱にソケットを仕上げていった。

うだるような八月が終わり、暦が九月に切り替わった日のことだった。昼少し前、正門の守衛室から客人の来訪を告げる呼び出しがあり、音三郎は仕事の手を止めて研究棟の表に出た。来客の予定などない。嫌な予感が脳裏をよぎったが、ミツ叔母の件は守衛に釘を刺してある、と己を落ち着かせた。それでも、正門の見える場所で一旦足を止め、木陰から様子を窺った。丸髷にお召しを着た後ろ姿を認めて、ようよう肩の力を抜いた。音三郎が駆け足で近寄ると、

「すみません、音兄さん。お仕事中に」

　富は縮こまって言い、守衛に頭を下げた。

「どうした。工場にまで押しかけてくるなんぞ」

　妹相手に東京言葉を使うのも落ち着かなく、音三郎は正門から外に出て、道端の木陰に富を誘う。

「急な用やないんじょ。佳子さんに、音兄さんが家におる日を訊いて、その日に伺う約束をしようと思うて、さっきお宅に行ったんじゃけんど……」

　責めたわけではないのに、富はますます小さくなった。

「佳子は留守にしとったか？」

「ううん。家にいらしたんじゃけんど、音兄さんに用事なら直接工場に行ってくれと言われて。別段今日でなくともよかったんじゃけんど、そういうことなら、と近くやけん寄らせてもらいました」

　音三郎は眉をひそめた。富は平日の昼間に板橋を訪ねたのだ。当然音三郎が不在であることは承知の上だろう。兄への用向きを、嫂に託すつもりで来たことくらい佳子であれば察しがつくはずだった。それなのに言伝を預りもせず、直接音三郎に言えとばかりに義妹を追い払う乱

暴さが引っかかった。

「座敷に上げてもうたか？」

富は黙っている。

「茶の一杯も出してもうたろうな」

「それはたぶん、うちが急いどるように見えたんじゃと思う。お義姉さんは気を遣うてくれたんじょ」

富は慌てて口を入れ、素早く話題を変えた。

「実は、今日来たのはミツ叔母さんのことなんじょ」

佳子の態度を詳しく訊こうとした矢先、忌まわしい名前が飛び出してきて、音三郎の喉を締め付けた。

「おまんに、なんぞ、言うてきたんか」

「言うてきたゆうか……」

富は言い淀み、下駄で地面をくすぐるような仕草をしてみせた。

「なんじゃ、はっきり言え」

「うん……あのな、ミツ叔母さん、今年の頭からずっとうちにおんのよ」

「えっ？」

頭を殴られたような衝撃だった。

「家を追い出されて金もないけん、しばらく置いてくれと泣きつかれて。利平さんもおらんけん、少しの間やったら叔母さんでも一緒におったら心強いと思うていてもうたんじゃけんど、いつまでも出ていく様子がないし、うちのお金もたまに使うようになってしもうて」

「阿呆っ。なしてそのなことを今まで黙っとったんじゃ」

　怒鳴りながらも、どこで富の住所を知ったのかと怪しみ、以前利平が事務員に託した紙切れを部屋の文机（ふづくえ）の上に置きっ放しにしていたことを思い出した。

「ほなけんど、音兄さんは所帯を持ったばかりで心配かけとうなかったし、うちに来たときは叔母さんも、他に移るあてがあると言うとったけん。すぐ出ていくと思うとったんじょ」

「あのな嘘つきの言うことを信じてどうするんじゃ」

　富にあたっても詮方（せんかた）ないと頭では解しつつも、つい声を荒らげてしまう。そうしながらも、ミツ叔母の蛭（ひる）にも似たしつこさに総毛立っていた。

「ともかく、今すぐ追い出さなあかん。おまんに苦労させるわけにはいかん。あれは、わしの背負うとる澱じゃけん」

「なぁ……音兄さん」

「ええか。今度の日曜、おまんの家に行って、わしが追い出すけん。それまでは叔母さんにはなんも言わんで過ごすんじゃぞ。わしが行くことも黙ってなあかんぞ」

「音兄さんっ、なぁ、話やめてや。おかしな具合じょ」

　富は耳を下に傾け、音三郎が言葉を継ごうとするのを片手で制した。

「なんじゃろうか。えらい走ってきよるようや。馬や。馬が走ってくる。たくさん走ってくるじょ」

　不意に奇妙なことを口走る。音三郎は辺りを見渡したが、馬など一頭たりとも見えない。のどかな昼の風景が広がっているばかりである。

「おまん、なにを言うとるんじゃ」

「ううん、確かに来るじょ。地面の中……地面の中を走ってくる。こっちに近づいてくる」

「阿呆なこと言いな。そのなことがあるはずないじゃろう」

憑きものでも憑いたように、急に挙措を失った妹を案じたときだ。

ゴォォォという地響きが音三郎の鼓膜をも揺さぶったのだ。

ほとんど同時に、凄まじい揺れが足下から突き上げてきた。地面が波打ちはじめる。まるで天幕の上にでも立っているような具合なのだ。音三郎は、富をかばってしゃがみ込んだ。とっさにしがみついた大木が、根元から大きく左右に傾ぐ。枝という枝がうなりを上げていた。

工場から金属の激しくぶつかり合うような音が聞こえてくる。怒号に似た声が遠くにこだましている。富は悲鳴すら出ないのか、目を見開き無言で音三郎にしがみついている。もしや爆発でも起きたのではないか、と工場のほうに目を遣り、景色のすべてが歪んで揺れていることに戦慄した。

サイレンが鳴り出した。それが非常事態を報せるものでなく、正午を告げるいつものサイレンだと悟っても、胃の腑をねじり上げられるような恐怖が間断なく突き上げてくるのだ。

錯愕しているというのに、頭の芯に映し出されたのはなぜか、漆川で父と煙草の葉を摘いでいたときの光景なのだ。山肌に作った切畑の、ほとんど直角に見える急な斜面に立って、滑り落ちないよう懸命に踏ん張る感触までが甦ってきたのだった。

どれほどの間、そうしていたかは定かではない。かなり長い時間であったような気がする。

木の揺れが幾分収まったところで、音三郎は辺りを見回した。電柱が倒れ、切れた電線が火花をあげている。すぐにでも工場の状況を確かめたかったが、立ち上がろうにも足腰が言うことをきかない。

「おい、富。わしは腰が抜けたぞ」

大丈夫か？　と妹を気遣うより先に、おどけた台詞が己の醜態を繕った。

「今のはなんじょ？　なにが起こったんじょ？」

富が譫言のように繰り返す。音三郎の目にほうぼうで上がりはじめた黒煙が映る。

正門辺がにわかに騒がしくなり、見ると職工たちが血相を変えて駆け出してくる。「地震だ、退避、退避ー」と野太い声が響いてくる。

「地震？　今のが」

つぶやくとともに、ようやく四肢に力が戻った。勢いをつけると意外にもたやすく立ち上がることができた。まだ震えてしゃがみ込んでいる富の手をとる。

「中に戻る。ここではぐれてはあかん。おまんも一緒に来るんじゃ」

富は紙のように白くなった顔をはね上げ、

「なに言うとるの、音兄さん。建物の中は危ないじょ。ほなけん、みな出てきとるんじょ」

と、かすれ声を出した。

「いや、戻るんじゃ。重要な試作品を研究室に置いたままじゃけん」

「試作品？　このなときに」

「研究棟は鉄骨が通っとる。危ないことはないけん。ただの地震じゃ。爆発が起こったわけやない」

建屋は崩れておらんだろうか、図面や真空管、せっかく仕上げたバネ板は無事だろうか――音三郎の頭の中はたちまちその懸念で一杯になった。

「なぁ音兄さん、一旦家に帰ろう。義姉さんも心配じゃけん。なんの試作品かうちにはわからんけんど、そのなもの、ただの物やし、壊れたらまた作ればええやないの」

しゃがんで立ち上がろうとしない妹を、音三郎は凝然と見下ろす。ただの物？　何年もかかってようやく完成に漕ぎ着けた試作品を、「ただの物」だと富は言ったのだろうか？　手に負えないほどの怒りに駆られたが、「富は動顚しているのだ」と胸の内で唱えどうにか自分を静めた。未曾有の事態に直面して、富は一時的におかしなことを口走ってしまっただけなのだ、と。

「ともかく研究棟に戻るんじゃ」

音三郎は力尽くで妹を立ち上がらせる。同時に富が、喉の奥でしゃっくりのような悲鳴をあげた。

「あかんっ、叔母さんがうちにおるんじゃ」

言うなり、大きく震え出す。

「どないしよう。叔母さんになにかあったら、うち、どないしよう」

「どうなってもええじゃろうっ、あのな女。そのなくだらんことより富、早う研究室へ戻るぞっ」

こちらを見上げる富の表情が凍りついた。その目は確かに音三郎に向けられているのに、まるで異なものを見ているように虚ろなのだ。音三郎は妹の鈍さに焦れて、つい怒鳴った。

「わしの言う通りにせいっ！　非常事態なんじゃっ。今、一番守らなあかんのは、わしの真空管受信機なんじゃっ！」

有無を言わせず、富を引きずって工場の正門に向かう。ばらまいた数珠のように規則性を欠いて門からなだれ出てくるのは職工ばかりで、いずれも阿鼻叫喚といった態で取り乱している。有象無象の流れをかき分けながら、「阿呆どもが、持ち場を離れよって」という独り言が、音三郎の口の端から漏れ出した。


研究棟は外から見た限り、大きな被害はないようだった。ただし、平素は必ず閉ざされている金属製のドアが、開け放たれている。敷居をまたぎ、第三研究室へと大股で階段を上る途中、誰とも行き合わぬのは奇妙であった。まさか研究員たちもみな逃げ出したのだろうかと不安を覚えつつ、通い慣れた一室に踏み入る。

「やぁ、郷司君。どこへ行ってた。今、君の噂をしてたんだぜ」

篠崎の蛮声が真っ先に降ってきた。いつものように大口を開けて笑っている。室内には平素と変わらぬ顔ぶれが、普段通りに詰めていた。逃げ出した者はひとりもないようで、同僚たちはみな黙々と、崩れた書類をかき集めたり、倒れた書棚を立て直したりしている。音三郎は篠崎に笑みだけで応え、真空管受信機を収納している棚まで駆けた。扉を開けると、試作品を入れた木箱が無傷で佇んでいる。念のため、棚板に固定しておいたのが幸いした。おそるおそる箱を開けてみる。中の真空管は、位置こそずれていたが割れてはいなかった。それを見ていっぺんに緊張が解け、音三郎は近くの椅子にくずおれた。

「なんだ、妹さんと一緒だったのか。さっきの来客ってのは富さんだったんだな」

殿山に言われて音三郎はようやく、富の存在を思い出す。見ると妹は、入口のところで所在なげに佇んでいる。佳子との祝言の席にいて富の顔を見知っている殿山は、「びっくりしたでしょう。ひどい揺れでしたな」と子供に掛けるような声を出したが、富は歯の根も合わぬ様子でまともな返事すらしない。殿山はそんな富を気遣って応接ソファに誘い、

「男ばかりのむさ苦しい研究室にせっかくおいでくださったんだ、茶のひとつでもお出ししたいところだがここは火気厳禁でね。なんのおもてなしもできませんが」

と、冗談口で和ませようとする。音三郎は、「すまん。部外者を勝手に連れ込んで」と詫びたが、「このくらい許されるだろう。小岩さんもさっき出て行ったから平気さ」と殿山は、あれほどの地震直後とは到底思えぬ穏やかさで笑ったのだ。

そしてこの平静さは殿山のみならず、研究員全員に共通したものだった。

「しばらくは余震が続くだろうな。あれだけ大きかったんだ」

「震源はどこだろう。直下のようにも思うが」

「東大の地震研究室はなにをしてたんだか。これほどの大地震も予知できんのじゃあ研究費の無駄遣いだ。その分こっちに回してほしいね」

茶飲み話然とした緩慢な会話が満ちる中、表の様子を確かめに行っていたらしい小岩が戻り、

「工場は一旦停止した。被害は確認中だが火災や倒壊には至っていない」と研究員に告げた。

報告を聞いて、今の今まで動悸が収まらなかった音三郎もようやっと人心地ついた。それにし

ても多量の火薬を扱いながら、よく火が出なかったものだ。真っ先に逃げ出した職工たちはろくな始末をしなかったろうから、工場が無事なのはほとんど奇蹟だろう。

小石川はどうなっとりますか、と誰かの声が飛ぶ。小石川にある陸軍造兵廠は、この春まで東京砲兵工廠と呼ばれた軍需工場で、十板もその管下にある。

「わからんっ。電話が繋がらんのだ」

小岩が返したと同時に、篠崎が音三郎に耳打ちした。

「こういうことがあるから無線が必要というわけだ」

殿山もすぐ話題に乗った。

「確かにな。無線であれば、電話線のように切れる心配がない。この地震も、無線が脚光を浴びるいい機会になるかもしれんぜ」

「ああ。早く精度の高いものを作り上げなければならんな」

音三郎は応えながら、今ここに完成した製品があればその威力を存分に証明できたものを、と内心で歯嚙(はが)みする。金海の安全器なんぞより遥かに多くの人々を救えたはずなのだ。

「また同じような大揺れが来たら、そのときは郷司さんの無線機が大活躍するかもしれませんよ」

伊瀬がそう励まし、

「そうだな。早々に仕上げて、大地震を待つさ」

威勢よく音三郎が返したとき、ソファで小さくなっている富が目の端に映った。妹はひどく兢々(きょうきょう)とした顔でこちらを見ている。ふと、誰かに似ている、と思った。昔、ああいう目を向けられたことがある、と。

混乱極まる市中に出るのは危険であるから、とその晩、研究員たちは全員研究棟に留まった。富も、小岩に許可を得て一晩ここで厄介になることになった。叔母さんが家におって心配じゃけん、早よ帰りたい、と子供のように駄々をこねる妹に舌打ちしたいのをこらえ、

「あのな女を案じるな。家と一緒に潰れてくれりゃあもっけの幸いじゃ」

と、小声で制すと、富はまた恐れるような目でこちらを見上げたのだ。そこでようやく、

——ああ、おタツだ。おタツの目だ。

音三郎は、今まですっかり忘れていたその名を、卒然と思い出した。あれもまた、似たような目を、時に音三郎へと向けたのだ。


翌朝早く研究所を出て、富を牛込まで送った。市内はさながら戦場のようなありさまで、建物の倒壊はもちろん、方々で火が出たのだろう、至るところ灰燼と化していた。燃え残った柱から未だ火が出ている家もあり、様変わりした景色を前に、音三郎も富も声ひとつ出せなかった。

牛込までおよそ三時間を要した。以前訪ねた折に見た町並みは消え、住宅は軒並み潰れていたが、幸い利平の家は無事で、軒先の瓦が四、五枚落ち、硝子の割れた窓も二箇所あるだけで済んでいた。あの女が中でのうのうとくつろいでいるのを想像して怖気立ったが、案に相違してミツ叔母の影も形も見えない。動じる富を、「どこぞに逃げたんじゃ」と一旦落ち着かせ、けれど戻てきたとしても二度と家に入れるな、池田に戻れと言うんじゃ、ときつく命じた。も

し梃子でも動かんと言うのなら、研究所に報せてくれ、わしが追っ払うけん、と念押しすると、

「そこまでせんでも」と富は及び腰だった。

――この地震で完全に消えてくれればええが。

音三郎は密かに願う。昼のうち、家でおとなしくしているミツ叔母ではない。地震の日も富が出掛けたのを見て、自分も買いものか遊興目的で表に出たはずである。

「なぁ。義姉さんが心配じゃけん、早よ帰ってあげて」

部屋の中を片付けはじめるや、富に急かされた。

「かんまんよ。佳子は落ち着いた女じゃけん。ここを片付けてからで十分じゃ」

言ったが富は頑なにかぶりを振る。

「この家を守るのはうちの役目じょ、食べ物もあるし、ご近所とも仲がええけん。うちのことは心配せんで、ええから音兄さんは帰ってあげて」

半ば追い出されるような格好となり、音三郎はためらいながらも牛込をあとにした。

「鍵だけはちゃんと閉めぇよ。どさくさに紛れて火事場泥棒が出回るかもしれんけん。困ったことがあったら、すぐわしに報せるんじゃぞ」

帰りしな、しつこいほどに言い置いたのだが、板橋まで戻ったところで、報せる手段が富にはなにもないではないか、と気付いて暗然となった。電話も通じなければ、市電も動いていないのだ。災害時、現在の通信手段は、これほどまでに脆いのだ。

――けんど無線は違う。危急の折にも安定した仕事をなせるんじゃ。

歩き通しでふくらはぎが鉄板のように張っていたが、腹の奥でそう唱えた途端、総身が軽く

なった。バネ式ソケットで交換可能な真空管無線機なら、戦地でも被災地でも存分に効力を発揮するはずである。

一刻も早く研究室に戻りたいと気が急いたが、一応板橋の家の様子を見に寄った。被害は利平の家より遥かに大きく、風呂場の屋根が抜け落ちて、台所の壁も水道管に沿って大きな亀裂が走っている。食器棚が倒れ、中の食器もことごとく割れていた。佳子はひとり、襷掛けで片付けをしていたが、傷ひとつなく無事だったことが奇蹟と思えるほどに家の中は酸鼻を極めていた。

音三郎は、さすがに気が咎めた。十板の目と鼻の先である我が家に立ち寄ろうともせず、富を送り届けることを優先したのだ。ところが、佳子はまったく意に介するふうもなく、恬として「あら、お帰りなさいまし」と発しただけで、地震の折の顚末を報告するでもなく、音三郎が無事であったことを喜ぶでもなく、即座に「お仕事を抜けていらしたんでしょう。早くお戻りになって」と、言ってのけたのである。これには音三郎もうろたえ、「いいえ。片付けを手伝いますよ」と腕まくりをしたのだ。しかし佳子は立ちはだかるようにしてそれを遮り、

「十板に戻ってくださいまし。あなたの本分は研究でございましょう」

と、厳然と首を横に振ったのだった。

「ここはお義兄様に任せます。先程様子を見に来て、実家の無事も報せてくれましたの」

「しかし、お義兄さんに頼んで、私がなにもしないと言うのも」

困じると、佳子は「お立場が違いますわ」と、いっそう険しい顔を向けた。

「お義兄様は勤め人ですから、細かいことをさせても苦にならないでしょうし、仕事だって、

民営なんて余興みたいなものですから、いざとなったら休ませればいいんです。ただ旦那様は軍の機関で大事なお仕事をなさっています。家のために研究の手を休めることはございませんわ」

結局音三郎は、佳子の言に従って十板へ戻るよりなくなった。研究室の机についてから、島崎老人は無事だろうかと案じたが、老人ではなく居間の書棚を案じている自分に気付くと、奇妙な虚しさに囚われた。

四

「真空管はすでに長距離電話の中継器として十年ほど前から米国で使われています。当初はニューヨーク―ワシントン間で、その二年後にはニューヨーク―サンフランシスコ間で試用されました。相応の成果を挙げています。日本ではまだ一般的ではありませんが、民間でも東京電気をはじめとし、安中電機製作所など政府の支援を受け開発を行う機関も多くあります。震災によって、無線の必要性が広く認識されたこともあるのでしょう、開発が盛んになっており、この後は競争が予想されます」

小岩と、十一班の面々が揃った会議の席で、音三郎は完成した真空管受信機を前に説明を行う。関東大震災からふた月半が経った十一月の半ばである。

被害の全容が摑みきれぬまま、月日だけがいたずらに流れていた。死者数は未だ変動していたし、どさくさにまぎれて犯罪に及ぶ者もあるらしく物騒な事件も続いている。隅田川の近くの空き地に避難した大勢が地震で出た火に巻かれて命を落とした、吉原の花魁も近くの公園の池にはまってずいぶん死んだ、と、そんな話は耳に入るが、以前と変わらず朝から晩まで研究室に詰めている音三郎にはいずれも遠い出来事であった。

震災後唯一気になって足を向けたのは、島崎宅である。周辺はだいぶ様変わりし、音三郎がかつて住んだ借家もものの見事に潰れていたが、島崎宅は土台からずれたことによる傾きは生じていたものの、かろうじて持ちこたえていた。案じていた蔵書もすべて無事で、島崎も傷ひとつなく、音三郎の姿を見るや、「この歳になってもまだ、安息を許してもらえぬようです」と、力ない笑みを浮かべたのだ。

殿山や篠崎も、気懸かりは陸軍造兵廠の件だけらしい。甚大な被害を受けたと報せが入ったのは地震から五日後のことだったが、その後、再建不可能と判断されたために移転は決定的だと伝わってきたのである。今年の四月に陸軍造兵廠令を受けて大阪砲兵工廠と組織合併をしたばかりだから、大阪に吸収されるのではないか、との臆測も飛び交った。音三郎はそれを聞き、管下にある十板も大阪移転を強いられるのではないか、と兢々としたのである。大阪は二度と関わりたくない場所だ。あそこには、小学校もまともに出ていない、叩き上げの職工である自分しかいない。

幸い、陸軍造兵廠の大阪移転の話は消えて、現在は移転候補地として九州が挙がっていると聞く。十板も陸軍造兵廠の移転に関わりなく現在地に残ることが正式に決まり、ひとまず落ち着いたのだが、これを機に軍需工場全体の組織変革がなされるかもしれないという噂が研究者たちに開発を急がせていた。音三郎の試作品も、その焦燥の中で発表の日を迎えたのである。

「この長距離電話の中継器として使用されていたのは三極管、一般には素子管と言われるものです。以前は大変不安定な動作で、到底使い物にはならないと見なされており、他の電子管に移行する研究者も多かったようです。過去にウェーネルトという学者が、酸化物塗布方式に変更したのですが……」

「その酸化物塗布方式ってのはなんだ」

小岩が片手を挙げた。

「酸化物を電極に塗布するもので、それによって電気伝導性が増幅します。素子管の欠点は、気体が電離しやすいという点で、酸化物塗布方式はそれを補う役目を担います。この場合、長波の受信はほぼ問題なく行えるのですが、これからは短波に絞って開発を進める必要があります」

「長波じゃいかんのか？」

首をひねった小岩に、

「確か、無線機の小型化のために短波でなければと、郷司君は言っていたな」

と、殿山が注釈を加えた。

「ええ。長波で受信するには、感度の問題から基地局の空中線を四百尺程度にしなければ難しいのです。ものによっては三千尺以上必要となる。戦地で扱うには不向きです」

「短波ならば、空中線も短くて済むのか？」

「はい。十五尺程度で済むでしょう。また、受信機、送信機とも真空管で作ることができ、小型化がかないます。真空管内にフィラメント、つまり格子状に線輪を巡らすことで管内の電子速度が速くなる。このとき磁場が要になります」

「磁電管か?」

それまで黙って聞いていた篠崎が言って、手を打った。音三郎はひとつ頷く。

「陰極から放出された電子を磁力によって管内で回転させます。これならば高速で回転させられるため、短波の通信に適している。短波の長所は機器を小型化できることだけでなく、他から傍受される可能性も低いということもあります。未だ、無線の主流は長波、中波ですから」

「しかし外国では短波を使っているところも多かろう」

小岩が顎を揉む。

「ええ。ですので、私の受信、送信機は、ダイヤルを付けて短波の中で波長を変えられるように造ってあります。そのとき使う波長を送信、受信の間で示し合わせておくことで、効率的な通信が可能になるか、と」

音三郎は慎重に言葉を選んで、小岩の反応を待つ。

「郷司君の言う通り、真空管というのは今後、分野や用途を広げていくような気が僕はするなぁ。軍にとっても最先端の無線は不可欠でしょう」

殿山がそれとなく後押ししてくれた。小岩が身を乗り出し、今一度試作品に目を凝らした。殿山も篠崎も口をつぐみ、重苦しい空気が場を覆う。音三郎は音を潜めて唾を呑んだ。

「よし。わかった。これで一度上にあげる。おそらく梁瀬さんも異存はなかろう。追って軍部にも提供するから、郷司君はこのまま製造を進めてくれ」

音三郎は思わず腿を叩く。やった、という声はかろうじて飲み込んだ。篠崎が目をしばたたかせ、「郷司君にも存外純情なところがあるんだな」と軽口を叩き、緊張から一転、場が和んでいく。小宮山製造所の時代から取り憑かれていたものが、製品化という形でついに日の目を見るのだ。音三郎は叫び出したいのを懸命に堪えて、小岩に向かって深々と頭を下げた。

以来音三郎はいっそう、開発にのめり込んでいった。研究室ではもちろん、家で飯をかき込んでいるときにも、機器の構造に頭が占拠されていたものだから、佳子の話をうっかり聞き流していたらしい。

「あなた、聞いてらっしゃるの？　『国民精神作興詔書(こくみんせいしんさっこうしょうしょ)』っていうらしいですわ」

急に耳元で声を張られて、音三郎は手にしていた茶碗を取り落としそうになった。

「国民に対しての詔(みことのり)だなんて、これも震災のせいですわね」

顔を上げると佳子が新聞を差し出したところだった。

勤め人の義兄が万々手配して、家の改修はあらかた済んでいた。ひと月以上風呂が使えぬ不便はあったが、小宮山時代の信次朗のように、研究棟脇の井戸水で身体を拭(ぬぐ)えば十分事足りた。煙突が倒壊した銭湯も多い中、わずかに開けている銭湯はどこも芋洗い状態で、他人の垢(あか)だらけの湯に浸(つ)かるほうが音三郎には不潔に思えたのだ。もっとも佳子に井戸端で済ませているなどと告げれば野蛮だと眉をひそめられるだろうから、仕事帰りに銭湯に寄っていることにしている。

「ここ。ここに書いてありますから、あなたもお読みになったら」

佳子は紙面を指さして、音三郎に押しつけた。平素であれば、音三郎の興が乗らぬと悟るとさっさと話題を終うのに、珍しく執拗(しつよう)である。

〈晩近学術益々開ケ人智日ニ進ム。然レドモ浮華放縦ノ習漸ク萌シ、軽佻詭激ノ風モ亦生ズ。今ニ及ビテ時弊ヲ革メズンバ、或ハ前緒ヲ失墜センコトヲ恐ル〉

一読、いかに文明が開け便利になっても浮かれることなく国本を確かにせよ、という内容だったが、この理屈が音三郎には少しばかり引っかかった。文明や技術は浮華放縦を促すものではない。人の歴史を豊かに培い、正しい方向に人々を導くものだ。

「天譴論というのが盛んに言われましたでしょう」

音三郎は小首を傾げる。このところ新聞に目を通すことさえない日々なのだ。

「大戦景気があって、あれ以来日本国民は浮かれ騒いでいる。平気で贅沢をして放蕩三昧になった。今度の震災は、その浮かれた心を戒めるために天が起こした——そういう論ですわ」

傍らに置いた火鉢の炭が小さく弾けた。まだ師走には遠いというのに、やけに冷える晩である。

「震災が、天罰だということですか？　誰がそんなことを言ってるんです」

あまりにも非科学的、前時代的言い条である。

「誰って」

佳子は、呆れたふうを眉宇に浮かべた。

「相応の地位にある方はみなおっしゃってますわ。財界でも渋沢栄一が天譴論を唱えていますし」

「渋沢栄一が？」

財界の大物が好景気を批判してなんの利があるのか。そもそも実利主義の渋沢が、本気でそんな寓話めいたことを口にするとは思えない。政治も経済も、背後にあるのは現実のみであって、迷信の上には成り立たないのだ。

音三郎は飯を味噌汁で飲み下した。

――まるで、仕組まれたような論だな。

食道を熱い汁が伝っていく。天譴論自体になにか国家的意図があるのではないか、という予感がした。国本を強くしなければならぬという思想の裏にあるものはなにか。国民を統制しようと政府が目論(もくろ)んでいるとすれば――。

欧州大戦の好景気で生活水準が上がり、人々は自由を手にし、国家から解かれて思うように生きることが可能になった。工場も問屋も貿易商もそれぞれのやり方で潤っていき、犬養毅までが産業立国主義を唱えるほどに個々人の力が期待される時世である。それゆえ国家は、国民に対して一抹(いちまつ)の不安を覚えているのではないか。民間企業が官営以上に力を持つことへの危惧(きぐ)もあるのではないか。震災が起こったのを契機に、国家は今一度、国民の締め付けを強めるという肚(はら)なのではないか。

「もしや国は、また戦争でもはじめようと考えているのではないですか。渋沢までがこんな論を唱えるということは、国益に期待してのことでしょう。つまり、戦争によって国を富ませようという意図が含まれているのではないでしょうか」

音三郎は箸を置いてつぶやいた。途端に佳子が目を輝かせてこちらを見た。

「あなたも、そう思われますの？　私も、このところの新聞を読んで、そちらのほうに流れが行くのじゃあないかと期待しているところですの」

「仮にそういう流れになれば、十板にとっても願ったり叶ったりだが」

「そうでしょう？　砲兵工廠も活気づくでしょうし、あなたの研究にも好都合のはずですわ。だいいちシベリアも取れずにいる陸軍じゃあないはずですもの。汚名返上のためにも、極東で一番強い軍ということを証明するためにも、いずれ大陸を手に入れてほしいと、私、ずっと願っているんです」

佳子の口から発せられると、大陸という言葉が甘美な響きを奏でるように感じられた。いくらでも資源の眠る大陸が日本国のものになる。自分の開発した高性能な無線機が、広大な土地で活躍する。すべての作戦が、音三郎の無線機から放たれ、軍を勝利に導くのだ――。

「あなたの開発いかんで、日本が真の強国になるか否か決まる、そんな日がくるかもしれませんわね」

相変わらず発破を掛けるような妻の口振りである。自らの考えを強引に押し付けてくる佳子のやり方を、これまで音三郎は荷厄介に思ってきた。だがこのときはなぜか、自分の研究に対する、いや、研究に向かう姿勢に対するかけがえのない理解者を得たように感じたのだ。

「ああ。私の仕事が、そういう役目を担えればいいが」

敬語が自然と取り払われた。夫婦になってはじめてのことだった。

「ええ。ええ。是非それを叶えてくださいな」

佳子の口調もくつろいだものに変じている。夫婦は互いを正面から見詰め、軽やかに笑い合った。

この年の暮れ、音三郎は完成させた真空管受信機を携え、小岩に伴われて研究室を出た。殿山までが「一応、僕も行きます」と手を挙げ従ったのは、これから向かう先が陸軍省ゆえのことである。関東軍内地師団の司令官という人物に、製品の構造を説くのだった。

音三郎はここ数週間、緊張でろくろく眠れぬ日が続いている。真空管受信機は完璧な出来だ、と幾度も自分に言い聞かせている。けれどそのたび、大都伸銅で実験をしくじったときの光景が閃光となって脳裏を駆け巡るのだ。もはや名前すら思い出せない職工が、銅片に触れてひっくり返ったときの鈍い音までが容赦なく鼓膜をおびやかす。

「だいぶ疲れているようじゃないか。妙なもんに取り憑かれでもしているようだぜ」

普段は細かいことを気にしない篠崎までがそう言って気遣ったほど、音三郎の頰は瘦け、目の充血は日増しに悪化していった。ようよう面会当日を迎えたこの日は、緊張が極限を超えたのだろう、自分の開発が受け入れられるか否かということ以上に、ともかく今日という日が早く終わればいいと、それだけを願うほど憔悴していたのである。

陸軍省には虎ノ門経由で行くこととなっている。議事堂前で研究所所長の梁瀬と合流するためだ。この日は通常議会開院の日で、貴族院に議員が集結する。摂政もお出でになるため、梁瀬にはお迎えの列に加わるという名誉な役が与えられたのだという。

「十板で上り詰めると、そんな果報にあずかれるんですね。研究者には過分なお役目ですよ」

と、虎ノ門外を歩きながら殿山が言った。

「梁瀬さんは特別だ。あそこまで政治家に目を配る人はうちでもはじめてじゃあないかな」

小岩が首を鳴らして応える。

「おかげで郷司君の無線機もこれほど早く実用化に向けて動いたわけだ。感謝せんといかんぜ。根回しってのは僕ら研究者には逆立ちしてもできないことだから」

「まったくですな。僕らはただ研究に没頭することしかできないが、それを形にして実戦で使われるようになるには、売り込みに長けた繋ぎ役も欠かせんですから」

殿山が同調すると、「おい。所長を捕まえて、繋ぎ役だなんて言ったら罰が当たるぜ」と小岩がたしなめた。

「これは失敬。ともかく郷司君の受信機は、陸軍造兵廠がああなった今、十板が飛躍するいい機会になるかもしれんですな」

殿山が冗談口で返したときだった。

カン、と熱した豆が弾けたような音がし、続いて車の急ブレーキが鳴り響いたのだ。

音三郎は音のほうに顔を向ける。「なんだ?」と隣で殿山がのんびり伸び上がった。黒塗りの車が大きく車体を揺らし、それから急に速度を上げて遠ざかっていくのが見えた。その車に向かい、今度はダンダンと鈍い音が二発続いた。

「あれは、お召自動車じゃあないか?」

小岩の声は動揺に裏返っている。

「そうかもしれません。周りに護衛の列がありますね」

応えた殿山は焦点を合わせるように目を細めている。今の破裂音は銃ではないか、と音三郎は思い、思ったそばから背中にすっと冷たいものが伝った。

——まさか、摂政が銃撃されたのか?

「革命万歳！」

どよめく群衆の中から、野太い声が上がった。学生といってもおかしくない若い男が、老人が持つようなステッキを振り上げて大声で叫んでいる。その異様さに声を呑んだとき、

「なるほど、ステッキ式の仕込み銃か」

つぶやいた殿山の声はあくまでも落ち着いていた。

「摂政が撃たれるなんぞ……そんな大逆が。ご無事ならいいが……」

小岩が上がった息の下で低くうなる。

「革命万歳っ！」

再び叫んで駆け出した男を、警備にあたっていた警官が怒号をあげて追いかけていく。声もなくその様を見詰めていた音三郎は、野次馬の中に見つけたひとつの横顔に釘付けになった。黒い外套を羽織り、目深に鳥打帽をかぶっていたが、鋭く張ったエラも、暗い翳を宿した目も、かつて馴染んだものに違いなかった。つと、信次朗が先だって送ってきた手紙を思う。

〈豊川研輔サンヲ覚エトルカ。小宮山デ一緒ヤッタ、トザト同郷ノ豊川サンヤ。東京ニ行ッタト聞イタ。ソッチデ会ウカモシレン〉

音三郎はぼんやりと、その一節を胸の奥で反芻していた。

摂政襲撃の廉で検挙されたのは、難波大助という二十六歳の若者だった。旧幕時代から山口県に続く名家の出で、父親は庚申倶楽部の代議士だという。摂政に怪我はなかったものの、今回の事件を受け、父親は衆議院議員を辞職、長兄も勤め先を退いた。郷里の村々は正月祝いを

自粛し、山口県知事は二箇月の減俸、難波の恩師も辞職するなど波紋を広げた。それだけではない。当日、摂政警護の責任者であった警視総監・湯浅倉平、警視庁警務部長・正力松太郎が懲戒免職処分となり、山本権兵衛首相は即日辞表を摂政に出し、総辞職を決行したのである。

恐ろしく広域に影響が及んだものだ、と音三郎は目まぐるしい処分の速度にただ舌を巻いている。なにしろ国政までもが刷新されたのだ。これを受けて大正十三年正月七日、山本首相に代わり総理の座についたのが清浦奎吾で、新聞各紙は落胆を帯びた論調でこれを報じた。どう見ても即席内閣であり、清浦は国力増強にふさわしい人材ではない、と辛辣な批判を打ち出している紙面まである。

「せっかく景気も上向きになりましたのに。でもこんな混迷は、長くは続きませんわ」

新聞を拾い読みしていた佳子が、そう嘯いた。妻は家事をする以外の時間を、たいがい書見にあてている。新聞はもちろん、小説本や雑誌、低俗な娯楽読み物までくまなく目を通す。

「長く続かんかね、清浦は」

音三郎は計算式が隙なく書き込まれた手元の書類から目を上げて、妻に応えた。

「ええ、たぶん。私の勘ですけれど」

「君の勘は当たるからな」

「そうかしら」

「少なくとも僕よりはずっと世の中の道理がわかっている」

そういえば自分は、これまでもずっと近くにいる者から世情を得ていた気がする。池田の勝友製造所にいた時分は利平に、大阪の小宮山製造所時代は研輔に、大都伸銅に移ってからは信次朗に。音三郎にとって世の中は常に、近しい他者の向こう側にあるものだった。

「そういや難波は単独犯だというが、あれは本当かね」

さあらぬふうを装って、音三郎は訊いた。

「ええ。ひとりで決行したと書いてありますけれど」

「そうか」

摂政襲撃の現場にいたのは、確かに豊川研輔だった。難波と共謀したのだととっさに判じたが、新聞はいずれも単独犯と記している。それでも事件からこっち、研輔が訪ねてくるのではないかと、音三郎はずっと気が気でないのだ。信次朗が研輔の東京行きを知っていたということは、最近までふたりは連絡を取り合える環境にあったということだ。となれば、音三郎の勤め先から住まいまで、研輔は聞き出すことができる。いかに旧知の仲とはいえ、犯罪者まがいの男に頼られて、出世に傷がつくことがあってはかなわない。

「でも、誰か加担者があったのかもしれませんわ。銃なんて、とてもひとりで入手できるとは思えませんもの。近頃では反社会的な組織も多いと申しますでしょ。共産主義というんだったかしら」

佳子はそこで話を切って、「お茶、新しく淹れましょうか」と訊いてきた。そのおざなりな調子に、おそらく腰を上げる気はないのだと音三郎は察し、首を横に振る。

「革命革命と騒いでいるようですけれど、どうなのかしら、ああいうのは。大阪じゃあギロチン社なんて組織があって、革命運動をするから資金を寄越せと町人を脅すらしいですわね。まったく野蛮だわ」

「ギロチン社……大阪に？　初耳だな、そんな結社は」

「あなたはたいてい『初耳』ですわね」

佳子曰くギロチン社とは、社会主義者の大杉栄が妻と七歳の甥ともども憲兵に殺されたことに抗議して規模を大きくした組織なのだという。

数年前から思想活動を離れ、静かに暮らしていた大杉栄が、憲兵に拉致された挙げ句、殺されたと報じられたのは震災直後のことだった。妻と甥とともに外出したところを、明確な罪状もないままに捕えられ、東京憲兵隊本部に拘束されたという。ろくな取り調べもないまま特高室で拷問がくわえられ、その日のうちに絞殺された。妻とまだ幼い甥までも命を奪われ、ともに憲兵分隊敷地内の古井戸に投げ込まれたという。

讀賣新聞はこの件を嗅ぎつけるや号外で報じたが、当局から圧力がかかり即発禁となったらしい。だがこれにより事件が明るみに出、責任者である甘粕正彦予備憲兵大尉は軍法会議にかけられて懲役十年の判決を下された。新聞各紙は報復とばかりに「陸軍の大汚辱」と書き立てた。

「いずれにせよ、共産主義みたような野蛮な連中がこう出てきちゃあ厄介ですわ。彼らの無法を罰しているだけなのに、民衆は軍部を悪者にするんですもの」

陸軍への非難を、佳子はけっして受け入れようとしない。くだらぬ暴徒のせいで、軍が濡れ衣をかぶせられたとおそらく本気でそう信じている。だが音三郎には、欧州大戦後の軍縮一辺倒だった時代に蓄積された軍部の鬱憤が、震災という非常事態によって黒々とした力に変じ、表出しはじめたように感じるのだ。軍部の台頭を世間は予感し、各新聞も警戒を強めている。

音三郎は個人として、この気運を薄気味悪く思わぬでもない。ただ、十板の研究者としては軍部が今以上に力を持つことはなにより望ましいことと捉えていた。武力を行使する機会が増えれば、それだけ手掛けた機器が日の目を見る機会も増えるからだ。

音三郎が主導する真空管受信機の件は、今年の頭、正式に陸軍に受け入れられた。難波の一件によって予定した面談はなくなったのだが、その後所長の梁瀬が個別に口を利いて、話を通したのだという。面談延期と決まったときは、果たして次の面談まで身がもつかと気が遠くなった音三郎だったが、意外やたやすく製品として受け入れられ、かえって拍子抜けしたほどだった。

これを機に音三郎には、「無線分室長」なる肩書きがついた。殿山が就いている各研究班の「班長」を飛び越え、第三研究室長である小岩に次ぐ地位を与えられたのである。もっとも部下はふたりきりで、部屋も第三研究室内の一画でしかなかったから、出世というには程遠い有様だったが、同じ地位で足踏みを続ける同僚たちに先んじることができたという事実は、音三郎を想像以上の優越感に浸らせた。

佳子は夫の出世を知ると欣喜雀躍（きんきじゃくやく）し、朝晩の膳だけでなく弁当まで前にも増して豪勢な支度になった。この家人の浮かれぶりが研究室で出ないよう、だから、音三郎は用心に用心を重ねたのだ。下手に周りの嫉妬（しっと）を買って、足を引っ張られないための警戒だったが、今のところそれは杞憂に終わっている。殿山や篠崎はやっかみの欠片（かけら）も見せず、

「逓信省の奴らが肝を潰すようなものを作ってくれよ」

と、どこまでも屈託がない。それに安堵しながらも、影を縫って生きてきた音三郎には、彼

らの果てない明るさが、時に得体の知れぬ恐ろしさを孕んで感じられるのだった。

無線分室には、長らく同じ班でやってきた伊瀬と、去年理研から移ってきた新人で、伊瀬より三つ若い山室幸次郎という青年が配属された。山室は背が高く、カマキリを思わせる逆三角の輪郭に銀縁の眼鏡がいかにも秀才という印象だったが、調子がよく飄々として、いまひとつ正体が摑めない。ただし仕事の飲み込みが速く、音三郎の指示にも柔軟に従うため、真面目過ぎて四角四面の伊瀬よりずっと重宝した。おかげで受信機の改良はこれまでにないほど順調に進んでいったのだ。


「お、聞こえる」

真空管受信器のレシーバを耳に当て、山室が声を躍らせた。伊瀬が板橋駅から送信機で送っている音声を、真空管受信機は着実に拾っている。

大正十三年十一月に入って四度目の実験である。春、夏、秋と気温、天候の異なる日を選び、受信状況を綿密に記録してきたのは、機器を安定させる上で不可欠な解析のためだった。この日は朝から厚い雲が隙なく空を覆っており、「こういう日は総じて感度が低いですよね。しかし気候や時間帯が受信精度に影響するってのも妙な話ですよ」と、伊瀬は研究室を出る段、空を睨みながらぼやいたのだ。

上空にあるなにがしかの自然物が、電波に影響を与えているのだろうか、と音三郎もこのところ考えていた。その濃度や層や位置が変化することで、電波が届きやすくなったり、反対に状況が悪くなったりするのかもしれない。長波ではそこまで変化は起こらなかったが、短波だと若干影響が出るということは、波形の短いものに反応するなにか、なのだろう。

「ラジオ放送がはじまったら、こいつで聴けるかもしれないな。ねぇ、郷司さん」

山室が銀縁眼鏡を鼻に押し上げつつ、覗き込んできた。

「おい、そんな目的でやっているんじゃないぜ」

音三郎が顔をしかめると、「はいはい。冗談です。わかってますよぉ」と肩を揺すった。どこか人を食ったような男である。目上の者に対しても物怖じせず、堂々としている。要領がよく、厄介事と見るや巧みに避けて、さりげなく先輩である伊瀬に押し付けることも再々である。受信実験にしても送信機を持って外に出るのは本来山室の役目なのだが、「僕が行って扱いをしくじっちゃあ申し訳ないですから」と毎度同じ台詞で伊瀬に行かせている。

「しかしラジオ放送の権利取得に百社近くも名乗りを上げたってのは、意外だったなぁ。これも震災の影響でしょうかね」

音三郎は空中線の角度をいじる振りで、山室には応えなかった。

米国ではすでに開始されているラジオ放送の必要性は、震災後、日本国民の間で強く認識されていったのだ。地震後しばらく、新聞も届かず、電話も通じず、事態が把握できない中で、流言飛語による混乱をきたしたあの惨状を経験すれば、正確な情報を広い範囲で素早く提供できる通信技術に期待が集まるのは当然の成り行きだろう。

この世論を受け、将来的発展を見込んだ企業が放送権に名乗りを上げた。東京だけでも三十社近くが手を挙げたと聞いて、民間でも無線分野の開発がかなり進んでいる状況が音三郎には案外だった。鳥潟右一亡きあと、自分が独り占めしたような気でいた技術を、多くが当たり前に手掛けているという事実は、長らく手探りで地道に開発を続けてきた音三郎にとって、喜悦であり、それ以上に脅威であった。

最終的に国は、ラジオ放送を営利手段にすべきではないとし、このほど、満鉄の初代総裁であり、逓信大臣を経た後藤新平を代表に据え、社団法人・東京放送局を立ち上げた。音三郎はこの分野にもまた、政治的意向が絡んでいることを感じぬわけにはいかなかった。

「大阪にも放送局ができるというでしょう。電波の混乱はないんでしょうか」

山室はのんびりと話を続ける。

「局ごとに波長を変えるだろう。それに、東京も大阪も近県程度しか電波は届かんさ。たいした出力じゃあないはずだ」

「送信機はどうするんでしょうね」

「外国製を仕入れるんじゃあないか？　受信はおおかた鉱石受信機だろう」

「きっと高く売るんだろうな」

「ああ。結局は選ばれた一部の人間しかラジオは聴けんのさ」

どんな技術も同じだ。出はじめは一部の権力者か金持ちしかその恩恵にあずかれない。電気も電車も電気扇も、いつでも音三郎の手の届かぬところにあった。危急のときに市民に素早く情報を伝える役目を持つラジオも、市民の隅々にまで行き渡るには十年、二十年、いやもっとかかるかもしれない。

佳子の予言が当たったわけでもなかろうが、清浦内閣は五箇月前の六月に総辞職した。かねてより取り沙汰（ざた）されていた普通選挙の実施に首相が踏み切らないのを、新聞各紙が叩いたことがひとつの契機になったのだ。代わって首相の座についたのが、憲政会の加藤高明である。三大政党である憲政会、立憲政友会、革新倶楽部は、震災からの復興のためには党を超えての協力を惜しまぬと口を揃えて言いながら、水面下では第一党を勝ち取らんと醜い蹴り合いを続けている。

　その加藤内閣の決定で、難波大助は半月前、死刑に処された。十月に公判が開かれ、十一月十三日には大審院で死刑が宣告され、その二日後には刑が執行されるという異例の速さだった。摂政の恩情により情状酌量という案も出たようだが、これを難波が拒んだのだ。彼は判決が言い渡されたとき、「日本無産者労働者、日本共産党万歳」と叫んだという。小宮山製造所で働いていたときに見た、中之島公園で門閥政治反対の集会を開き、「桂首相を引きずり下ろせ」と一日中声を張り上げていた連中を、音三郎は思い出した。底辺からなにかを叫んでも、なにひとつ動かせない。なにも変わらない。ただ抹殺されるだけなのだ。

「だから一社に絞らないほうがよかったんですよ、きっと」

　山室のあっけらかんとした声に、音三郎は現実に引き戻された。

「逓信省なんぞに仕切らせずに、自由競争をさせればいいんだ。そうすれば技術は育つ。しかも安く提供できるよう工夫がなされる。で、一般に広まるのが早まる。そう思いませんか、郷司さん」

　音三郎は肩をすくめ、「君は民営に勤めたほうがよかったかもしれんな」と笑った。

「いやぁ、官営だって同じですよ。政治と違って、技術の世界じゃ、官営だの民営だのは関係ないと思いますよ。より高性能なものに淘汰(とうた)されるだけです。僕はそういう簡潔で非情なところが技術の面白さだと思うんだけどなぁ」

恬淡と言って、彼は高笑いをする。

「ここでの開発は他と競うようなものじゃあない。暗々裏に運ぶものだろう」

「そりゃそうですけど、傑出した技術は必ず広く使われますからねぇ。電気だってそうだ。東京電燈なんて、去年三百万ポンドの外債を集めたっていうからなぁ。うちの親も、『電気がここまで当たり前になるなんて、想像もしなかった』ってよく言ってますよ」

山室の能弁を聞くうち、先だって富から手渡された利平の手紙を思い浮かべていた。富宛ての手紙の中に、「トザに渡してほしい」として、きつく糊付けされた封筒が同封されていたのだという。何事かと急ぎ開くと、「前略」に続けて、大陸の政情がそっけない筆致で綴られていたのだ。

〈排日運動ハ日ニ日ニ高マリ、奉天省長ノ王永江ガ関東州ノ覇権ヲ取リ戻サント動イテイル〉

中国南部の広東に独立政府を築いていた国民党が、今年の頭、中国共産党と提携して勢力を拡大した。労働者や農民といった弱者を支援すると声明を出して世論を味方につけ、その勢いをかってソ連とも結び、国内での強大化を謀ったのだ。中央執行委員には李大釗と毛沢東。政治委員代理に周恩来が座った。いずれも国内では名の知れた実力者だという。

これを機に、もともと日本の満州支配に異を唱えていた国民党は、満州での利権回収に乗り出したらしかった。満鉄沿線に位置する付属地の教育権回収運動を手始めに、駐屯する関東軍に対しても早晩撤退せよという気運が高まっている、と利平は書いている。

〈日本ト中国ハ無線電信ノ利権ヲ巡ッテモ対立シテイル〉

三年ほど前のことらしい。北京政府交通部はアメリカのフェデラル無線電信会社と独自に契約を結び、上海をはじめとする各都市に無線電信施設を建設する計画を進めていた。が、これより先に日本の三井物産が中国海軍部との間に無線電信所設立の契約を結んでいたため問題が大きくなった。つまり日本とアメリカによる、中国国内における無線電信の利権争いがはじまったというのだ。

〈満州ニオイテ無線電信ハ利権ノ第一トナル。日本国内トハ桁違イノ広ガリ方ヲスルハズダ〉

この文章に接したとき、身の内の血がたぎった。だが続けて書かれてあったことに、純粋な昂ぶりは不穏に静まっていったのだった。

〈関東軍ハコレヲ独自ニ手中ニ収メ、活用スベク策ヲ練ッテイル。トザノ力ガ必要ニナルトキガ近ク来ル。共ニ日本国ノタメ前線デ働ケル日ヲ心待チニシテイル〉

「郷司さん？」

返事がないことを不審に思ったのか、山室が顔を覗き込んできた。

「すまん。考え事をしていた。よし、実験は良好でよかろう」

はあ、と不得要領な顔で頷いた山室に、「僕らの仕事は、民営とは違う。もっと高みを見据えるべきものだ」と、音三郎は言った。

「高み、ですか……」

銀縁眼鏡を押し上げて、山室は眉根を寄せた。

「まぁいい。ともかく、ラジオなんて素町人相手の技術と張り合ったってしょうがないさ」

音三郎は山室に片づけを任せて自分の机に戻り、小岩にあげるための実験報告書に手を入れはじめる。

五

大正十四年の二月、「日本無線電信株式会社法」なる法律が制定された。これにより、外国との電報を送受信するための大電力無線局設置が現実的になり、国家間で使用される波長が決められることになった。無線電信は政府が掌握するため、これも逓信省管轄である。ただし莫大な予算に関しては、民間資本も容れて賄ったという。震災からこっち、国内での無線関連事業は一気に加速したようだった。

「逓信省が日なただとしたら、同じ仕事をしていても僕らは影だな。開発したところで軍人さんが喜ぶだけで、民衆から尊ばれることはないですからね」

山室が作業中、ふと漏らした。いっぱしの口を利くな、と隣席の伊瀬に咎められ、山室は「冗談ですよ」とおどけて見せたが、おおかた本音だろう。

音三郎の関心が大陸へと傾いでいったのは、こうした背景と無縁ではない。ようやく完成に漕ぎ着けた真空管無線機に、大きな舞台を与えたいという欲望は日増しに強くなっていくばかりなのだ。急変する中国情勢は、世事に疎い音三郎の耳にも頻繁に入るようになっていた。そのたび無線技術の枠を広げるのは今だと、時勢に肘で突かれているような焦燥を抱くのである。

現在、中国国内の勢力は、大きく二分化されている。

張作霖率いる奉天軍閥と呉佩孚率いる直隷軍閥だ。かつて一度衝突しているこのふたつの軍が、再び戦争をはじめたのは昨年九月。第二次奉直戦争である。呉の背後には米国と英国がついている。これに向こうを張って、日本陸軍内に張を援護すべきだという論が高まったらしいが、政府は「干渉せず」の姿勢を貫いた。意見が平行線を辿る間に、呉率いる直隷派の部将・馮玉祥（ふうぎょくしょう）が突如奉天派に寝返り、これによって戦いは張作霖が勝利を収めている。

この馮の意趣変えに関して、「どうも不自然じゃあないか」と、殿山あたりは懐疑的な見解を口にする。裏で糸を引いている者がいるはずだ、それも中国国内の軍閥ではない気がする、と。

「存外、日本軍が関わっとるのかもしれんぜ。大陸への足がかりを強めたいと考えているはずだからさ」

弁当を食いながら殿山が口にした見立てが、このときはなぜか確からしく音三郎の胸に響いた。だとすればなおのこと、真空管無線機の大陸への進出に希望が持てるのではないか。

梅がほころんできた頃、音三郎は仕事を早めに切り上げて、十条に足を運んだ。震災以降間遠になっていた島崎老人を訪ねることにしたのである。立春を過ぎたというのに、容赦なく寒風の吹き付ける日であった。外套の襟を立て、道端の霜柱を踏みながら、夕暮れの街を行く。この辺りは震災の爪痕（つめあと）があらかた消されている。商店も再開し、道も整備された。

速やかな復興を確かめつつ歩を進めた音三郎は、老人宅まで来て「あ」と小さく声をあげた。島崎の家もまた、建て替えがなされていたのだ。長年住んだ愛着ある家だろうから、おそらく直して住むのだろうと思っていただけに、過去を拭い去るようにすべてを一新した老人の決断を不自然に感じた。念のため、門扉の表札を検める。確かに「島崎」と墨字でしたためられている。前の家より遥かにこぢんまりとした平屋の玄関に立って、音三郎はひとつ深呼吸してから声を掛けた。

「そろそろいらっしゃる頃じゃあないかと思っていたんですよ」

返事もなく奥から現れた島崎は、音三郎が挨拶もせぬうちから、そんなふうに言った。虚を衝かれて黙していると、

「まぁ、お上がりになって」

と、言い置き、こちらの返事も待たずに背を向けたのだ。

室内はずいぶん様変わりしていた。ソファやテーブル、書棚といった家具はなくなり、南北に細長くとられた居間にはただ書物だけが積んである。床材に白木を使っているせいか、まるで大きな棺桶の中に佇んでいるようで、音三郎は落ち着かなかった。

「その辺に適当に腰を下ろしてください。座布団も用意がなくて申し訳ないですが」

老人はさして済まなそうな顔も見せずに言い、地震のあと物を持っていることが煩わしくなりましてね、と訥々と付け足した。音三郎は床に直置きされた書物の山に目を遣る。その置き方にはもう、以前のように持ち主の愛情を見て取ることはできなかった。

「あの、すっかりご無沙汰いたしまして申し訳ありません」

「いいえ。お気になさらず。お忙しかったんでしょう」

ええ、まぁ、と言葉を濁してから、訊いた。

「どうして私がそろそろ来ると、お思いになったんですか?」

老人はしばし宙を睨み、やがて音三郎を見据えた。

「研究者や技師の段階というものは、まがりなりにも心得ていますから」

「段階？」

「ひとつ成功するともっと上の成功を収めたくなる、そういう段階です。研究というものには天井がない。ですから技師は、いかに研鑽しても結局、真の成功には至らんのですが」

「そうでしょうか？　真の成功というのは必ず訪れるものだと思いますが。完璧な機器を作ればいいわけですから」

　否やを唱えると、島崎老人は薄く笑い、音三郎の正面にそっと腰を下ろした。

「いえ、それは驕りです。仮にあなたが誰も思いつかないような最先端の技術を編み出しても、未来永劫それが通用することはありません。なにかを発明、開発して、その製品が広く使われるようになったとして、時代が進めば必ずそれを上回る技術が生まれる。ひとつの技術が、これから先の礎になることはあっても、その技術がそのままの形で生き残ることはないのです。あなたが今関わっている無線にしてもそうでしょう？」

　音三郎は言葉に詰まる。確かに、小宮山製造所時代に無線というものに出合ってから、この分野は幾多の変遷を経て今に至っている。真空管を使った無線機にしても、当初は存在しなかったものだ。そしていずれ必ず、真空管を上回る精度の受信機が生み出される――。

「つまりあなたがしていることは、いや、あなただけではなく世界中の研究者や技師がしていることはすべて、『段階』なんですよ。ひとつの過程であって、終着点ではない、ということです」

「そう言われると虚しくなりますね」

本音を漏らすと、老人はかすかに首を傾げた。

「虚しくなるような話ではありません。段階というのは、なににおいても必要です。技術においても、歴史においても。その段階をおろそかにすると必ず酷いことが起こる」

なにかが変わった、とこのとき音三郎は直感した。島崎の中のなにかが、確かに変じている。以前はたやすく胸襟を開くことのない男であった。技術に関しても絶望的なことも言わなければ希望的な話もしない。なにかを示唆することはあっても、内なる意思を口にはすまいと用心しているようにすら見えていたのだ。その防壁が今は取り払われている。といって、打ち解けるふうでもない。なにか、諦念に似たものが彼の垣根を低くしているのだった。

「今日は満州のことを伺いたいと思って参りました」

以前よりさらに、世の中から隔たって感じられる老人に取り込まれてはならないと、音三郎は速やかに本題を切り出した。

「たとえば将来的に、満州で日本主導の無線電信機関を築くことは可能と思われますか？」

「どうして満州なのですか？　日本国内ではいけませんか」

老人はアカギレだらけの手を擦り合わせながら、ゆっくりと訊く。そういえばこの部屋には手焙りひとつない。音三郎も外套を着たままである。

「国内は逓信省がすべての決定権を握っています。十板で開発しても、出る幕がない。無線は今後大陸でも必ず重宝されます。中国はアメリカの無線会社と契約しているようですが、日本にも割り込む余地があるのではないか、と」

「フェデラルのような会社でも興そうとお考えですか？」

「まさか」

音三郎は大きくかぶりを振った。自ら事業をするつもりは毛頭ない。予算を出し、材料費を試算し、儲けが出るようほうぼうに掛け合う――大都伸銅の時代に垣間見たそれら些末な厄介事を背負い込むのは御免だった。無駄な苦労をせず予算を確保できる現場にいて、無線における新機軸を打ち出す作業に専念するのが得策であり、自分にはそれしかできないこともわかっている。

「私は軍需工場の技師です。無線開発においても軍需ということを最優先に考えています。研究開発費を得るには、それこそが要ですから。ただ、今後のことを考えたとき、満州でいかに活用できるか、無線の可能性を広げる意味でも、それを視野に入れるべきか、と」

満州を実験の舞台にしたい。無線のさまざまな可能性を、満州に基地局を設置して自由に試してみたい。利平の手紙を読み返すたび、それが叶う気がしてくるのだ。

「今度立ち上がる、日本無線電信株式会社をご存じですな」

ようやっと島崎が口を開く。

「政府が磐城無線電信局を現物出資したという?」

訊くと老人は、

「ええ。加えて民間資本を募ったと聞きます」

そう応え、ひと呼吸おいて続けた。

「間接的にですが、大阪工鉱会も関わっています」

やはりそうか、と内心手を打った。弓濱はきっとこの流れに乗っているはずだ、とすれば、満州への進出にも興味を抱くのではないか。研究開発予算を十板のみで確保するのが難しいとなれば、日本無線局同様、民営に顔が利く弓濱を足がかりに多方面に出資を募ることで、より実現が早くなるかもしれない。

「無線はもはや国策事業であり、世界的産業に発展しつつある。国による波長の割り当てが論議される時代です。まぁ、あなたの無線は傍受目的もあるでしょうから、そこは関わりないかもしれませんが。いずれにせよ、鳥潟氏が実験を重ねていた時代とはもはや同じようには語れないということです」

島崎老人はひと息に言うとふと面(おもて)を伏せ、人差し指であぐらの膝(ひざ)をモールス信号でも打つように叩きはじめた。しばらくそうして思案にこもったのち、音三郎にひたりと目を戻した。

「ひとつ伺いたいのだが、あなたの最たる指標はなんでしょう」

直截(ちょくせつ)でありながら漠とした問いに、すぐには答えが浮かばなかった。頭の中にはさまざまな開発案が浮かんでいる。「段階」ではなく、この分野での「完成」を目指す開発だ。が、それを今ここで的確に説明できそうにもなかったのだ。

「いえ、具体的な研究内容を提示していただきたい、というのではありません」

音三郎が答えあぐねていると、老人は笑みを浮かべた。

「あなたが、技師としてのあるべき姿をどのように描いておられるのか、興味が湧いたもので」

興味が湧いたと言うわりに、その口振りは冷ややかだった。皮肉めいてさえ聞こえたのである。

技師としてのあるべき姿——。

音三郎には、無線という素材をより効果的な場所で活用できるよう、巧みに道筋をつけてきた自負がある。実用化にも漕ぎ着けた。すでに自分は技師として十二分に地位を確立しているはずで、それ以上にどんな言いようがあるというのか。

島崎は、辛抱強く音三郎の答えを待っていた。だが音三郎は、結局それらしい答えに行き着くことはかなわなかった。表から、「火の用心」ののどかな拍子木の音が聞こえてきた。それを潮に島崎はフッと息を抜き、

「満州での無線需要について、少し訊いてみましょう」

と、話題を戻した。訊く、というのは、弓濱にだろう。音三郎は、据わりの悪い沈黙を押しのけて、

「よろしくお願いいたします」

と、頭を下げた。弓濱はきっと便宜をはかってくれる。大陸への足がかりを音三郎自らつける気になったのであれば万々歳だろう。あとは彼がどんな交換条件を出してくるか、それだけ用心すればいい。

話がまとまって早々に、音三郎は島崎の家を辞した。身体が芯まで冷え切っていた。以前は必ず玄関先まで送ってくれた島崎は、この日、床の上に座ったまま軽い会釈を寄越したきりだった。

六

巷では普通選挙法が成立し、それとともに、いつの間にか「治安維持法」なる法律が枢密院の求めにより制定されていた。「国民の思想を善導し、矯激な言動を防遏する」ことが目的の緊急勅令だという。佳子が言うには、普通選挙法の付帯決議として国民に詳細を伝えずほとんど密室で決定されたとのことで、これは弾圧だ、暗々裏に決められた法に従う謂れはない、と反対集会を開く市民もあるようだ。だが摂政襲撃の現場に居合わせた音三郎には、今の時代には不可欠な法だという肯定的な見方しかできなかった。

ラジオ放送が開始されたのは、治安維持法制定と同じ月の二十二日である。

「JOAK、JOAK、JOAK。こちらは東京放送局であります」

この第一声を、音三郎は自作の鉱石受信機で拾った。

「へえ、案外はっきり聞こえるなぁ」

研究室内でいくつもの声があがる。殿山あたりは「無線の時代が来たんだなぁ」となにやら感慨深げであったが、「でもまだ三千世帯くらいらしいですよ、ラジオを持っているのは」と、山室は至極淡白な反応をみせた。一般で使われているのはさぐり式鉱石ラジオで、基本的な構造としてはかつて音三郎が小宮山製造所の寄宿舎でひとり実験を重ねていたものと変わらない。鉱石に針先を当てて感度のよい場所をさぐる手間がかかるし、放送局からの出力も一kW程度である。その上、国産の鉱石ラジオは三十円以上する高価なもので、空中線設置に十円、聴取料が月々一円もかかるという。

「そんなに値が張るんじゃあ、みながラジオを楽しむ時代は遠いですね」

山室がまた、小馬鹿にするような口振りで言い添えた。

大阪の信次朗から〈来月十五日東京ニ行ク〉と島崎のもとに電報が届いたのはそんな折で、音三郎は早速待ち合わせ場所をしたためた電報を送り返したのだ。以前、彼から届いた手紙に返事すら書かなかったことが、わずかな悔悟となって胸の内にこびりついている。あのときは金海の成功に手を貸すことになるようで腹立たしかったのだが、信次朗からしてみれば旧友に裏切られたと思ったのではないか、とずっと気に掛かっていたのである。それがこうして向こうから連絡を寄越したことに、音三郎はいくらか救われたのだ。

信次朗の到着日、音三郎は約束の午後一時少し前に東京駅丸の内改札前で待った。思えば、会うのはおよそ六年ぶりである。白い背広姿で大阪の街を闊歩していた彼の姿を頭に置いて、改札から吐き出される乗客に目を凝らす。

駅構内はどこもかしこも人で溢れていた。音三郎が上京した折も人の多さに目を瞠ったが、今やその比ではない。震災後、東京の人口は急増した。省線の渋谷駅は震災前の二倍に相当する六万以上の乗降客があると聞く。あんな田舎の村に、それほどの人間が集まる時代になったのだ。電車だけではない。車も増え続け、安価な円太郎車まで登場した。「円太郎」が安さの代名詞のごとく広まるのを、同じ名を持つ殿山はひどく嫌っているが、もはや車は珍しいものでも、一部の富豪だけが使えるものでもなくなっているのだ。

かつて、はじめて大都伸銅に赴くときに弓濱の車に乗せられて舞い上がっていた自分を、音三郎は彼方に思い出す。時代は恐ろしい速さで移り変わっている。この世にあるものすべてが、島崎老人の言う「段階」なのかもしれない。ラジオも車同様、いずれ珍しくもなくなるのだろうか。無線にはどんな未来が待っているのか――。

　約束の時間を過ぎても、信次朗らしき姿は見えなかった。改札の近くで人待ちしているのは、洋装姿の婦人三人と、三つ揃いの背広にパナマ帽を載せた髭面の中年ひとりで、他はみな脇目もふらず先を急いでいる。時間を間違えたろうか、と念のため懐に忍ばせてきた電報を取り出したとき、

「トザ。なんや、着いとったんか」

　と、聞き慣れた声がした。よかった、無事会えた、と顔を上げた音三郎は、最前から視界に入っていた髭面の中年がにこやかに近づいてくるのを見て、眉根を寄せた。記憶にある信次朗とは似ても似つかぬ風体である。強い髭やせり出した腹、洋犬のように垂れ下がった頬が、細身で敏捷だったかつての彼をことごとく打ち消している。

「久しぶりやのう。元気にしとったけ」

　近くまで来て、男は音三郎の肩を懐かしげに叩いた。昔ながらの信次朗の癖に接しても、とっさに言葉が出なかった。「どないしたんや、ボーッとして」と怪訝な顔を向けられてようやく、「長旅、ご苦労だったな」と、当たり障りのない台詞が出た。途端に信次朗が噴き出す。

「なんやトザ。すっかり東京言葉け。えらいこっちゃのう」

　彼は笑って、また肩を叩いた。

　まずは丸の内ビル群を視察して、それから銀座を流す、というのが、信次朗があらかじめ決

めてきた計画らしかった。相手に有無を言わせぬ強引さは、昔のままである。震災後に竣工した丸ノ内ホテルや一丁紐育と呼ばれるオフィス街を案内すると、「なるほど、東京もなかなかやのう」と信次朗は一段上に立った物言いで感心した。

「けどやなぁ、大阪もえらい変わったで。トザのおった頃とは大違いや」

堺筋や御堂筋は整備されたし、西宮や枚方まで住宅地が広がっている、今年は第二次市域拡張がなされるからもっと人口は増えるはずだと地元を誇ることも忘れなかった。

「それになんやかんや言うても、工業では関西が圧倒的に上やろ。関東も川崎にずいぶんできよったそうやが、大阪はえらい工場が増えてなぁ。おかげで輸出もあんじょう行くで」

「そういや以前手紙をもらってたな。忙しくしてて返事を失念してすまなかった」

信次朗の自慢にまぎれ込ませてなるたけさりげなく音三郎が切り出すと、「手紙？　なんやったっけ」と、彼はまるで頓着していなかった。

「いや、例の大都伸銅の安全器について将来性のある製品かどうか、訊かれたろう」

密かに気に掛けてきたことを、そっと訊いた。

「その後……外国に販売してるのか？」

信次朗は目玉をくるりと回してから「ああ、『ＫＡＮＡＵＭＩ』のことやな」と手を打った。

「あれな、トザに手紙を書いたすぐあと、社長の鶴の一声で欧州への輸出が決まったんや。大都伸銅さんもえらい喜んで、ええ契約がでけたわ。欧州でも評判とってのう、商売的に大成功や。まぁ電圧やらなんやらが違うらしゅうて、欧州用に造り直してもらう手間はかかったんやけど」

信次朗は、小宮山をやめてすぐに勤めた交易会社に未だ籍を置いている。社長の皆川と二人三脚で輸出入品の差配をしているというから、実質副社長のようなものなのだろう。大阪は依然、繊維の生産が盛んで欧州への輸出も右肩上がりだという。ただ、繊維は流行り廃りが影響するので波がある。その点、金海の安全器は地味ではあるが安定株だ、大都伸銅もあれでずいぶん潤っているのだと信次朗の手柄話は淀みなく続いていく。

「そろそろ銀座に行かんか？　おおかた丸の内は見たろう」

唐突に、音三郎は話を遮った。そうせねばおられぬほど、苛立ちが高まっていたのだ。「なんや急に。自分から訊いてきたっちゅうのに」と信次朗は笑ったが、単なる気まぐれと見たのか意に介すふうもなく、

「なら、車で行こや」

と、流しのタクシーを捕まえた。

「まずは去年できた銀座の松坂屋を見て、それからカフェーで休むっちゅうのが、わしの考えや。どや、なかなかやろ？」

通りを直進する車の窓から、行列を組んだデモ隊が見える。「治安維持法反対！」と横断幕に大きく書かれている。日比谷公園あたりで、集会でもあるのかもしれない。

「大阪でもようけ反対の声が上がっとるで」

後ろに流れていく隊列を見遣って、信次朗が舌打ちした。

「まったく、あないな法案を通すやなんて、政府はどうかしとるで」

意外にも信次朗は、治安維持法に反対らしい。

「……そうかな」

「そら、そうや。治安維持法っちゅうんは、要は言論統制やろ。国民の意志を剝奪する法やで」

「それは極端な促え方だよ。過激分子の行いは鎮めないと国家に安泰はないだろう？　場合によっては一般市民が犠牲になることもあり得る。それを防ぐ法案さ」

　音三郎は反論らしく聞こえぬよう、柔らかく言った。

「それが政治家の目くらましや。国民を守る振りして、国民が好き勝手せんよう縛り付けるのが国のやり方やんか。この法のせいで、締め付けがきつうなったら難儀やで。社会が統制されると市場も萎縮すんのや。わしら商売人にしたらな、こない不自由なことはない。欧州戦争のとき船がピタッと止まったやろ。あれと似たようなことが起こり得るっちゅうんかのう」

　まったくですなぁ、と割って入ったのは、タクシーの運転手だった。

「せっかく震災からの復興景気に沸いているのに、ここで勢いを止めてもらいたくありませんよ」

「せやろ。おっちゃん、話がわかるのう」

　信次朗が軽やかに返すと、「おっちゃん」と呼ばれたことが気に障ったのだろう、背広姿の運転手は硬い声で「このタクシーは円太郎ではないですよ」と居丈高に返し、それきり黙ってしまった。

　銀座のデパート第一号となる松坂屋を訪れるのは、音三郎もこれがはじめてである。石造り八階建ての豪勢な建物で、屋上には屋号の旗がたなびいていた。休日のせいか、ひっきりなしに買い物客が出入りしている。入口前に立って建物を仰いだ音三郎に、信次朗がゆるやかに言った。

「昔、トザや己一と、よう高麗橋の三越を見に行ったのう」

音三郎も、まったく同じことを思い出していた。あの頃は金がなく、市電に乗ることさえままならず、中之島から歩いて高麗橋に通っていた。三越前まで行ったところで買いものなどできるはずもなく、みすぼらしい身なりのせいで店内に入ることさえ遠慮していたのだ。それでも窓から三越内を覗き込み、帰りに屋台のうどんを啜れば、十分楽しめたのだった。

「わしら、ようここまで来たで。へこたれも挫けもせずに、あない貧乏から、よう這い上がってきたで。なぁ、トザ」

信次朗の言う通りだった。朝から晩まで汗だくになって重労働をこなすだけの日々から、自分たちは抜け出せたのだ。

「まっこと、ほうじゃな」

応えると、「お。昔のトザのしゃべりに戻った」と信次朗は嬉しそうだった。

宝飾品、ネクタイ、香水と、信次朗は目についたものを次々と買っていく。躊躇の欠片も見せなかった。「土産や土産。社長にも女房子供にも女にも買わなあかん」とぼやくのを聞き、そうか信次朗も所帯を持ったのかと音三郎は思う。店員たちはいずれも丁重で、従順に手早く品を揃えていく。十五年前の信次朗がこの様を見たら、きっと涙を流して喜ぶだろう。

ひとしきり買いものを終えた信次朗は、「次はカフェーや」と勢い込んで通りに出て、銀座四丁目の交差点脇の店に慣れた様子で踏み入った。テーブルに腰を落ち着け、品定めするように女給たちを眺めたのち、一番見栄えのいい女を呼んでビールをふたつ注文する。「僕は飲めんから」と音三郎は断ったが、「一杯くらい付き合えや」と、ここでも信次朗は強引だった。

「ところで、どや。勤めは」

上唇についたビールの泡を舌で拭って、信次朗が身を乗り出す。

「十板の研究所なんてなぁ。えらいことやで、周りは秀才ばっかりやろ」

「ああ。東京帝大を出た奴がゴロゴロしている」

音三郎は、ビールの思いがけない苦さに顔を歪めつつ返した。

「大阪工科出は、僕くらいなものさ」

秀才たちの中で、もっとも早く室長に出世したことを誇るのもいやらしいから、あえてへりくだったのだが、途端に信次朗は怪訝な顔をしたのである。

「大阪工科？　誰の話や」

そうだった。自分は大阪工科など出ていないのだ。いつの間にか自らがでっちあげた嘘に飲み込まれていたと気付いて、血の気が引いた。

「いや……ともかく、大都伸銅の技師室とはまるで次元の違う環境さ」

信次朗が変に拘泥しない性分であるのは幸いだった。彼は大阪工科の件をそれ以上穿鑿（せんさく）することもなく、ビールを流し込むと話題を移した。

「大都で思い出したけどや、そういや例の『ＫＡＮＡＵＭＩ』な。取引んとき、開発者に会ったで。トザの同僚やったっちゅう」

音三郎はジョッキを持つ手を止めた。喉が大きな音で鳴る。

「浮浪者みたように汚い形で驚いたで。髪の毛が長うてぼさぼさでのう。まあ、技師らしいっちゅうたらそうなんやけど。しっかし笑けてくるほど無愛想な奴やったな」

どうやら金海は、なにも変わっておらぬらしい。なにひとつ変わらないままに、世界的な製品を生み出したのだ。憤りとも嫉妬とも言えぬ感情が渦巻いて、腹の奥がねっとりとした熱を持った。

「でな、わし、そんときトザの名前を出したんや。知り合いやっちゅうて」

「え？」

首筋が粟立った。余計なことを、と奥歯を噛む。不本意が顔に出たのだろう、信次朗が「あかんかったかな？」と首をすくめる。「いや」と応えたつもりだったが、喉がひりついて声にはならなかった。

「けど、それ以上の話にはならんかったさけ、安心しぃや」

信次朗が取り繕ったひと言に、音三郎は眉根を寄せる。

「金海とかいうあの男な、知らんと言いよったんや」

「知らん？　なにを、知らんと言ったんだ？」

「トザのことをや。覚えとらんようやったで。あっこは技師も出入りが多いらしいし、あの男も人付き合いが得意なようには見えんから、開発にかまけて忘れてもうたんかもしれんのう」

頬を平手で打たれたような衝撃を、音三郎は黙って受け止めていた。五年も一緒に働いたのだ。忘れているはずはない。忘れたふりをしているのか。まさか、本当に忘れたのか……。金海にとって自分は、敵と見なすほどの価値すらない存在なのだろうか。今、どんな働きをしているか、どんな開発をしているのか、気に掛かることさえない存在だというのか。

「どないしたんや。顔色が悪いで」

信次朗が覗き込む。

「別にどうもしない。少し酔ったのかもしらん」

信次朗は不審な色を面（おもて）に浮かべたが、掘り下げて問うことはしなかった。大都伸銅にも京都帝大を出ているような技師がだいぶ入ったで、最近では一流大を出ても民営に勤める人間が増えたんや、昔は官吏になるか官営の組織に入るのが出世の道やったが、時代が変わったんやのう、これで商売の現場にも優秀な人材が溢れるようになるわ、と彼は酒で上気した顔をほころばせる。

「なあ、信さん」

啜ったビールの泡にむせた勢いのままに、音三郎は問い掛けた。

「君が働く最たる指標はなんだ？」

信次朗はしばしきょとんとし、それから「なんや、真面目な顔で、しかも『君』て」と腹を抱えて笑った。さんざん笑ってから、ようよう顎を上げ、

「そら、金や」

と、彼はいともたやすく答えを導き出したのである。

「金っちゅうのは全国共通の数値やろ。こないに明快な指標はないで。職業の貴賤（きせん）も、職種だの年齢だの出自だの、そないなことも一切関係なく、共通の数値で勝負がでけるんや。商売っちゅうのは最終的に、多く稼いだ奴の勝ちや。どないな過程を踏んだか、内容がええか悪いか、

そないなことは斟酌されん。単純明快なんや。けどな、わしはその明快さが好きなんや」

ビールを一口含んで、彼は揚々と続ける。

「もちろん、明快にええ結果を出すには、複雑な試行錯誤が必要なわけや。過程が重要になるわけや。策を講ずることも流行を見る目も欠かせん。けどや、自分のした仕事に対して、『意味ある功績』だの『社会への貢献度』だの『歴史的、文化的価値』だの、そないな曖昧なもんではからんでええところが、わしゃ好きなんや。よう、自分の仕事について、そないなことを声高に訴える輩がおるやろ。わし、ああいうの、見てるだけでサブイボが立つんや。みすぼらしゅう見えるのよ。己の仕事の善し悪しを、自ら語らなならんのは阿呆らしいで。虚しいで。そんなもん、たいがいはひとりよがりやろ。人がどう見るか、っちゅうことが大事なのに、奴ら、それを拒むやろ。自分では立派な仕事をしとる気でも、他人から見たらしょうもない弊害にしかならんものもあるっちゅうことを忘れとるんや。まぁな、『価値』にも、『貢献』にも、その度合いをはかれる共通の数値がないさけ、しょうがないっちゃあしょうがないんやけどな」

一気に語った喉を潤すためか、今度はビールを流し込んだ。一息ついてから、音三郎を見詰めて言った。自信に満ち溢れた目をしている。

「けど、わしには数値がある。印象とも主観ともちゃう、歴とした数値や。こんだけ儲けた、文句あるか、っちゅうこっちゃ」

信次朗が満面の笑みで、胸を張る。腹のほうが大きくせり出して、舶来物らしい木製のテーブルを音三郎の側へと押しやった。音三郎は、テーブルの上で波打つジョッキを見詰めている。

ビールの泡は今にも表に飛び出しそうで、しかし激しく揺られながらも辛抱強く器の内に留まっている。

「僕の仕事にとって、全国共通の数値はなにになるのかな」

不安定な琥珀の液体を見詰めていたら、そんな言葉が自分の内から漏れ出した。

「技師の仕事も、金ちゃうか？　世の中を景気ようするものを作ることや」

大陸進出の野望を信次朗に話してみようか、という気になった。民間の出資に関する具体的な意見をもらえるかもしれない。が、音三郎が口を開く前に、信次朗が言ったのだ。

「『KANAUMI』はそういう意味やと完璧かもしれんな。市場を豊かにして、大都伸銅ばかりか、わしらも恩恵にあずかれた。しかも安全器っちゅう、電気の危険から人を守る製品や。どう転んでも人を攻撃せん。弊害ももたらさん。人の暮らしを助けて楽にするっちゅう、機械の理想を叶えとる。損は一個もないのに、これでもかっちゅうほど得があるやろ。よう考えたで」

素直に感心し、満足げにビールを飲み干す信次朗を見て、音三郎は口を引き結んだ。それきり、仕事の話は一切しなかった。

カフェーには二時間近くいた。信次朗は絶えず女給たちを目で追いながら、上機嫌で杯を重ねていた。宿泊は帝国ホテルなのだという。「滅多に来られん東京やさけ、大奮発や。ライト館やで、楽しみや」と子供のように繰り返す。おととし竣工した、フランク・ロイド・ライト設計の新館に彼は泊まるのだった。

「僕はまだ足を踏み入れたこともないよ。なにしろ宿泊費が高いっていうだろう？　たいした出世だ」

音三郎はそう称えながら、小宮山製造所時代、信次朗と暮らしていた寄宿舎の狭い部屋を思った。それはついさっきまで、音三郎にとってけっして戻りたくない、思い出したくもない場所であり時代だった。だが信次朗と話すうち、あの頃自分の内にあった動機のようなものを確かめたくてならなくなった。機械を開発する動機だ。当時見ていた情景は鮮明に思い浮かべることができる。けれど、そのとき自分の内に確かにあったものを、音三郎は取り出すことができなかった。

「ほなな、トザ。また会おうや。これからちょくちょく東京に来るようになるかもしれんさけ」

別れ際、信次朗はそう言ってまた肩を叩いた。タクシーに乗り込み、遠ざかっていく信次朗を、音三郎は通りに突っ立って見送った。車が見えなくなってもなお、その場に硬く佇んでいた。

喧噪(けんそう)の中から、外国のものらしき格調高い音楽が聞こえてくる。

「どうです。オーケストラですよ。こんな立派な音楽までご家庭で聴けるようになったんですよ。素晴らしいでしょう。これからはラジオの時代になります。すぐに一家に一台の時代がやってきますよぉ」

通り沿いの電気店にできた黒山の人だかりの前で、売り子らしき男が盛んに手を打っている。音楽に合わせて軽やかに身を揺らす者、知った曲なのか、メロディを口ずさむ者、目を輝かせてさぐり式鉱石ラジオに見入る者と客たちの様子はさまざまである。

「こんな麗しき機械が流行らないわけがない。ね。素晴らしい技術というのは、必ずみなさんを喜ばせる形で花開きます。さあ、いかがですか」

売り子の口上は続いていた。ぼんやりそれを眺めながら音三郎は、これまでの人生で、一度たりとも音楽というものをまともに聴いたことがなかったな、ということに気付いたのだった。

第八章

一

口の中が始終ざらついている。

風が強いせいか、砂粒が内地より細かなせいか――。

満州に渡ってからというもの、音三郎はうがいをするのが癖になった。日に十回以上はすすぐ。十板火薬製造所の出張所で自席を立つや、「また、うがいですか」と山室がからかうほどである。

大正十五年の末に元号が昭和と変わり、年が明けて昭和二年となってふた月が過ぎていた。生きているうちに二度も改元を経たことに、三十八という己の齢を突きつけられる。時間の猶予はもうない。やれることは、すべてやり尽くさねばならない。

音三郎の満州行きが決まったのは、大正天皇崩御の報せが内々に届いた翌日のことである。関東軍からの要請だ、とこの件を内示した小岩は、音三郎に憂鬱な顔を向けたのだ。

「将来的に、関東軍内部に通信情報部を設けるという計画があるそうだ。ひいては、十板から研究者を満州に派遣して、機器の設置や扱いを行ってほしい、そういう要望だ。となると、郷司君に行ってもらうよりないのだが……」

満蒙の無線利権への関心が強まっていた音三郎にはまさに渡りに船の指令であったが、小岩は難色を示していた。ようやく軌道に乗ってきた無線分室を外地に出して開発が滞るのを懸念したこともあろうし、自分の部下が関東軍と共に働くのを快く思わなかったこともあろう。砲兵工廠に身を置きながら、小岩は関東軍に対してあまりよい感情を持っていない。陸軍としては異端であり、外地で好き勝手している小隊だと、見下している向きもある。

満州に駐屯していた関東都督府が、文官による関東庁と、陸軍部に属する関東軍とに組織を分けた大正八年の段階で、「外地における政、軍の分離は芳しくないように思うが。関東軍が独走せんとも限らんだろう。外交に関しては足並みを揃えんと厄介だぞ」と、彼は漏らしていたのだ。関東軍は天皇直隷である。政府とも外務省とも切り離れ、独立した統帥権のもとに存在している。つまり独断で事を為す可能性があり、対外的にそれは危険を孕むと、彼は憂慮していたのだ。

音三郎の派遣を小岩がいつまでも渋っていたため、結局日程については、研究所をとりまとめている梁瀬の鶴の一声で決まった。梁瀬は佳子の父である菱川大佐と懇意である。

「今回の出張は関東軍からの要請に応えるためであるが、外地でも無線開発が進んでおるだろう。それを視察することで、今後の研究にも生かしてもらいたい」

梁瀬は音三郎に言い、あたかも犬に餌を与えるような表情で訊いたのだ。

「関東庁が満州の地に逓信局を作ったのは聞いておるか？」

音三郎は頷いた。山室が以前、新聞で読んだと、興奮気味に報せてきたのだ。関東庁が立ち上げた逓信局は二年前、南満州鉄道大連埠頭事務所において試験放送を行ったという。その後、正式に大連放送局を設けて放送を開始したのである。

「満州経営にも無線は不可欠だ。いずれ中国軍も無線を使うことが珍しくなくなろう。関東軍が遅れをとるわけにはいかん。相応の装備を整えてやってほしい」

奉天、吉林、黒竜江省からなる東三省政府は、その以前に接収した哈爾浜(ハルビン)のロシア無線局でラジオの仮放送をはじめている。島崎が語ったように、アメリカのフェデラル社など諸外国の企業も、中国国内での無線利権を水面下で競っている。日本国内では逓信省の管轄下にある事業だが、中国では誰でも等しく競争に参入できる可能性があるとも言えるのだ。

十板の満州出張所を関東軍司令部のある旅順(りょじゅん)に置くことは、軍からの指定らしかった。音三郎たちの逗留(とうりゅう)期間は半年。ただし、軍の要請によっては延期の可能性もある。無線分室ごと旅順に移してはどうか、と梁瀬は提案したようだが、これは小岩が、「国内でも開発を続けるべきだ」として突っぱね、大陸には分室長の音三郎ともうひとり、山室が送られることになった。伊瀬は十板にひとり残って、音三郎から無線開発を引き継ぐ。

関東軍配下で働くのは、この場合栄転なのだ。にもかかわらず、「僕だけ島流しですか」と山室は不服面だった。派遣の選に漏れた伊瀬も別段悔しそうな様子も見せず、淡々と引き継ぎ業務をこなしている。満蒙は政治的、経済的に見て将来性があるだけでなく、技術開発の場としても計り知れない可能性があることに、若い二人は気付いていない。

それと対照的だったのが妻の佳子で、彼女は夫の満州派遣を大仰なほどに喜んだ。「これほどのご出世はありませんわ。あなたにとって、最高のお仕事になりますわ」と、音三郎の仕事を子細に把握しているはずもないのに、そんな言い方で言祝(ことほ)いだのだ。「やけに確信的だね」と、音三郎が笑うと、「だって、お父様もあちらに詰めているのよ」と返したところはやはり軍人の娘であり、女特有の短絡的な考え方であった。関東軍、ことに菱川大佐が駐在している場所こそが世の中心だと、彼女は未だ信じてやまない。平素、あれほど新聞や書物に親しみ、世の中を広く見ることに努めながら、結局は身内贔屓な妻の様を音三郎は可笑しく、また愛らしく思った。

大陸に渡ることを報せるのは、富と島崎老人のみに止めた。

富は、「音兄さんと利平さんが、一緒に働けるんじゃね」と喜びながらも、親類縁者がこれで国内にいなくなることにいくらかの不安を滲ませた。利平も岸太郎兄らも満州に渡ったきりであったし、ミツ叔母は震災以降行方知れずなのだ。もっともあの女がいたところで支えになるどころか厄介を背負い込むことになったろうが、近くに頼れる者がおらぬでは心細かろうと、さすがに妹の身が案じられた。

「外地に出るいうても半年じゃ。すぐ戻てくる。わしが留守の間になにかあったら、佳子を頼れ。佳子にもよくよく言って聞かせるけん、遠慮したらいけんぞ」

そう告げたのだが、富は曖昧な作り笑いをしてみせただけだった。一度、佳子に冷たくあしらわれて以来すっかり疎遠になっていたから、気ぶっせいだったのかもしれない。

島崎老人の第一声も、「そうですか、満州に」と佳子同様喜ばしげなものだった。

「ちょうどよい頃合いかもしれませんよ。鉄道のみならず無線網を大陸に引く時代になりつつあるでしょうから」

「無線網に携わるような大きな仕事に繋がるかは、まだわかりませんが……。関東軍が通信情報部を作るとのことで、私は機器の扱いを説くために呼ばれただけですので」

島崎の勢いに、音三郎はやや及び腰になる。弓濱の耳にもこの一件はすぐに入るのだろう。

大事な任務を前に、彼に都合よく操られることは避けなければならない——そう警戒しながらも、これまで腹の奥底に抱えてきた疑問を口にせずにはいられなかった。

「あの、島崎さんは、どうしてそこまで弓濱さんに献身されるのです」

島崎の、目に掛かりそうに長い眉がわずかに上下した。

「これまでも私から十板の情報を得ては、弓濱さんにお伝えになっていたのでしょう？　弓濱さんの指標は、私から見ても明白です。工業によって、経済を潤すこと、また自身もその恩恵に浴すことを一義に考えている。大阪の工業界のみならず、交易にも軍需にも目を配って、その時期その時期にもっとも有効な権益を手にしたいとお考えだ。合理的に仕事を運ぶため、各所にご自分が唾（つば）を付けた技師を送り込んでいるのではないですか？」

老人は応えず、テーブルの上に置かれた急須に手を伸ばした。音三郎の湯飲みに茶をつぎ足したが、すっかり冷めているのだろう、かすかな湯気も立たない。

「しかし私には、島崎さんが弓濱さんと同じ目的をお持ちだとはどうしても思えないのです」

音三郎は会釈して湯飲みを手にし、島崎の答えを待った。長い間、沈黙になった。床に置かれた時計が癇性（かんしょう）な音を刻んでいる。犬の遠吠えが窓ガラスの隙間から忍び入ってきた。

「執着、でしょうか」

ようやく、島崎が声を発する。

「執着……？　なにに対する執着ですか」

「おそらく、自分が関わった開発への執着でしょう」

島崎は、お茶を一口含んだ。長い息をついてから、話を続けた。

「南満州鉄道敷設の折に、私が満州に渡っていたことは以前にお伝えしましたな」

「ええ。沿線に電気を引く仕事をなさっていた、と」

島崎が静かに頷く。

「今なお使われている技術です。正直に申せば、それを残したいという気持ちがあるのです。あなたには、技術というのは常に刷新されるものだと説きながら、浅ましいことですが」

万事達観して生きているようなこの老人に、そんな欲心があったのか、と音三郎は胸を衝かれた。旧知の弓濱が満蒙権益獲得に乗り出すということを、島崎はおそらく何年も前から知っていたのだ。そのための助力を弓濱から請われたのかもしれないし、自ら協力を買って出たのかもしれない。遼東半島が日本支配である限り、彼が満州に築いた発電施設は日本の技師によって受け継がれていくだろう。哈爾浜のロシア無線局のように中国人に接収されて形を変えることもなく、日本人の手によって守られるのだ。島崎はそうやって、自分の技術が息づいていくことを密かに望んできたのだ。

技術というものは、そこに携わった開発者の名が刻まれることは滅多にない。電線も鉄塔も釘やネジに至るまで、すべて誰かが必死に考えて生み出したものなのに、そこには製品化した機関名がかろうじて残っているばかりである。完成までに技師たちが費やした膨大な考察のほとんどは、時の流れの中で声もなく溶けていく。

それでも技師は開発をせずにはいられないのだ。今までにないものを。今まで以上のものを。そうして、自分が作り上げたその製品なり施設が、世界中で活用され、時代を超えて残ることを人知れず祈り続ける生き物なのだ。

「浅ましくなぞありません」

音三郎の口から、素直な感慨が漏れた。強い語調になってしまったのは、金海を思い出したからだろう。製品に自らの名を冠した彼の浅薄な功名心を唾棄するような気持ちが、島崎への肯定とともに湧いていたのだった。

「技師として、至って当然の心情です。少しも間違ってはいない」

すると島崎はテーブルに置いた手を組み合わせて、深い溜息をついたのだ。

「しかし、そのためだけに満州の日本支配を望むということが果たして正しいことなのでしょうか。対露戦争後、日本は遼東半島の租借地を、ロシアから譲渡されました。大連や旅順といった半島南端の地域を、関東州と呼びますね。ロシアがそう呼んでいたので、日本もそれを用いたのですが、清国から猛抗議があったと、あとになって私は聞いたのです」

「抗議が？　なぜです？」

音三郎は満蒙の無線権益に興味はあれど、かの地の歴史について、これまで関心を持ったことは一切なかった。

「『関東』という言葉は清の人々にとって非常に大切な、ひと言で申せば、民族の根っこを司るような呼称だそうです。しかも、満州全域を『関東』と呼んでいた。なにも旅順や大連といった半島南端の一部地域のことではなかったそうです。私が働いていたところにも、中国人労働者が大勢おりましたが、若い層までそれに異議を唱えていたものです」

島崎は、まるで故郷を懐かしむように目を細めた。けれど歪めたその口元には、幾ばくかの後悔が滲んでいるように音三郎には見えた。

「私はそういう背景に鑑みることなく、ひたすら開発に力を入れました。ただただ高い技術で長く残るものを作り上げることしか考えなかった」

「技師はそれこそが仕事のはずです。私は、技師の矜持とはそういうものだと信じております」

いつの時代も、どんな背景でも、常に最先端の、どこよりも優れた製品を生み出す――それこそが技術の正義なのだ。しかし島崎は、目をしばたたかせて首を横に振ったのである。

「そうとばかりは思えぬのです。この歳になって、来し方を振り返ると」

また大きく息をついた。

「弓濱氏は、大阪に戻ってから技師という立場をきっぱり捨てました。そして工業を商売に結びつけることに専念した。もはや彼の考え方に、技師だった頃の片鱗を見付けることは難しい。彼は満州での経験を経て、そういう割り切り方をした人です。事実、弓濱氏は商才に恵まれている。工業界を牽引するだけの才覚もあるのでしょう」

その通りだ。弓濱には有無を言わせぬ存在感がある。彼の言う通りにしていれば間違いはないという説得力もある。工場が乱立し、優秀な人材があまた働く大阪工業界を牛耳っていること自体、抜きん出た手腕の証である。

「彼は技術発展の道が拓けるのであれば、いかなる状況で技術が使われてもいいという考えの下に動いています。民間企業のみならず砲兵工廠の可能性に目を向けているのも、あらゆる状況下での工業のあり方を視野に入れているからでしょう。彼は、戦争もまた商売であると、そう考えています」

島崎は、こちらの反応を窺うように鈍色の瞳を向けた。音三郎は目をそばめる。音三郎には戦争を儲けの手段とまでは考えられなかったが、仮に戦地においてのみ新たな技術が試せるのであれば、微塵の迷いもなく軍に協力する心づもりだったからだ。

「自分の生み出した技術が日の目を見ればいい、という一念で事を為すのはどうなのだろうかと迷ったことが、これまで幾度もありました。先々のことを考えれば、かえって技術の発展を妨げるものになりはしないか、と。使い方を間違えたがために、諸悪の根源のように見られて、遠ざけられた技術はいくつもあります。辛抱強く先が見通せるまで粘って製品化すれば、人々から長く慕われる技術になり得たかもしれないのに。つまり開発において、場当たり的に製造を行うことは、なにより恐ろしく、不利益なことではないかと、私は思うのです」

島崎は湯飲みを取り上げて、また一口含んだ。茶がすっかり冷めているのにようやっと気付いたのか、眉をひそめて湯飲みを覗き込んだ。

「私はまだ、島崎さんの辿った道程の半分も来ておりません」

音三郎は、言った。

「ですから、今の島崎さんの感慨を理解することは難しいのです。実地で使われることを目指す段階にあるからです。まずは、この手でなにかひとつでも為さねばならない。実績を残すことに注力しなければならない。すべてはそこから、はじまっていくように思うのです」

島崎老人はまっすぐに音三郎を見詰めていた。その瞳から感情らしきものを読み取ることはできなかった。やがて彼は小さく息をつき、これまでの話をすべて掃き清めるように締め括ったのだ。

「ご活躍を楽しみにしています。弓濱さんも今回のことはきっと、お喜びになるでしょう」

十板の出張所は、日本領事館を通じて用意された旅順埠頭に近い三階建てビルの一室で、最上階のため見晴らしこそよかったが、煉瓦造りの建物はかなりの築年数であり、老朽化によるひび割れがあちこちに走っていた。

「こんなうらぶれたビルに押し込められるくらいなら、関東軍の司令部内に一室設けてもらったほうが、まだよかったですよ」

山室は到着してからこっち四六時中不平を垂れ流している。だが音三郎は、司令部内に出張所が置かれなかったことをむしろ幸いに思っていた。軍関連の仕事ばかりでなく、満州各所に開かれつつある無線局も見学したかったし、今後日本が手掛けるべき無線網の可能性も自由に模索したかったからだ。

「小岩さんは、関東軍の僕にならずに、関東庁逓信局より優れたものを作るために研鑽してこいとおっしゃってましたけど、なにかあるたびここから司令部に通うのも面倒ですよねぇ」

「通うといったって、目と鼻の先じゃないか。それに頻繁に呼び出されるわけでもなかろう」

音三郎は、愚痴をやめない山室をいなした。関東軍から与えられる任務は、今のところ緩やかだ。旅順に到着して早々、音三郎の開発した真空管受信機の説明を菱川大佐他三名の幹部の前で行い、次に通信情報部設立に関わるという五名の軍人相手に講釈を施しただけで、実戦での要請は未だない。「必要が生じれば戦地に出てもらうこともあるかもしれん。ただ先に関東州の電波状況について調べてほしい」と、菱川から言い渡されたのを幸い、音三郎はすかさず大連出張を願い出た。関東庁が進めている無線局を見ておきたかったのである。

「それは構わないが、あくまでも個人として行ってもらいたい。君は関東軍に出入りする身であるから、先方との接触も避けるように」

関東庁と関東軍はもともとひとつの組織である。紹介状のひとつもしたためてくれるだろうと期待していた音三郎は、肩すかしを食らい押し黙る。不審が顔に出たのだろう、菱川は薄く笑(え)んで付け足したのだ。

「関東軍は天皇直隷の組織である。政権や外務省の指示とは別に独自に動かねばならんこともある。通信についても独立独歩で進める必要がある。ために唯一無二の無線機を作ってもらおうと君を呼んだのだ」

つまり関東軍は、すでに関東庁とも一線を画しているというわけか、と音三郎はひそかに得心する。

「ところで、佳子は、元気にしておるか」

菱川は不意にくつろいだ調子になって話題を変えた。「ええ。よくやってくれております」と、義父への態度に切り替えて、音三郎もまた、笑みを作る。

「あれのことだ。君の出世を喜んでいることだろう。いっそう励んでくれたまえ」

菱川は口髭(くちひげ)をしごきつつ言い、関東庁との関係をそれ以上語ることなく話を打ち切った。

昭和二年の三月半ば、音三郎は山室を連れて大連に入った。移動には、当然ながら南満州鉄道を使う。車両に乗り込んで、音三郎は一驚した。想像以上に豪華な設えだったからだ。

「汽関車を見ましたか？　あれがパシフィック型旅客列車ってヤツなんですね」

大陸に渡ってから仏頂面ばかり見せてきた山室も、上機嫌ではしゃいでいる。一等の食堂車の内装は上野の精養軒さながらで、真っ白なクロスが敷かれたテーブルには花が飾られ、革張りの椅子が据えられている。車窓上部にはステンドグラスがはめ込まれ、透過する色とりどりの光が華やかさを演出していた。給仕にはロシア人女性の姿もあり、ここが大陸であることを強く感じさせた。

「満鉄はシベリア鉄道に繋がってますからね。鉄道は国と国とを結ぶ最上の動脈ですよ。鉄道が通っている限り、交易が行われ、人々は移動する。つまり国交が存続するということですから。新橋発倫敦行きの列車があるでしょう？　僕の知人にもそれで英国まで行った人がいますよ」

大正のはじめに倫敦行きの周遊券が売り出されたことは、音三郎も知っている。鉄道で結ばれたことで、それまで遥か彼方の異国であった英国が、やけに身近に感じられたものだ。沿線開発とはいえ満鉄敷設に携わったことが、島崎老人の中で未だ大きな意味を持つのはもっともなことだと、車窓から肥沃な大地を眺めるうちに音三郎は改めて実感した。

大連には二時間あまりで到着した。駅前の円形広場から放射状に伸びた道も美しい町並みである。

「こいつはすごいや。十板の辺りより遥かにハイカラな光景ですよ」

山室が子供のような歓声をあげた。東公園町の通りを散策していると、南満州鉄道本社が見えてきた。西洋のオペラホールといっても言い過ぎではない荘厳なルネサンス建築で、仰ぎ見た音三郎はただ気を呑まれる。

「向こうに見えるロシア領事館よりずっと規模が大きいじゃないですか。えらいもんだな、満鉄ってのは。奥の建物は満鉄病院ですよね。満鉄がある限り、関東軍がこの地を死守しようってのもわからんでもないなぁ」

山室はなぜか呆れたふうに溜息をついた。

その日から三日間、大連埠頭近くの宿舎に詰めて、関東庁が開設した大連放送局の電波を拾った。「ＪＱＡＫ」が呼出記号で、中波を使っている。波長は七百六十kc。五百wの出力である。

「放送機は確か日本電気の製造でしたよね。ずいぶん精度がいいですね。民間でこれだけのものを作るご時世だ。僕らもうかうかしてられないですよ」

鉱石受信機を使った解析結果を、山室はこまめに記録している。大連放送局からの電波だけではない。この辺りには日夜を問わず、幾種類もの電波が飛んでいることもわかった。船から発される信号音もあれば、時折軍用らしい交信音も混じってくる。

「東京の比じゃないな、こいつは」

受信を繰り返しつつ、山室は幾度も首を振った。

「郷司さん、短波にこだわって正解でしたね。他の電波の影響を受けることを最小限に抑えられる。僕は郷司さんが完成に際して細かな調整をいつまでも続けているのを、どうにも歯痒く思っていたんですが」

山室は口に出してしまってから、きれいに刈り上げた揉み上げを気まずそうに掻いた。音三郎の歳になっても一刻も早く実用化したくてうずうずするのだから、若い山室であればなおのことだろう。けれど、技師になって日の浅い山室に比して、音三郎には失敗はけっして許されぬという恐怖心が植え付けられている。それが開発過程を複雑で執拗にしているだけだ。言ってみればこれもまた、執着なのだ。

「でも、これから無線が汎用されていく中で、僕らの開発は一歩も二歩も先んじることを要するのかもしれませんね」

「無線だけじゃないさ」

音三郎は、窓の外の夜景に目を向けつつ言う。曇っているのか、漆黒の空には星のひとつも見えない。

「人と同じことをしていては駄目なんだ。ずっと先を行かなければ、技術というのは使われることなく終わるんだ」

バネ板を作るための燐を手に入れようと、必死に金を貯めていた日々を音三郎は思い出していた。故郷への送金を止め、生活費もギリギリまで切り詰め、四六時中薄汚い身なりでいたあの頃だ。今は潤沢な開発費が与えられている。途方もなく恵まれた環境にいる。だからこそ、結果を出すことは必定なのだ。

二

大連から旅順に戻って二日目の昼過ぎ、出張所に備え付けの電話が鳴った。

「郷司さん宛てなのですが、お名前をおっしゃらないんです」

怪訝な顔で告げた山室から受話器を受け取ると、

「よう来たな」

と、懐かしい声が聞こえてきた。利平である。彼に会ったのは佳子との祝言の席が最後であるから、およそ四年ぶりだ。関東軍司令部に幾度か赴いた折も利平の姿は見えず、といって菱川に訊くこともはばかられるままに、今に至っていたのだった。

「頼みたいことができた。受信機を持って、司令部まで来てほしい」

親しげだったのは一瞬だけで、利平は至極事務的な口調に切り替えて、冷ややかに命じた。

「機密事項であるから、ひとりで来てくれ」

「受信機はどんな目的に使うんだ?」

中波長波を受信するのか、もしくは短波を使うのか、それによって用意する機種が変わるため訊いたのだが、利平は「電話では言えん。一度来てくれ」とそっけなく返して電話を切ったのだった。おそらくは、こちらの質問意図を単なる機密事項への興味と捉えたのだろう。やむなく音三郎は真空管と鉱石、両方の受信機を箱に詰める。

「関東軍からですよね?　僕も行きますよ」

山室が支度を手伝いながら、音三郎を覗き込んだ。

「ひとりで来いというお達しだ」

返すと途端に彼は不貞腐り、

「こんなお味噌みたいな扱いなら、僕は満州に来なくてもよかったじゃあないか」

と、聞こえよがしにひとりごちた。

「まぁそう言うな。なにをするのか知れんが、今回は人手がいらんのだろう。実戦に使うわけでもあるまい。取り敢えず様子見に行ってみるさ」

適当に言い除けて荷を背負うと、山室が不意に真剣な面持ちをこちらに向けた。

「郷司さん、手ぶらで帰ってきちゃあ駄目ですよ。相応の成果を挙げないと今後の研究費を削られるかもしれませんからね」

口振りこそ剽げていたが、山室の銀縁眼鏡の奥の目は、歪な光を灯していた。音三郎は、挑戦的にさえ見えるその目から逃れるように、「そんなことは君に言われるまでもないさ」と邪険に返して、足早に出張所をあとにした。


司令部内の通信情報部準備室と仮称された一室に、音三郎は通された。準備室と言い条、機材のひとつもないがらんとした空き部屋である。これまで幾度か司令部に通ったが、音三郎が立ち入りを許されたのは、玄関脇のこの一室のみで、菱川に会った折も、軍人らに無線の説明を施した折も、すべてこの部屋で済ませている。傍受や諜報、部隊間の情報交換に無線を使おうと目論んでいる割には、その技術者をあくまで部外者扱いし続ける矛盾に辟易する。

利平は二名の部下を従えて準備室で待っていた。これが「大陸焼け」というものなのか、顔は炭団のように黒く、炯々と光る目だけが独立した生き物のように浮き上がっていた。音三郎が入室しても彼は表情を和らげることもなく、「ひとつ訊きたい」と、やにわに他人行儀な声を放った。

「ここで、南京の電波を拾えるか？」

唐突な問いかけに、口ごもる。音三郎には南京の位置が正確に摑めないのだ。無知を恥じつつ距離を訊くと、ここから八百キロ以上南に下った江蘇省、長江沿いの都市だという。

「電波状況にも拠る。どんな種類の電波だ？」

「海軍のモールス信号だ」

利平が答えた。

「八百キロも離れていては難しいかもしれん。海軍のモールス信号ならば届く距離だろうが、この辺りは思いのほか、多様な電波が飛んでいる。確実に捕らえられるとは言い切れん」

「ならば、どこまで南下すれば確実か？」

海軍無線の波長は音三郎も把握している。陸軍、海軍、逓信省でおのおの使う波長を取り決め、かち合わないよう情報共有しているのである。

「確実に電波を受け取りたいのなら、近郊まで行ったほうがいい」

つい気弱な答えになった。なにしろ実地で使うのははじめてである。利平は素早く他の軍人と顔を見合わせた。その目の動きに音三郎への落胆が籠もっていたように思え、

「万全を期すならば、ということだが……」

気弱に取り繕う。利平がこちらに向き直った。

「関東軍の守備範囲は決められておる。勅令がない限り、この関東州から勝手に出られんのだ。ために奉直戦争の折も情勢を摑むのに難渋した。陸海軍は、無尽に動けるのだが」

自嘲的な笑みを彼はこぼしたが、目は冷たく冴え渡ったままだ。

「不自由なことだ。遼東半島、ひいては満州をもっとも理解しているのは関東軍であるのに」

言い終わるや利平は立ち上がり、部下のひとりになにやら耳打ちした。弾かれたように戸口に向かったその男に、「許可は事前にとってある。報告だけ行えばよろしい」と、素早く付言した。派手な音を立ててドアが閉まると、利平は残った軍人を見渡して告げた。

「これから南京近郊に出発する。特秘であるから鉄道は使わん。車で向かう」

はっ、と全員が敬礼した。それから音三郎にすっと寄り、「君も同道してくれ」と告げたのだ。

「海軍と交信するのか？　その場合、送信機が今はないのだが」

慌てて言うと、

「受信はできるか？」

と、利平は問うてきた。音三郎はひとつ頷く。

「ならば、問題ない。こちらから送信はせん。受信だけで構わんのだ」

海軍と通信するのではないのか？　向こうからの一方的な指示に従って関東軍が動くということか？

わけがわからぬまま利平に従い、正面玄関に移動する。横付けされていたのは、荷台に幌をかぶせた軍用トラックだった。「うしろに乗ってください」と若い軍人からぞんざいに命ぜられ、音三郎は二の足を踏む。トラックの振動で真空管が割れないか不安であったし、出張所にひと言も残さず姿を消しては、山室が案じるだろうからだ。

背後に立った利平が、「早く乗れ」と無情な追い打ちを掛ける。威圧的なその目にあらがいきれず、音三郎は抱えていた受信機を先に乗り込んでいた軍人に渡し、自らも荷台の縁(へり)に手を掛けた。

中は薄暗く、様子はうっすらとしか見えなかったが、どうやら先程、通信情報部準備室にいた面子(メンツ)が全員乗り込んでいるらしい。頭数を数えると、音三郎を含めて六名。みな、左右に据えられたベンチに整然と腰かけ、息を詰めている。彼らの緊迫が音三郎の身をも刺した。荷台最後部に座った利平が後方の幌を下ろすと、前方に座した男が運転席に繋がる壁を軽く叩いた。同時にエンジンがかかり、車は静かに発進する。

順調にいっても丸二日はかかる——出発して一時間ほど経ったところでそう聞かされ、音三郎はうんざり息を吐いた。山室は行方をくらました上司を案じ、関東軍司令部に問い合わせて、大騒ぎするのではないか。いや、あの男のことだ。特段気にすることもなく、今まで通り旅順の電波状況を調べる仕事を粛々(しゅくしゅく)とこなしながら帰りを待つかもしれない。

音三郎は、受信機を収納した木箱を車の揺れから守るように抱え、重い沈黙の中で居すくんでいる。なんのために海軍の無線を聞くのか、そもそもなぜ日本海軍が南京まで来ているのか、知りたかったがこの重苦しい空気の中、質問を発する勇気はとても出なかった。

走り詰めの車が停車したのは、日が暮れてからだいぶ経(た)ったのちだ。運転手交代のためらしく、ひとりが素早く降車する。すぐに別の若い男が荷台に上がってきて、いつ積み込んだものか、握り飯を配りはじめた。音三郎は梅干しのひとつも入っていない塩むすびを齧り、

「今、どの辺りだ」

と、利平に訊く。地名を報されたところで地図が浮かぶわけではないが、南京まであとどれほど掛かるのか、知らねば不安だったのだ。受信機を守る姿勢をとり続けるのも辛かったし、なにより軍用トラックの荷台は乗り心地がいいとは言えず、身体のほうぼうがすでに痛みはじめている。

「山海関を過ぎたところだ。万里の長城は知っておるな」

答えた利平に、音三郎は頷いてみせた。

「その東端にあたる。本来ここは関東軍の守備範疇ではない。ここからひと息に目的地まで行く」

暗がりの中で利平の白目が光っている。

「しかしなぜ、海軍の無線を聞く？　指示を受けるためか？」

疲労と不安が、音三郎に一歩踏み込ませた。軍人らの険しい視線が一斉に向けられる。利平は彼らの殺気を制すように周りを睨め回すと、「南京に着いてから、あれこれ質問されてはかなわんからな」と、鼻から息を抜いてのち語りはじめた。

「蔣介石の名は聞いたことがあるだろう？」

音三郎は頷く。張作霖率いる奉天派と対立関係にある国民革命軍の長だというのは有名な話だ。

「彼の率いる軍が長江以北に向かっているという報が入った。彼らは北伐によって張作霖を追い落とし、支那を統一せんと目論んでいる」

中国南部の広東に置かれた政府内で右派の中心にあった蔣介石は、左派である共産党を圧して主導権を確実なものにした。さらには国民革命軍を立ち上げ、武力行使による中国北東部制圧を目指し進軍をはじめたのだという。

華北には、第二次奉直戦争で勝利を収めた張作霖がいる。一方で、その奉直戦争に敗れた呉佩孚も長江上流に陣を張っている。これら主要な北陣地を陥落させ、中国を統一して権力を絶対的なものにするのが蔣介石の狙いなのだ。

「長江以南では、すでに国民革命軍の手に落ちている都市もある。ために彼らの動きを追うよう我々に命令が下ったのだ」

——なるほど。

音三郎はうっすらと理解する。

関東軍は張作霖との繫がりがことに深い。勢力を強めている蔣介石から、張を護る目的もあるのだろう。第二次奉直戦争の折、直隷派を率いていた呉佩孚側にあった馮玉祥が張の側に寝返ったことで奉天軍は増強され、敵を圧倒した。首尾良く北京を手中に収めたまではよかったが、次第に馮と張の関係がこじれ、ついには馮が張の腹心であった郭松齢を取り込んで奉天軍を攻撃するに至ったという経緯は、十板の研究者たちの間でも幾度か話題に上っていたし、なにより佳子が目を皿のようにして新聞を眺めては中国情勢に一喜一憂し、「関東軍がついているんですもの。張作霖が強いに決まっているわ」と、祈るようにして語っていたのである。

このとき奉天総領事を務めていた吉田茂も、張に援軍を送ることを主張していた。当然、関東軍は出動に向けて準備をする。ところが日本政府は中国への内政不干渉と方針を定め、一切手出しをせぬようにと各軍に命じたのだ。

それだってのに関東軍はその命令を無視したらしいんですよ、と旅順へと渡る船の中で語ったのは山室である。ただし関東軍は、武力を用いて直隷派に抗戦したわけではないという。満鉄付属地の十三キロ圏内に戦闘行動禁止区域を設ける措置をとったのである。これによって郭は、張作霖が陣営を張る奉天に攻め込むことが不可能となり、結果、張は危ういところを逃れたのである。

「つまり関東軍は、これから海軍と共に、国民革命軍と戦闘に入るということか？」

受信機の功績を残すどころか、自分が生きて帰れるかもわからないと悟るや、震えが足下から這い上がってきた。

「いや」

利平は低く答える。

「我々が行うのは偵察のみだ。そのために無線が必要なのだ」

彼はあくまで核心を語らない。もどかしかったが、それ以上訊ける雰囲気には到底なかった。車中にいる全員が最前から、煩わしげな目を音三郎に向けているからだ。やむなく口をつぐみ、幌の隙間から外を窺う。漆黒が果てしなく続いているだけで街灯のひとつも見えない。このトラックの他に車の気配もないのだ。

——これ一台きりの派兵なのだろうか。たった六人でなにをするというのか？

利平が言うように偵察目的だとしても、仮に国民革命軍が進軍してきた場合、この車両が狙われないとは限らない。だいいち海軍は、戦闘のために南京入りするのではないか。その場合、関東軍は参戦しなくともいいのだろうか――疑問は滾々と湧いていたが、音三郎はそのすべてを飲み込んだ。幌の内は水底のように静かだ。くぐもったエンジン音だけが控えめに響いている。

何度もひどい振動に起こされ、幌から射し込む光を見た。運転を交代するためか、車が止まるたびに兵士が入れ替わった。それらを音三郎は、浅く短い眠りを繰り返す狭間で感じ取った。はっきり目を覚ましたのは、車が完全に停止してからである。幌の隙間から覗くと外は漆黒で、荷台の骨組みには小さな洋燈が吊されていた。音三郎は受信機を入れた木箱の無事を確かめた。と、運転席にいたらしい男が素早く荷台に乗り込んできたのだ。

「繁みの中に停めたか？」

利平が鋭く訊く。

「はい」

「よし。変化は？」

するとひとりの軍人が牽制するように音三郎へ目を流し、利平に寄って小声でなにかを告げた。

「確かに檜か？」

利平の口の端に冷ややかな笑みが浮かぶ。男が頷くと、彼は全員を見渡して命じた。

「よし。駆逐艦檜が長江江上に碇泊しとる。山口、土田、近くまで偵察に出ろ。ただし市街に入ることはならん。他はここで待機」

——檜？　海軍の船を偵察するというのか？

混乱する音三郎をよそに、ふたりの男が幌を分けて出ていく。利平がこちらに向いた。

「無線機を使うかもしれん。支度をしておいてくれ」

強い命令口調に、疑問を挟む余地はなかった。音三郎は慌ただしく木箱の蓋を開ける。中から中波に合わせた鉱石受信機と、念のために真空管受信機も取り出した。ここにいる者たちには明らかに馴染みのない機械だろうに、誰一人として興味を示すふうはない。重苦しい緊張から逃れるように、音三郎は空中線を幌の外に引き出し、近くの木に渡した。感度をはかるため、レシーバを耳に当てる。

南京近くに到着したことは軍人たちの様子から明らかだった。が、これからなにが起こるのか、無線をなにに使うつもりなのか、音三郎には見当もつかない。

偵察に出たふたりは、一時間ほどで戻ってきた。彼らは、海軍の陸戦隊が檜を降りて市内の日本領事館に入ったらしいこと、国民革命軍は城壁を取り囲んでいるが、今のところ戦闘態勢には入っていないことを端的に告げた。

「檜にも動きはないか？」

利平は訊き、ふたりの偵察兵が頷くのを見ると難しい顔で沈黙した。

「もうすぐ九時か」

時計を見遣り、腕組みをする。

「蔣介石が行動を起こすとすれば、夜が明けてからだろう。あとは海軍の判断か。日本領事館に入った陸戦隊にも追って指示が下るだろう。指揮官は荒木亀男(あらきかめお)大尉だったな。他に通信兵も一緒に船を降りているはずだ」

――通信兵。

音三郎の喉が不用意な音を立てた。海軍は、早くから無線を導入していただけあって、通信専門の軍人を育成していると聞いたことがある。未だ通信情報部を確立しきれていない関東軍とは、知識認識の上で大きな開きがあるのだ。

利平がこちらに向いて短く言った。

「こののち、明朝までに檜と通信兵の間で、なんらかの交信が交わされるはずだ。電波を捕らえたら、それを聞かせてほしい」

音三郎は子細を問うことなく頷いてみせる。レシーバを持つ手が汗ばんでくる。動悸(どうき)が鼓膜をいたずらに打つ。状況はよくわからない。ただ、ついに実戦で自分の無線機が使われる日が来たのだ、と歓喜の波が押し寄せてくるのを感じていた。

「夜明け前にはなんらかの指図が下るはずだ」

利平は告げ、表の様子を見てくると言い残して荷台から消えた。

だが受信は、速やかには運ばなかったのだ。レシーバから聞こえてくるのは、耳障りな振動音ばかりである。空中線の位置を小刻みにずらし、電波状況のよりよい場所を探る。自然界の電磁波、遠くの電信局から発されているらしい電波。受信はしているものの、檜から送られているらしい信号音は摑めない。

——わしが把握しとる波長と違うものを使っとるのかもしれん。

と、不安で身を硬くし、

——いや、ただ単に、今は通信をしておらんのじゃ。

と、自らを落ち着けることを繰り返す。

「どうだ？　聞こえるか？」

夜中の三時を過ぎたところで、利平が音三郎の傍らに座を移して訊いた。業を煮やしているのか、口調が尖っている。

「いや。まだ通信をしておらんようだ」

内心の動揺を抑えて音三郎は応える。利平はわずかな訝りを面に浮かべたが、「必ず連絡をとるはずだ。よろしく頼む」と受信機を見据えて言った。音三郎は、真空管受信機のレシーバにも耳を当てて万全を期す。

——手ぶらで帰ってきちゃあ駄目ですよ。相応の成果を挙げないと今後の研究費も削られるかもしれませんからね。

山室の声が追い打ちを掛けるように、頭蓋の内に鳴り響く。それとともに、旅順から大連まで南満州鉄道で移動したときに眺めた景色が、目の奥に浮かびあがった。この果てなく広大な大地を、技術の粋を集めた鉄道が縫い、線路に沿って弓濱や島崎が引いた電気が通っている。鉄道の恩恵だけではない、電気によって沿線の都市は鮮やかな発展を遂げたのだ。いずれ無線電信局の鉄塔がこの景色をさらに彩るのだろうと、音三郎はそのとき想像したのである。今は高い建造物が見えぬ原野に、鉄塔が建ち並ぶ。アメリカのフェデラルより遥かに優れた技術を駆使して、音三郎自身の手で完璧な無線網を敷く。無線は必ず、有線電話が足下にも及ばない普及をする。市民が日常生活でたやすく通信を利用できる日が来る。その道筋をつけるのは誰でもない、この自分なのだ。

カチッと火花の弾けるような音が聞こえた。

音三郎は我に返り、鉱石受信機のレシーバを強く耳に押しつける。

ツーツートン。ツートン。

今度は明確な信号音である。

「おっ、おいっ！　聞こえる。受信したぞっ」

つい大声が出てしまった。利平はわずかに口元を歪ませ、しかし咎め立てることはせず、こちらの様子を窺っている。

「おい、秋田」と、ひとりの男を呼んでレシーバを渡した。荷台奥の軍人らは、腰を浮かして

「確かに海軍の通信です」

秋田と呼ばれた男は言い、目を瞑って解読に集中しはじめた。

「市民……巻き込むな」

信号音を言葉に変換していく。

「……攻撃不可。友愛。軍を迎え入れ、折衝の場を設けよ」

利平の顔があからさまに曇った。

「馬鹿めっ」

奥にいたひとりがうめいて荷台の床を蹴ったものだから、音三郎は慌てた。振動が空中線や受信機に影響を及ぼすことを恐れたのだが、レシーバを取り返して確かめると信号音は途切れておらず、ひとまず安堵の息をつく。別の軍人が利平に言う。

「奴ら、手を出さん気だ。国民革命軍を市街に入れる気です。幣原の意向を汲んだんでしょう」

幣原とは、幣原喜重郎外相のことだろうか。国際協調を第一義に据えた彼の外交は、軍部の拡張、自主性を重んじたかつての陸軍大臣・田中義一とは正反対の路線だと聞いたことがある。対華外交も、内政不干渉の姿勢を貫く弱腰であり、満州を掌握したいと考えている軍部にとっては足を引っ張る存在なのだ。

「蔣介石は本気で北の勢力を伐ちにきておる。岳州も漢陽も漢口も武昌も九江も奴の手に陥ちとるのに、今更友愛が通じると考えておることからして愚だ」

利平がそう受けると、

「つまり、戦わずして降伏せよ、という命令でありましょうか？」

また別の男が訊いた。怒りに声が震えている。

「いや。降伏という考えはなかろう。話し合いで平和裏に解決できると信じておるんだろう。支那人にまともな対話など通じんことを幣原は知らん。おい山口、領事館には何人おるといった？」

先程偵察に出た男が、「おそらくは百人に満たないか、と」と応える。

「国民革命軍は？」

「見たところ、千騎以上は……」

生ぬるいことをしおって、と利平が吐き捨てた。その歯ぎしりの音を聞くうち音三郎は、出国前、幣原外交について殿山が一席ぶったことをふと思い出したのだ。

――幣原さんの平和主義は、尼港事件から来ているのかもしらんな。ああいう酷いことを日本はしてはならんと、肝に銘じとるんだろう。

日本軍がシベリア出兵をしていた当時、七年ほど前の事件だ。連合国の干渉に異を唱えるソ連の過激派が勢力を拡大し、各所で反撃に出たのである。それを阻止するために派兵された日本人将兵三百人が犠牲となり、電信局など施設も破壊された。中でも悲惨な結果となったのが樺太からもっとも近い港・ニコラエフスクで起こった日本人居留民の大量虐殺だった。四千人余りのパルチザンに囲まれ、援軍も来ない中で、かの地を守っていた日本軍は休戦協定を結ぶことを申し出た。パルチザンも承諾し、危機は回避できたかに見えた。が、この協定が結果的に破棄されたのである。パルチザンが裏切ったのか、日本軍が敵を安心させた上で攻撃をしかけたのか、国内の記事だけで正確なところを判ずるのは難しい。なにしろ当時は、ロシア人を悪鬼のごとく書き立てた新聞がほとんどだったからだ。ただこの戦闘で、一般市民を含んだ七百名余りの日本人が犠牲となったのは事実である。同じ悲劇を二度と起こさぬ決意を幣原は抱いていると、殿山は語っていたのだ。

　蔣介石は果たして、日本側が提示する友愛を受け入れるのか――。そう考えるそばから、尼港事件の二の舞になるのではないか、と嫌な予感がよぎる。ここで指をくわえて見ているわけにはいかぬだろう。

「利平、船に報せたほうがいいのじゃあないか？　檜まで近づけるのであれば、国民革命軍は千騎以上だと伝えられるだろう。そうすれば、海軍も方策を変更するかもしれんぞ」

それがかなえば、音三郎の受信機で得た情報によって、危険を未然に防いだという実績が残るのだ。

手元が仄（ほの）かに明るくなった。後方に目を遣ると、幌の隙間から明かりが差し込んできている。鳥もさえずりはじめていた。もうすぐ夜が明けるのだ。

音三郎は期待をもって、今一度利平に目を戻す。刹那（せつな）、悪寒が走った。利平がいつしか背負ってしまった薄暗い翳（かげ）には慣れたつもりでいた。だが今、利平の面（おもて）に浮かんでいるのは、明らかに邪悪な揺らぎだった。人の心をかなぐり捨てた深い闇であった。洞穴のような目が、音三郎を見据える。

「いや。それはせん」

酷薄な声だった。

「ここは我々の出る幕ではない」

「しかし……」

「これは海軍が請け負った一件だ」

「そうかもしれんが、国民革命軍の騎数を中におる者は知らんのじゃあないか。仮に門を開くようなことがあっては危険だ。それだけでも伝えれば……」

「城壁の中の者にはわからんかもしれんが、檜から様子は窺えるだろう。通信兵が入っておるんだ。我々から報せることはない」

いかに音三郎が軍事に疎(うと)いとはいえ、長江に浮かんだ船の上から城壁周辺の詳細な状況まで把握できるとは思えなかった。関東軍にしても南京まで来たのだ、偵察だけで終わらせず、海軍に力添えをしたほうが手柄となるはずだ。

「ともかく手出しはせん。海軍にしても我々からの助言は受け取らんだろう」

「しかしそれで門戸を開いたら、中に入った海軍の陸戦隊を見殺しにするようなものじゃあないんか」

音三郎は食い下がる。どうあっても、実戦における無線の成果を残したかったのだ。山室に発破を掛けられたから、というだけではない。自らの技術を、使われることでしかと確立させたかったのだ。

カシャンと金属音が近くに聞こえた。

目を上げると、銃剣の筒口がこちらに向けられている。剣に灯った仄暗い光の先に、利平の顔がある。これは幻なのだと思った。なぜか、勝友製造所で共に寝起きしていた頃の闊達(かったつ)と明るい利平の姿が、忙(せわ)しなく頭の中を巡っていた。車中は不気味に静まっている。

「命令に従え。これは軍の判断だ。君にはなんの権限もない。それ以上勝手をするようならば、君を手に掛けねばならん」

利平の押し殺した声が蔓(つる)となって巻き付き、音三郎の四肢の自由を奪っていく。

「よいか。我々はここで静観する。我々の任務はあくまでも偵察である」

利平はなおも音三郎に銃を向けたまま、軍人たちを見渡して宣した。

「南京は海軍が任された。いかなる結果に終わっても、すべては海軍の責任である。敵に甘い顔を見せるとなにが起こるか、後学のためにその目でしかと見ておけ」

その頃になって音三郎はようやっと、陸軍、海軍間の確執を思い出したが、それでも納得いかぬほど無念の気持ちが募っていったのだ。

——この無線機が一躍名を上げる絶好の機会であるのに。

利平に銃を向けられた動揺の中でも、音三郎の目は、どこかで無線機を生かす機はないか、と忙しなく動き続けていた。


この数時間後の三月二十四日早朝、南京城内へ続く門戸は、日本軍によっていともたやすく開かれてしまった。国民革命軍が市街へなだれ込む。友愛の折衝が行われているのだろう、数時間は平穏な気配が保たれた。が、夕暮れが近づいてきた頃、にわかに城壁内が騒がしくなり、そのうち銃声や悲鳴が、音三郎たちの待機場所まで響いてきたのだ。

「山口、土田」

利平は、先程の軍人を再び偵察に出した。加えて、音三郎から受信機のレシーバを取り上げ、耳に当てた。

「日本側が攻撃に出たのでありましょうか」

軍人のひとりが訊く。利平はレシーバを耳に押し当てたままかぶりを振る。

「いや、上からの命令に背(そむ)くことはないだろう。おそらく蔣介石が仕掛けたのだ」

「友愛を申し出た相手を、裏切ったのでありましょうか。しかし国民革命軍は各地で勝利しております。ここで戦をする必要は……」

「ああ。普通に考えれば、ない。日本軍と友愛関係を結べば、それで南京はとれるからな。にもかかわらず戦闘を仕掛けたとなれば、略奪が目的だろう」

利平の声は、あくまで冷静だった。どこか遠い国の見知らぬ集団が起こした事件を、時を隔てて語っているような抑揚のなさだった。

「略奪？　潰走兵でもないのに？」

「そうだ。今後の資金にでもするつもりだろう。国民革命軍というのは、理念も道徳もない野卑な組織だ。蔣介石だけではない。支那人はいかに友愛を示したとて、平気で裏切るということだ。張にしても同じじゃあないか」

張？　張作霖のことか？　彼は、関東軍と昵懇ではなかったのだろうか。

偵察に出た二名が戻ってきて、檜の他に艦船が碇泊している、と報告をした。

「米国と英国の船と見えます。今のところ攻撃はしておりません」

利平の顔が険を帯びた。

「いや。米英は国民革命軍を抑えに出るだろう。そのために来たのだ。檜にも援護するよう呼びかけるだろう。そのとき、奴らはどうするか——」

口の中でつぶやく。海軍が応戦することを願っているのか、日本政府のとった安全策に従って海軍が戦火の犠牲となることを願っているのか、感情を一切排した利平の表情から窺い知ることはできない。

凄まじい砲撃音が轟いたのは、この翌日、午後三時過ぎのことである。レシーバを耳に当てていた音三郎は震え上がり、傍らにあった受信機を守るように抱えた。軍人がふたり、幌の外に飛び出していった。すぐに戻って、「米国艦船が市街に砲弾を放ったようです」と利平に報じた。

「貸せ」

利平は、音三郎を押しのけ、レシーバを耳に当てる。しばらく信号音を聞いていたが、ややあって舌打ちをした。

「檜は砲撃せず。米英の要請にも応えんつもりだ」

再び砲撃音が鳴り響いた。空気振動がトラックをも揺るがす。音三郎はふと思い立ち、利平の手からレシーバを取り返した。

「おいっ、勝手なことをするな」

檜に打電するとでも思ったのか、利平が血相(けっそう)を変える。

「この機械で送信はできん。ただ音の聞こえを確かめるだけだ」

これほど衝撃波が轟く中で、受信音声が正しく受け取れるか調べたかったのである。耳にレシーバを当てる。思った以上に乱れが生じている。ところどころで音声が途切れ、ガーッと波状の雑音が入る。これでは確実な受信とは言いがたい。

――戦地で使うとなると、砲撃や銃撃に同調せんよう工夫が必要かもしれん。

頭の中に課題を並べていくうち、市内ではおそらく死傷者が出ているという現実が、絵空事(えそらごと)のように遠のいていった。

砲撃音は、日が暮れるまで断続的に響いていた。しかし檜は砲撃を米英に任せ、ただ静観するに止(とど)まったらしい。

「これで日本軍は列強から見下される」

利平は苛立たしげに吐き捨て、しかし結局なんの手出しもせぬままに、翌二十六日、南京を離れて奉天を目指すことを一隊に指示した。

後日、南京攻撃により日本側に死者が出たこと、また日本領事館に留まった海軍陸戦隊の責任者であった荒木亀男大尉が責任をとって自殺を図ったことを、伝え聞いた。

出張所で山室はそれを報じた新聞に目を通しながら、

「これで日本の外交は、強硬路線に切り替わるかもしれませんね」

と、あくび交じりに言った。

三

砲撃音などの騒音に同期することなく、正しく検波するにはどうすればいいか——南京遠征で得た課題を、この半月ほど山室とともに模索している。「満州での通信は日本よりだいぶ厄介ですよ。場所によって電波障害が出る」と、山室は電波調査の結果を記録した帳面を睨みながら、鼻の頭に皺を寄せた。

「送信機の出力をもっと強くしたほうがいいでしょうね。ただそうなると傍受される可能性も高くなるから一長一短というところではありますが」

「ダイヤルでより細かに波長を変えられるよう設定できればいいが、調整は容易じゃあないからな」

音三郎が言うと、山室は容赦なく首を振った。

「波長の帯域をよっぽど絞り込まなければ無理でしょうね。海外送信用に短波はすでにあちこちで試験的に発信されています。もちろん、郷司さんの真空管無線機ほどの性能ではないにしても、関東庁逓信局も米英の電信会社も相応の機器を開発しているはずです。技術開発というものは、一時たりとも休まんのですから油断はならんですよ」

ずり落ちてくる銀縁眼鏡を中指で押し上げながら、彼は弁舌を振るう。もっともな論である。近い将来、短波よりさらに短い波長の通信がかなうかもしれない、というところまで来ているのだ。気が遠くなるようだった。真空管受信機を実地で使うこともできていないのに、次なる開発を手掛けなければならないのだから。まるでいたちごっこだ。世界中の技術者が日々全速力で走りながら、時代から一番手だ二番手だと順位をつけられている様を想像する。その順位は恒久的なものではなく、ほんの一瞬の仮の位置づけだというのに、誰もが峻烈(しゅんれつ)な競争をやめようとしないのである。

満州で売られている日本語新聞は、蔣介石が上海で反乱を起こしたという報を伝えていた。国民革命軍は南京に反共国民政府を樹立したのち、武漢(ぶかん)に置かれた政府と対立の構えをとったのだ。日本軍がこれにどう関わっていくつもりなのか知りたかったが、関東軍からはあれ以来なんの音沙汰(おとさた)もない。

「きな臭くなってきたなぁ。実戦で受信機が使われるところは見てみたいが、戦争に巻き込まれるのは、僕は嫌ですからね」

山室は戦争の二文字に突き当たるたび、首をすくめる。

「海軍には通信兵までいるんだ。そう悠長なことは言っておられんだろう」

「そりゃあそうですけど、僕らが関東軍から呼ばれたのは、その通信兵育成の役目を担うためでしょう？　技師が戦地に行ったたって役には立たないですよ。軍人みたような訓練を受けてないんですから、必ず足を引っ張ります」

「まったく君は、どこにおっても変わらんな。自分の興味あることしかやろうとせん」

苦言を呈すや、山室は頰を弛めた。

「それは、郷司さんも一緒じゃないですか。爆薬に囲まれたあの十板で、無線研究をやり通したんですから」

「……それは小岩さんから与えられた役目で」と音三郎が反論したとき、備え付けの電話がけたたましく鳴った。山室が立ち上がって受話器を持ち上げ、

「郷司さん宛てです。また、名乗らんですよ」

と、不服顔を見せる。おそらく関東軍からだろう。音三郎は慌てて席を立ち、受話器を耳に当てた。が、聞こえてきたのは聞き覚えのない声だったのだ。

「郷司音三郎さんですね。はじめまして。私は楊、と言います」

流暢な日本語だが、抑揚に独特の癖がある。中国人だろうか。音三郎はおのずと口をつぐんだ。知らぬ男、しかも中国人が、事務所の番号と自分の名を知っていることを訝しんだのだ。

「聞こえていますか？　けっして怪しい者ではありません。郷司さんのお名前は、日本の弓濱氏から伺いました」

「えっ」

と、大きく喉が鳴った。山室が顔を上げたのが目の端に映る。

「とても優秀な技師がいるから紹介したい、と弓濱さんからご連絡をいただいたのです。私は、中国国内で無線関連の事業を起こしています。もしよろしければ、一度郷司さんにお話を伺えないかと思い、こうしてご連絡させていただきました」

「事業？　民間ですか？」

山室の視線を避けるように背を向け、声をひそめた。

「ええ、もちろん。中国国内では、民間の通信会社が水面下でしのぎを削っていることをご存じでしょう。もう官営だけに任せておける時代ではない。欧米資本が介入している中で、独自に無線局を立ち上げようという企業も多く出てきています。フェデラル社というアメリカの無線通信会社をご存じですか？」

「ええ。もちろん」

「中国政府はフェデラルと契約を結ぶことに決めたようですが、私たち民間業者は国家の独占を妨げて、独自の無線網を引くべく努めています。その上で、あなたのような専門家のご意見を伺いたいと思いまして」

音三郎は応えあぐねた。魅惑的な申し出ではあるが、話の信憑性に確信が持てなかったのだ。もし弓濱が裏で糸を引いているのなら、前もって自分宛てに彼から連絡があるのではないのか、と疑い、しかし島崎老人のように楊もまた音三郎を操る役目を任されているのかもしれないと考え直す。満蒙の無線権益を得るために、弓濱が動きはじめてもおかしくはない頃合いだった。

「今ここでお返事を、ということではございません。私がいきなりお電話したのですから」

楊はこちらの戸惑いを見透かしたように遠慮をみせ、けれども、

「お電話ではお話しできないこともありますので、一度お会いできませんか」

と、強引な一面を覗かせつつ話を引っ張った。一旦考えさせてくれ、と普通であれば返すところである。が、楊の口調はあくまで陽気で屈託がなく、音三郎の気持ちにもふと弛みが生じてしまったらしい。

「わかりました。いつがよろしいですか」

気付けばそう、返事をしていたのだ。

「では来週の木曜日。出張所にお伺いしてご迷惑になっては申し訳ないですから、場所はあなたのアパートにいたしましょう。よろしいですか？」

初手からずいぶんと踏み込んでくる。再び警戒心が湧いたが、外で会うのは音三郎にしても不都合だ。他に適当な場所もないだろうと腹を決めた。

「構わんですが。では、住所をお伝えしましょう」

「いや」

と、楊は遮る。

「アパートの住所は存じております。夜の七時にお伺いします」

まるで行楽の約束でもするように朗らかに告げると、こちらの返事を待たずに彼は電話を切った。受話器を手にしたまま、音三郎はしばしその場に佇む。

「誰からです？」

早速訊いてきた山室に、「関東軍だ」と、隠す必要などないのについ偽った。楊と名乗る正体の知れぬ中国人が、この出張所どころか音三郎の住居まで把握していたことに薄気味悪さを感じていたのだ。アパートは渡満後に決めたもので、もちろん弓濱には報せていない。借り上げ手続きのため十板には住所を報せてあるが、例えばそれを島崎老人が入手するというのも、現実的には不可能なはずだった。

「今度はどんな注文です？」

山室が呑気（のんき）な声を放ってくる。

「いや。まだ具体的な話じゃあないようだ」

適当にかわし、事務所の窓を開けて思うさま息を吸った。不可解に囚われているはずなのに、眼下に広がる見慣れた町の景色がいつになく活気づいて見えるのが奇妙であった。

約束の日、楊は時間を違（たが）えず音三郎のアパートの戸を叩いた。

緊張に汗ばんだ手でドアを開けると、意外にも若い男が立っている。三十をいくつか過ぎた程度だろう。筋肉質な長身に白いシャツが嫌みなほど似合っており、小麦色の肌や漂白したような白い歯はこちらに気後れを生じさせるほどの健やかさだった。

「你好（ニイハオ）。我叫楊東（ウオージャオヤンドン）」

朗らかに言って、音三郎に右手を差し出した。握手をすると、意外にも帆布（はんぷ）のように硬い触感が伝わってくる。あどけなささえ残る爽（さわ）やかな笑顔とその手触りは対照的で、それが音三郎にいくらかの警戒を植え付けた。

ベッドとテーブル、少量の書物しかない部屋を、楊は素早く見渡した。そうして窓から離れた壁際に一脚だけ置かれた椅子を指し、「かけてよろしいですか」と淀みない日本語で訊いた。

音三郎は、「こちらのほうが明るいですから」と、窓辺のテーブルへと促したが、楊は頑なに「私はここで」と言い張り、壁際の椅子に腰を下ろしてしまった。やむなく音三郎は、テーブルを楊の前に移し、向かい合って腰掛ける。が、すぐに、

「あ、お茶。お茶もお出ししないで」

と、慌てて立ち上がった。ひとり暮らしは、生まれてはじめてのことである。実家を出てからも長らく寮住まいか、もしくはミツ叔母にフジツボのごとく貼り付かれていたために、自ら客人をもてなした経験がない。そのせいでどうにも気が利かない。

「いえ。結構です」

すぐに楊の声が追ってきた。

「私は外での飲食は控えております」

あくまでもにこやかに告げる。意味を汲めずにいると、「昨今は物騒ですからね。ほうぼうで戦闘が起こっていますでしょう」と、楊は人差し指で額を掻いた。確かに国民革命軍が進攻し、各所で衝突を起こしているが、それが楊の身に危険を及ぼすことに繋がるとは思えなかった。音三郎はふと窓へと目を放る。最前、楊が窓辺に座るのを拒んだのは、外からの視線を避けるためなのか――。

「それで、ご用件というのは」

音三郎は椅子に腰を落ち着けると、早速切り出した。用心深く、楊の表情に目を凝らす。

「お電話でもお伝えした通り、郷司さんのことは弓濱さんから伺いました。私が無線事業を興していると彼に報せた折に、あなたのお名前をいただいたんです。素晴らしい無線を作る技師がいる。逓信省の技師をしのぐ技術を持っている、と。中国国内には無線に関してそこまで長けた技師はおりません。それで是非あなたにお目に掛かりたいとお電話をさせていただいたという経緯です」

音三郎はわずかな引っかかりを覚える。「逓信省をしのぐ技術」という断言が、弓濱らしからぬように思ったのだ。

「このアパートの住所も、弓濱さんから？」

「いえ。弓濱氏はそこまで知り得ませんでした。出張所の場所だけ教えていただき、勝手ながらこちらで調べさせていただきました。日本人に住まいを周旋する仕事をしている知人がおりまして、存外たやすく目星がつくものですから」

そう簡単に調べられるものだろうか、と疑念が湧く。異国とはいえ、旅順にいる日本人は少なくない。音三郎と同時期に街中のアパートに入居した日本人だけでも、相応の人数いるはずなのだ。

――もしや、行動を監視されていたのだろうか。

「あの、失礼ですが、楊さんと弓濱さんのご関係を詳しくお教えいただけませんか？」

そう口にした途端、既視感を覚えた。はからずも同じ質問を、相手を変えて投げかけてきたことに気付いたのだ。弓濱に見入られた己の半生を思う。横隔膜の辺りが、厚い雲がかかったように重苦しくなった。

「彼が以前満州にいたことはご存じですか」

楊は柔らかに語りはじめる。ドアを開けた瞬間から彼は、なんの濁(にご)りもない笑みを片時も絶やさないのだ。

「はい。南満州鉄道敷設の頃だったと聞いています」

「私は当時、線路を敷くために駆り出された人足(にんそく)でした。もっともまだ子供でしたが、石を運んだり地面をならしたり。家が貧乏でしたからやむなく労働に従事したのです」

同じだ、と思った瞬間、凝り固まっていた総身からいくらか力が抜けた。楊の身なりや身のこなしを見て、おそらくは裕福な家に育ち、十分な教育を受けてきた若者なのだろうと推量していたが、彼は十板の研究者たちと違う。家計を助けるために、幼い頃から働きに出されるという、自分と似た道を辿ってきた男なのだ。

「では、日本語はそのとき覚えられたんですね」

問いかけた口振りにも、つい親しみが滲んでしまった。

「ええ。弓濱さんから教わりました。もっとも教わったというより、彼と話しているうちに自然と覚えてしまったのですが」

「弓濱さんの帰国後も、ずっとお付き合いが?」

「いえ、時折連絡をとる程度です。以前は時候の挨拶程度の手紙を送るだけでしたが、私が無線関連の仕事に就いてからやりとりが頻繁になりました」

「それは、いつ頃の話ですか?」

楊は人差し指でこめかみを突(つつ)いたのち、告げたのだ。

「十年近く前になるでしょうか。一九一九年のことですから」

一九一九年――大正八年といえば、音三郎が大都伸銅を辞めて十板に移った頃だ。大きな溜息が出た。弓濱は満州の資源に目を付けて、商売に生かそうとしているとばかり思っていたが、それだけではなかったのだ。当時からもっと先を見据えていたのだ。

楊が、思案に潜る音三郎を不思議そうに見ている。「失敬」と、音三郎は繕い、話を続けるよう促した。

「先日、お電話で申し上げた通り、中国における無線の利権争いは、ここへ来て激化しています。国を挙げての競争に発展していると言ってもいいでしょう」

大正十年以来、日米中の三国が無線電信の独占権を巡り揉めていることは、周知の事実である。はじまりは日本の企業・三井物産が中国海軍部と中国国内の無線電信の独占権を獲得したことだった。その年限、三十年。ところが米国のフェデラル無線電信株式会社が参入の意を示すや、中国政府は呆気なくそちらになびいたのである。交通総長に就任したばかりの葉恭綽が日本との契約を知りながら、それを反古にして米国との話し合いを進めたというのが真相だという。これに対し、日本側はフェデラル社との契約を見直すことを要求。その代わり、双橋無線電信台を日、中、米、三カ国の共同経営とすることは了承するとして、米国への配慮も見せた。

ところが中国は、この譲歩案も有耶無耶にしたままフェデラル社と契約し、無線電信台建設を進めようとしたのである。米国から上海に多数の技師が送られているのを嗅ぎつけた駐北京日本公使が猛抗議してこれを阻止したものの、中国側はあくまでも米国との事業を推し進める構えなのだろう、のらりくらりと追及をかわし、現在に至っている。

「楊さんのおっしゃる国を挙げての競争で、日本は幾度も中国に裏切られています」

楊は悠然とシャツの胸ポケットから煙草ケースを取り出した。螺鈿細工が施された、高価そうな品である。それを開きつつ、彼は言った。

「つまり、中国における『契約』は、日本国内で認識されているほど確かなものではない、ということです」

「三井物産との約束を反古にしたのも、別段特殊なことではない、と」

「ええ。一旦契約を結んでも、より条件のいい相手が現れればたやすく乗り換えます」

「それじゃあ、契約の意味がないじゃあないか」

音三郎はそう返しつつ、先だって南京まで出張った折の、利平の言葉を思い出していた。

支那人はいかに友愛を示したとて、平気で裏切るということだ——。

しかし政治軍事の場だけでなく、商業の場で契約反故が行われるのでは話にならない。契約を交わす場合、たいがい踏み込んだ技術のやりとりもなされる。それを簡単に白紙に戻されては、無償で重要な技術的情報を相手に教えるも同然である。

「しかしこれは考えようによっては、好機となり得るのではないでしょうか」

楊の態度は依然、堂々として揺らぎがない。

「三井物産が切り捨てられつつある今、新たな事業主が登場し、それがフェデラル社より優れていた場合、中国はたやすく乗り換えるのではないか、と」

そこで一旦言葉を区切り、十分間をとってから、楊はおもむろに口を開いた。

「三井物産はフェデラル社が参入する三年も前に、中国と約束を交わしていたと聞きます。ですが中国側は門戸開放の原則に照らして、三井の訴えは受け入れがたいと切り捨てています。ご存じですか？　門戸開放を。中国は今や、諸外国に自由競争を呼びかけている。いや、呼びかけているというよりも、その舞台になることを望んでいるのかもしれませんが」

ケースから煙草を一本取り出し、マッチを擦って火を付けると、彼は深々と吸い込んだ。

「あなたがもし、大陸に無線網を作ることに興味がおありなら、この競争に参入するというやり方もあるでしょう」

自分の右頰が大きく痙攣するのを感じた。無線競争に参入する――遥か先の夢が、手元に降ってきたのである。これまでの苦労が一瞬にして昇華するような歓喜が湧き出した。しかし音三郎は、一も二もなく目の前にぶら下げられた餌に食いつくほど、若くも純真でもない。この歳になっても世事に疎く、商才や駆け引きとは無縁であったが、それでも、こちらからなんの働きかけもしないうちにうまい話が転がり込んでくるはずはないと、冷静な自分が足踏みをしている。

かつて弓濱が、大阪電燈の発電所建設に手を挙げろと、大都伸銅に発破を掛けに来た日のことが卒然と思い出された。あのとき同様、今度は楊を使って無線に通じた技師に片っ端から声を掛けているのではないか。そうやって争わせ、もっとも優れた技術を押さえようとしているのではないか――。

「楊さんは、弓濱さんからどのような指示を受けてらっしゃるのですか？」

思い切って音三郎は直截に訊いた。「指示？」と、楊は、その少年のような黒目がちの瞳を一回転させ、笑みをたたえてかぶりを振った。

「指示など受けておりません。彼にはお世話になりましたが、私の上司ではありませんから。ただ単に、郷司さんを紹介していただいただけです」

「紹介といったところで、なぜ私だったのか……。弓濱さんからはなにも連絡をいただいていないんですよ」

やはりまだ音三郎には、訝しみの欠片が引っかかっている。

「簡単なことです。先程お話ししたように、私が日本の優秀な無線技師を紹介してほしいと、直接彼にお願いしたからです」

「しかし弓濱さんは私の技術に関して子細を知らないはずだ。十板での開発は一切表には出ていませんから」

下手に利用されてたまるか、と必死に頭を働かせる。楊の表情のすべてを読み取ろうと目を凝らす。

「それこそが、あなたの技術の素晴らしさを物語るのではないですか」

楊は寸分の躊躇もなく答えて、舞いでも舞うような仕草で足を組み替えた。

「確かに弓濱さんが軍需機関での開発内容を子細に知ることは不可能でしょう。開発内容が外部には一切漏れていないというのも当然の話です。ですが、あなたはその第一線の研究機関で、何年もの間無線の開発を任され続けている。仮にろくな功績を挙げていなければ、とうに開発から外されているはずだ。それが、室長という肩書まで与えられているではないですか。つまり、十板に必要な人材だということが、それで十分に証されるわけです」

十板での自分の役職名まで把握されていることに、音三郎は身震いする。

「一流の砲兵工廠で行われる開発が、民間に劣るはずはない。海軍や逓信省と同等の開発水準だと見るのは妥当な話です。それを牽引しているのが、あなただということも」

こちらの立場をそこまで理解した上で、敢えて民間に引き抜こうというのだろうか、と音三郎は怪しんだ。それだけの自信が、この若者にあるということなのか。

「技師や研究者というのは、私なぞには考えもつかないような複雑な機械構造を生み出す割に、それを広めることに関しては不得手です。製品を完成させればもう満足で、技術の利用価値を伝える弁舌を持たない方がほとんどです」

楊は本音に冗談の粉をまぶして、音三郎を挑発する。

「ですから私は代わりに、技術を広める役を請け負いたいと考えておるのです」

「ただ私は、あなたの会社の実態をなにも存じ上げません。失礼ですが、会社の規模は、どれほどなのでしょうか」

「まだ社員百名ほどの小さな会社です。その分、上に通さずとも私の一存で決められることが多々あります。開発した製品を速やかに製作できるのが利点です」

大都伸銅時代のように会議を通す苦労がないとなれば、開発に力を注げる。楊の傍らで働く利点を即座に浮かべてしまい、音三郎は慌ててかぶりを振る。

「しかしフェデラルや三井のような大企業ではない御社が、中国国内での無線利権を得るのは簡単ではないでしょう。何年かかるかわからない。具体的な見込みはあるのですか?」

訊くや楊は、弾けるように笑い出したのだ。

「研究者のもうひとつの特徴ですね。ご自分の開発には嫌というほど時間をかける癖に、それを実現化するときにはやけにせっつく。一刻も早く、自身の研究成果をその目で見たいと焦るのです。おかげで私はいつも各方面に尻を叩かれていますよ」

満州の滞在期間があらかじめ定まっているため訊いたのだが、そんなふうに笑われて音三郎は押し黙った。楊はこちらの不機嫌を察したらしく、「失敬」と未だ笑みを残した口元で告げてから、「さて」と首を回すや立ち上がった。ひとつ背伸びをしたのち、胸のポケットに煙草ケースをしまい、代わりに小さく折り畳んだ紙片を取り出す。

「私の連絡先です。けっして無理強いはしません。ただ、もしご興味がおありならいつでもご連絡ください。私は、あなたの技術力に興味があります。その力を我が社に貸していただければと思っています。あとは、あなたの意志にお任せします」

柔らかな声と一緒に、紙片を差し出した。音三郎が受け取るや背を翻し、

「再見」

と軽やかな声を残すと、細く開けたドアからまるで猫のように身を滑らせた。

四

「どうやら蔣介石の背後には大財閥がついているみたいですね。その資金援助を受けて、急に躍進したそうですよ。考えてみればそんなことでもなけりゃ、武装も整いませんからねぇ」

山室はこのところ、暇を見つけては中国国内の覇権争いについて調べている。無線の調査も

受信機の改良もおおかた終わりましたから少しは政情に通じておこうかと思って、と勤務中に新聞を開くたび、もっともらしい言い訳をするのだ。

「財閥？　中国のか？」

「そりゃそうです。日本の財閥が協力するはずはない。陸軍は張を使って満蒙を手に収める肚ですからね。蔣介石の後ろ盾になっているのは、浙江財閥だと聞きますよ」

聞いたことのない名であったが、「郷司さんは相変わらず世事に疎いなぁ」と嗤われるのも癪だから、音三郎はあえて受け流した。

「ただですね、これにはどうも裏があるようなんですよ。浙江財閥を動かしているのがアメリカだという噂もあるんです。新聞によるとアメリカは、これまで中国統治に乗り出していたイギリスに代わって、覇権を取ろうと積極的になっているらしくて」

無線に関してもアメリカは主導権を取ろうとしているくらいである。あり得る話かもしれない。

「蔣介石は、南京で騒動を起こしましたよね。そら、郷司さんが関東軍と一緒に出掛けていったときの戦闘です。あのときは郷司さんが神隠しにでもあったんじゃないかと心配して、僕はアパートにも帰らずにここに詰めたんですからね」

南京から戻って以来山室がなにかと口にする、恩着せがましい繰り言である。

山室とは住処を分けている。出張所で一日中一緒に過ごすのに、仕事を終えても相部屋で顔を突き合わせるでは息が詰まると考えて、一部屋ずつアパートを借りたいと、音三郎が出国前に十板に申請したのである。「そいつはありがたい。家に帰ってまで郷司さんと一緒じゃあ、休まりませんから」と、山室も冗談に包んだ本音で、共同生活が回避されたことを喜んだのだ。

「南京侵攻という暴挙に対しても中国政府が蔣を不問に付したのは、アメリカが裏で配慮を願い出たからだと聞きますよ。財閥側も現政府に不満を募らせているようですから、蔣介石と利害が一致したのかもしれません。上海総商会は全面的に国民革命軍支援に乗り出しているといいますから」

上海総商会、と音三郎は手元の紙片に書き付ける。今度、楊に会うことがあったらどれほどの財閥か聞こうと考えた自分に気付いて、息を詰めた。まだ彼とともに働くことを決めたわけでもないのだ。

「蔣介石の配下にあるのは、各所の財閥の傭兵(ようへい)だそうですよ。蔣介石の軍はかなりの増強がかなったんじゃあないですかね」

「張作霖も危うい、というわけか?」

張は、馬賊の長からのし上がった人物である。学校教育もろくに受けぬまま、国内でその名を知らぬ者がないほどの権勢を誇る男である。その点で音三郎は、張に対していつからか勝手な共感を抱いている。財閥を後ろ盾にした蔣介石なぞに屈することなく頂点をとってほしい、と半ば自らの運勢を託すような気持ちで動向を窺っているのである。

「いやまぁ、張作霖は関東軍という後ろ盾がありますからね。そう簡単には音(ね)を上げんでしょうが。ただ、こう勢力図が頻繁に変わると、この先どうなることやら……」

楊が進めている無線計画も、国内情勢によって左右されるのだろうか、と不安が兆(きざ)した。一度、彼に連絡を入れてみるか、と思い、その前に弓濱か島崎老人に手紙をしたため、楊についての情報を得たほうが安全かもしれないと思い直す。

惑うばかりで結論が出ぬうちに木々が芽吹き、季節は春から初夏へ移ろうとしていた。

音三郎のもとに、一通の手紙が届いたのは、その五月のことだった。差出人は佳子である。

〈養子をとりたい〉

簡単な時候の挨拶のあとに、唐突にそう書かれてあったのだ。

考えもしなかった懇願に音三郎は唖然（あぜん）となったが、子に恵まれぬうちに夫が満州へ赴任し、女ひとりで家を護るのが心細くなったのかもしれない、と理由（わけ）を想像した。佳子は今や郷司の姓を名乗ってこそいるが、胸の内では菱川家を背負っていることを、音三郎は痛いほどに感じている。勤め人に嫁いだ姉に代わって、菱川家のために早く男の子を授からねばという責務も、結婚当初から口にしていたのだ。しかし佳子はまだ二十五であり、音三郎ももう少しで帰国の途に就くのである。養子に関しては結論を急がずともいいだろう、とその旨したためて、東京に返送したのだ。

だが程なくして再び手紙が届き、姉がこの秋に子を産む予定で、その子が男の子であれば是非養子に欲しいと考えている、姉のところにはすでに男の子がふたりあるから、と重ねて訴えてきたのだった。頑なで性急な妻の様子に違和を覚えぬでもなかったが、万事自分の思い通りに運ばねば気が済まないのが佳子である。あれほど義兄のことを軽侮（けいぶ）していたのに、その血を引いた子を欲するとは、家を繋いでいくことへの執念のなせるわざであろうと、音三郎はそれより他に生きる道のない女という生き物に憐れを感じた。

ふとミツ叔母の顔が浮かぶ。醜い皺を刻んだ顔だ。あの女は、なにを支柱にして生きていたのかと思い、いや、はなから支柱などないのだと苦笑する。ただただ野垂れ死なないように他人に寄生していただけだ。理念も思想もなく、旨い餌を食わせてくれる人間を嗅ぎ分ける鼻だけで生きていたのだ。逆に言えば、あの程度の人間でも、子を産むことはできるのだ。自分とあの女との関わりを思い、改めて怖気立った。血の繋がりなど、実際のところなんの意味も持たぬものだ、生きる上でなんの影響も持たぬものだと、懸命に唱えて、自らを落ち着かせた。

音三郎は大きく息をついたのち、ひとりきりのアパートで筆を執る。

〈養子の件、其方がよければ当方は異存なし〉

近況をしたためたのち、そう付け足したのだ。子を得たとしても、音三郎には託すべきものなどなにもなかった。自分の内に芽吹いた野望は自分の手で叶えなければ意味がない。自分が果たせなかったことを子に託すという行いは美談めいて聞こえはするが、その実、独善的で押しつけがましい行為ではないか。なにしろ子供が、親と同じ夢や目標を持つとは限らないのだ。血の結びつきほど曖昧なものはない。それをよすがに生きることほど、悲しいことはない。

楊に連絡を取る気になったのは、この養子の件で、音三郎の内にある技師としての野心に火が付いたからかもしれない。関東軍からあれ以来なんの要請もなく、時間を持て余す中で、新規の事業を垣間見たいという欲が湧いたからでもある。弓濱に真意を訊いたところで、返事がいつになるかわからない。それよりも自分の目で、楊を見極めようと決めたのである。

電話は、山室が表に出た隙に、事務所からかけた。交換手に向かって、拙い中国語で楊の名と番号を告げると、さほど時間をおかずに繋がった。音三郎が名乗るや、楊はまるで旧知の友に語りかけるように言ったのだ。

「決心に、だいぶ時間がかかりましたね」

年若い男に上からものを言われた気がして、音三郎は口をつぐむ。

「一度、お目にかかりましょうか。私がそちらに伺いますよ」

「いや。まだ決心したわけではないんだ」

意志とは異なる冷ややかな返答をして、音三郎は相手の出方をはかることにした。

「そうですか。では、どういったご用件で？」

楊は別段気落ちするふうもなく、さっぱりと切り返した。これには音三郎のほうが動じ、とっさに、

「中国国内の情勢がどうもものものしいので、気にしておるんです。あなたはこちらの方ですし、詳しいことをご存じじゃあないかと思いまして」

と、出任せを口にしてしまった。受話器の向こうから軽やかな笑い声が伝わってくる。

「ご存じの通り、私は無線会社に勤める身です。軍部とはまるで縁のない人間だ。詳しいことは存じません。ただ伝え聞くところによれば、蔣介石はだいぶ勢力を拡大しておるようですな。いずれ徐州をとるのではないかともっぱらの噂です」

「今、一番勢力を得ているのは、蔣介石ということですか？　張作霖よりも？」

さぁどうでしょう、と楊はあくまで飄々と応ずる。

「蔣介石は武漢を経済的に封鎖したと聞きます。政府側の要人も今や蔣介石に歩み寄っているらしい。ただし張作霖も、蔣が武漢に目を向けているのを幸い、この隙にと南下して北京を占

拠したようですね」

北京は中国の首都である。「かの地を制圧したのなら、張作霖の力は衰えていないということでしょう」と音三郎は出国前に付け焼き刃で学んだ中国の地理と歴史に鑑(かんが)みて推論を口にした。もっとも自分の知識が、悠久の歴史と複雑な政情を背負ったこの国を理解するには程遠い、浅くて表層的なものだということは自覚している。

「ええ。ただし張の軍は、北京奪取の勢いをかって武漢まで進軍したようですが、国民革命軍の反撃に遭って潰走しております。これに対して」

楊は一呼吸置いた。

「日本はどう動くつもりでしょうか」

音三郎は言葉に詰まる。日本軍の動きについては、なにひとつ耳に入ってきていない。関東軍からも十板からもなんの指示もないのだ。それでも音三郎は思わせぶりに答えた。

「それは、私が申し上げることではありません」

「そうですか」と、楊は執着せずに話を引き取り、それから、

「近く、そちらにお伺いしましょう。無線局の話を少しでも進めたい」

少しく口調を改めて言い、六月一日の夕方と、日時の指定をしてきた。もとよりその件で連絡した音三郎に異論のあるはずもない。

「わかりました。私のアパートで」

了承して受話器を置こうとするのを、

「あ、それから」

と、楊が引き留めた。

「可能であればその際、郷司さんのお造りになった無線機を見せていただきたいのです」

「私の……ですか？」

「ええ。今、お手元にある無線機です」

さすがにそれは難しかろう、と音三郎は沈黙する。日本軍のために開発したものは、例外なく門外不出なのである。

「難しいことかもしれませんが」

返事をしあぐねていると、楊のほうが先に口を開いた。

「ただ、私どもとしても郷司さんがどういった機器をお造りになっているのか、また、どういった研究開発をなさっているのか、知っておきたいということもございます。むろん、弓濱さんのご紹介だ、心配はしておりませんが」

楊の言わんとすることはよくわかる。民間の引き抜きであれば、技師の能力をはかるために当たり前に行われることである。

「現在、我が社でも幾人かの技師に声を掛けている段階です。それで諸々精査が必要になってきたこともあります」

自分は、他の技師と比較検討されているのか——察するや焦燥に見舞われた。つまりは無線網の仕事を、他の技師に奪われる可能性もあるということか？

「これは失礼。身勝手なお願いをしてしまいました。郷司さんは軍需機関に身を置いておられる。そう簡単に製品や図面を見せるというわけにはいきませんな」

「いや……設計図くらいであれば」

気付けば音三郎は、そう口走っていた。

「どういった無線機を作っているか、概要程度であればお話しできます。もちろん、子細をお教えするわけにはいかんが」

「そいつはありがたい」

と、楊は声を華やがせた。

「社内でも、具体的な材料がほしいとせっつかれていましてね。では、今度、お目に掛かるときに」

楊は存外あっさり話を終い、電話を切った。必ず設計図を用意してくれ、製品検分も必須だ、なぞと執拗に念押ししなかったことが、音三郎の警戒を和らげた。彼は別段、音三郎の技術を盗もうという大それた魂胆ではないのだ。単純に、実力をはかりたいのだ。つまり無線網の計画は、実用に向けて具体的に動き出しているということだろう。

――楊が他にどんな技師を集めているか知れんが、誰にも負けない仕事を自分はしてきたはずである。

受話器を置いた。漲っていく力を放散するように、思うさま伸びをした。

「あ」

戸口に振り向いた拍子に、喉が鳴る。そこに山室が立っていたのだ。

彼は、猫のような目でこちらを見澄ましていたが、驚いた音三郎が両手を挙げたままの格好で動きを止めると、

「珍しいですね、郷司さんの息抜きしてる姿をはじめて見ましたよ」
と、いつもの剽げた調子に戻った。「別段、息抜きじゃないさ」と動揺が表に出ぬよう繕った音三郎に、「さては僕がいないときは、そうやってくつろいでるんですね」と、山室は屈託なく言い、自分の席に着いた。

――電話を、聞かれたか？

不安になったが、それを糺せば自分から打ち明けるようなものだ。山室は「ああ、疲れた」と、首を回してから、電話のほうに素早く目を走らせた。それも一瞬のことで、彼がなにを察したものか、その表情から判じることはかなわなかった。

昭和二年、五月二十八日。日本軍による山東出兵が決まった。蔣介石率いる国民革命軍の北伐を阻止するため、ついに日本は約二千の兵を大連から青島に送り込むことにしたのである。表だった内政干渉は行わないだろうと思い込んでいた音三郎にとって、日本政府のこの決定は意外であった。山室もまた、「ここも僕は静観すると思ってたんだけどなぁ」と、新聞片手に幾度も首を傾げている。

戦況を気にしながらも、音三郎は楊に見せる図面に手を入れていた。はじめは概要だけしたためたものを渡そうと考えていたのだが、技師として、開発者としての力量を、強く印象づけたいと欲が出てきている。

「山室。すまんが、君がまとめた旅順、大連周辺の電波状況に関する資料を見せてくれんか」
命じると山室は、銀縁眼鏡の奥の目を光らせた。

「関東軍からの要請ですか？」

「ああ。そんなところだ」

楊に調査結果を見せた上で、波長が重複しづらい受信、送信機を作ったと示すためなのだが、そんなことは到底言えない。「別にいいですけど」と、山室は肩をすくめた。

「僕も、関東軍に通信情報部を作る手伝いでこちらに渡っているんですよね。だったら、関東軍からの依頼を共有してもらってもいいような気がするけどな。南京遠征にも呼んでもらえませんでしたし」

机の抽斗（ひきだし）から帳面を取り出しつつ、宙に向かって恨み言をつぶやいた。

「南京遠征は急だったから仕方なかろう。私ひとりで来るようにという命令だったんだ」

「それはそうですが、その後も僕は関東軍司令部に出入りすらできませんよ」

「こっちも、数えるほどしか呼ばれていないさ」

山室が渋々差し出した帳面を受け取ろうとすると、彼はすっと腕を引いてそれを抱え込んだ。

「おい。ふざけちゃいかん」と、笑いかけた音三郎に、山室は蛇のような目を貼り付けて言ったのだ。

「本当に、関東軍に渡すんですか？」

息が止まった。山室の真意を読み取ろうと目を見開く。と、彼は不意に笑みを上らせた。

「僕に先んじて十板に送って、さも自分が調べたように報告するつもりじゃあないでしょうね。出世する人ってのは、平気で部下の手柄を横取りするからなぁ」

冗談口を叩いた。音三郎は密かに安堵の息をつく。

「くだらんことを言うな。十板には送らんよ。どうせ、もうすぐ帰国するんだ。そのときに見せれば済むことだろう」

安心が過ぎたのかもしれない、いつになく砕けた調子になった。

「じゃあ、そのときは僕が主になって調査した表だと、ちゃんと報告してくださいよ。僕だって研究所で出世したいんですから」

山室はあっけらかんと笑ってから、嘆息した。

「しかし帰れるのかなぁ。山東出兵もはじまったでしょう。こんなごたごたしてる中で……。関東軍との仕事も宙ぶらりんなままですしねぇ」

確かに、わざわざ無線の専門家を内地から呼びつけた割には、無線技術構築の動きは鈍い。中国情勢が定まらぬ中で、関東軍も出方を決めあぐね、細かな態勢まで整えられずにいるのが現状なのかもしれない。

「今後、陸戦での無線利用の機会も多くなるだろう。近く、関東軍も本格的に導入するさ」

その前に楊と話を詰めることだ、と腹の奥底で唱える。帰国までに、技師として楊に認められれば、その後の道筋は彼がつけてくれるだろう。うまくいったら、頃合いを見て再び満州に戻る。本格的に無線網設立に加わるのだ。弓濱はきっと後ろ盾についてくれる。十板を退くか否かは、状況次第だ。想像するだに無尽の可能性が開けた気がして、まだなにもはじまっていないのに、音三郎の内に、ここ何年も得たことのない充足感が広がっていく。

利平から関東軍司令部に呼び出されたのは、山室とそんな話をしていた二日後のことだった。電話を受けたとき出張所には音三郎ひとりであり、食事に出ていた山室に簡単なメモだけ残して、急ぎ司令部に向かったのだ。「また僕はお味噌ですか」と、戻ったら山室に仏頂面を向けられるだろう。

この日、通信情報部準備室で待っていたのは、利平ひとりだけであった。彼は、南京遠征をねぎらうことも、あれ以来連絡をとらなかった理由を説くこともなく、

「しばらく、司令部に詰めてほしい」

と、唐突に命じたのだ。

「司令部に？　出張所から通うのではなくてか？」

「ああ。ここで寝起きしてほしい。例の受信機と一緒にだ」

ずいぶん一方的で性急な話である。

「いつからだ？」

「今日から入れるか」

音三郎は慌ててかぶりを振った。明後日には楊と会う約束になっている。そのための準備もすでに済ませてある。反故にすれば、他の技師に仕事を取られてしまうかもしれないのだ。

「いや。出張所に仕事が残っていて……山室に先に入ってもらうというのはどうだ？」

そうすれば一石二鳥だ。山室が出張所を留守にすれば、楊とも気兼ねなく会える。が、利平はにべもなかった。

「駄目だ。君に入ってもらうという上からの命令だ」

「ならば出張所を空けると、十板に電報だけ打たせてくれ。仕事の進捗具合は定期的に報せなければならんのだ」

少しでも、司令部に入る時間を延ばそうという一心で頼んだのだが、利平は間髪を容れずに告げたのだ。

「十板の梁瀬さんも了解済みだ。菱川大佐から連絡が行っている。問題ない」

高圧的な物言いに反して、利平の顔にはどういうものか、哀れみを帯びた翳が浮かんでいる。彼は大きく息を吐いてから、整然と並んだ椅子のひとつに腰掛けた。音三郎もそれに倣い、向かいの椅子に腰を落ち着ける。

「四月の末に、首相が替わったことは、おまんも知っておるな」

不意に利平は国言葉を使った。かつての口調に接すると漆川の昔に戻ったようでもあり、けれどそう懐しむそばから、山の庚申塚や池田の工場にいたあの利平は、音三郎の知らぬところで目の前の男とは異なる人生を歩んでいるような気もしてくるのだ。勝友製造所の勝見のように、葉煙草工場の主人となって溌溂と職工たちを指導し、仕事が終わると従業員を誘って飲み屋に繰り出す。若い者たちを和ませ、励まし、時にくどくどと説教をして、少々煙たがられている中年の彼の姿を想像する。あの頃の利平に、年を経たその姿はとてもふさわしいように感じられた。

「若槻内閣が倒れて、元陸軍大将の田中義一が首相になったんじゃ。これがどのなことか、おまん、わかるか？」

音三郎は首を横に振る。そういえば、山室も先頃、内閣が刷新されたと騒いでいた。

「日本が支那に対して強硬な態度をとるようになるっちゅうことじゃ。今まで若槻と幣原外相で生ぬるいことをやっとったんが、一変するっちゅうことじゃ」

利平の目に不気味な光が灯った。電気のような明朗な光ではない。炉の熾火(おきび)に似た赤く爛(ただ)れた炎だ。

幣原喜重郎は、大正十三年に加藤高明内閣が誕生した折に外務大臣を務めていた人物である。そのとき協調外交を行うと明言した通り、戦争回避、平和主義の理念を貫いてきた。中国に関して内政不干渉を唱え、軍部の介入を阻み続けたのもまた幣原である。謂(い)わば軍部は、幣原に煮え湯を飲まされてきたわけで、中でも、この中国内乱の機に乗じて満蒙を手中に収めようと画策してきた関東軍にとっては、目の上のたんこぶだった。

「支那側が満鉄と並行して自弁の線路を敷いたことはおまんも知っておるじゃろう。満鉄並行線禁止規定があるのに、それを無視して、打虎山(だこさん)から通遼(つうりょう)まで、それから吉林から海龍(かいりゅう)まで、奴ら線路を引きよったんじゃ。吉田領事官が抗議してもまるで聞き入れられんかったんじゃ」

「吉田茂領事官か？　奉天におられる」

相当なやり手で、強硬外交を厭(いと)わぬ胆力の持ち主だと聞く。利平が頷くのを見て、ふと湧いた疑問を音三郎は口にした。

「けんど、加藤内閣の頃は盛んに満鉄を延長しとったゆう話じゃったが。長春から吉林までの吉長鉄道のあとに、三つばかり路線を延長したはずじゃ。満鉄に関して中国側は手出しができんとわしは聞いたけんど」

だからこそ弓濱は満鉄に固執しているのだ。島崎もまた、満鉄沿線は日本が死守すべきだという信念のもとに、音三郎の渡満に賛成したのである。

しかし利平は「支那っちゅうのは、そのに甘くない」と首を振ったのだ。

「今、ほうぼうで抗日運動、排日運動が起きとろう。日本人は「東洋鬼（トンヤンクイ）」っちゅう蔑称で呼ばれとる」

「ほなけんど、関東軍は張作霖を取り込んどるんじゃろう？　張が国内で勢力を保っておる限り、満州覇権は守られるはずじゃ。ほなけん、張に援軍を出すためこの度の山東出兵となったんじゃろう？」

するとと利平の顔がたちまち苦い汁を飲んだように歪んだ。

「満鉄並行線を敷くことに積極的じゃったんは、張じゃ。奉天では日本人新聞の発行まで止めておる。奴は権力を得て、手の平を返した」

あたかも仇（かたき）を語るような口調だった。音三郎は声もなく、旧友を見詰める。利平が、大きく嘆息した。

「おまんは、いくつになっても世の中っちゅうものを善意でしか見とらんのじゃな」

知ったふうな口振りに、不快を覚える。これまでの人生で、自分は汚いものもたくさん見てきたのだ。多賀井に請われて技術の売買に手を染めたこともあれば、ミツ叔母を手酷（てひど）いやり方で放逐（ほうちく）したこともある。醜い行いも山としてきている。善意のみでは生きられないことなど、とうの昔に理解している――そう言い返したかったが、利平の眼差（まなざ）しに突き当たって言葉を飲んだ。最前と同様、哀れむような目をしていたからだ。

「ともかく、山東出兵もはじまったけん、おまんにはここで、無線操作に専念してほしいんじゃ。早々に司令部に入ってもらいたい」

利平は淡々と話を前に進めた。これ以上拒むことはさすがに難しかろうと察しながらも、音三郎は食い下がる。

「わかった。けんど残務処理もあるけん、しあさっての朝にこっちに入るということではどうじゃ」

どうあっても、楊ともう一度会っておきたかった。自分の実績を、彼に理解してもらう必要があった。

「山室への引き継ぎもしなければならんけん。頼む。あと三日だけ猶予をくれ」

利平は渋い顔になったが、最後にはその条件を飲んでくれた。

「それにしても、関東軍の満蒙への思いは特別じゃな。陸軍とも海軍とも違うようじゃ」

安堵の中で、音三郎はつぶやく。

「そうかもしれんな。満鉄敷設の段、技師が鉄道を引いて、その周辺警護を関東軍がしよったじゃろう。一蓮托生(いちれんたくしょう)ゆうんか、そのな気持ちができたのかもしれん。満鉄のおかげで、日本にも莫大な利益がもたらされとるのは事実じゃけん。わしらは純粋にこの権益を死守したいと思うとる」

いい時代だった、と遠い目をして満鉄草創期を語っていた島崎老人を思った。若き日の彼は、技術とは人々の暮らしを明るく、豊かにするものだと信じ、希望をもって働いていたのだろう。時と共に満鉄が国と国との利権争いの火種になっていったことを、彼はどんな思いで見ていたのか。積極的に満鉄を利用しようという弓濱に比して、島崎は複雑な感情を抱いていたのではないか。だからこそ、自分からは表舞台に立とうとしなかった。積極的に後進の指導に当たることもなかった。ひっそりと暮らしながら、彼は、自らが構築した技術の結晶が軍に吸い取られていく様になにを感じていたのか。

「技術っちゅうのは、軍事力と同等に、国本を強くするのに欠かせないものじゃ。商売の上でも、戦争の上でもな。なにしろ、技術力で勝った国が戦争に勝つんじゃけん。わしら日本が一等国に君臨し続けるためには、軍事力と技術力のふたつがもっとも大事じゃけんな」

利平が立ち上がって、音三郎を見下ろす。「しあさって、よろしゅう頼むぞ」と、彼は言い置き、戸口に向かった。ドアを開けると、そこで待機していたらしい若い兵士が敬礼したのが見えた。利平はそれに応えて軽く顎(あご)を引き、後ろ手にドアを閉める。音三郎のほうには、かすかにも振り返らなかった。


出張所に帰ると、すでに山室が戻っていた。机に突っ伏すようにして書類を見ている。

「すまんな、留守にして」

言いかけて、音三郎は目を瞠(みは)る。山室が眺めている書類を引ったくるようにして取り上げた。

「なにをしているっ」

取り乱した音三郎を、山室は不思議そうに見上げた。

「なにって。郷司さんの机の上に置いてあったので、つい。僕も見ておいたほうがいいかな、と思いまして」

真空管受信機と送信機の設計図である。榻に見せるために用意しておいたもので、部品や真空ポンプの構造についても細かに書き込んだものだ。

「人の机にあるものを、勝手に見てはならん」

思わず、きつい物言いになった。山室がスッと目を細める。

「でも、十板で開発した無線機ですよね。別段、僕が見て悪いものじゃあないはずですよ。殿山さんも常々、情報共有は大事だと言っているでしょう？　雑音除去の改良に関しても子細に書かれているようだったので、僕もきちんと把握しておこうと見ていたんですよ。断りもなしに見たことは謝りますが」

「書類封筒に入れておいたはずだぞ」

山室の言は正論である。ゆえに音三郎には、どうでもいいような細かなことで非難するよりなかったのだ。

「すみません。机の上に置いてあるくらいだから、別に問題ないかな、と思いまして。そんなにムキにならないでくださいよぉ」

山室はいつもの呑気な表情に戻って、頭を掻く。これ以上責める理由もなく、音三郎は設計図を封筒に仕舞った。

「まだ不完全なものなんだ。いずれ書き上げたら、君に改めて見せるから」

苦しまぎれに言うと、

「そいつはありがたいことです」

と、山室は、鮮やかな笑みを音三郎に向けた。

「そうですか。しばらく司令部に」

アパートを訪ねてきた楊に経緯を話すと、彼はしばし沈思した。それから地平線の彼方を見澄ますように窓の外を見て、「これからの時代、無線の可能性は軍よりむしろ、民間にあるように思いますが」と、控えめにつぶやいたのだ。

「満鉄に沿って無線基地を造れば大きな展開になることは間違いないですからね」

壁際の椅子に深く腰掛けた楊は、そう言って溜息をついた。

「だが本当に、フェデラルに食い込む余地があるのでしょうか？」

音三郎は慎重に問う。向かい合って手を組み合わせ、楊の目の動きや指先の仕草までも見逃さぬよう瞳を凝らす。

「それはあなたの技術次第です。そのために今日、私はこちらに真空管受信機を見せていただきに参ったんですよ」

楊はぐるりと室内を見回した。受信機は木箱に入れて寝台脇に置いてある。音三郎がそれをちらと見遣ってから楊に目を戻すと、こちらを凝視している彼と目が合った。楊の口元から白い歯が覗く。音三郎は咳払いをし、「ただ、ご存じのように今現在私は十板の研究員です。その立場で民間事業に関わるのはどうか」と、一応の躊躇を示した。

「そう堅苦しくお考えになることはないでしょう。日本は満蒙権益に執心だ。軍部にしても民間企業にしても、それは同じことです。この大地の利権を得たい。無線局もその目的の延長線上にある。つまり方向性は同じわけですから」

「それは、そうだが……」

「だいいち、戦争というのは民間事業となんら変わりはないんですよ」

楊は不可思議なことを口にして、健康そうな小麦色の肌に、若者らしい艶（つや）やかな笑みを浮かべた。反して音三郎は「戦争が、民間事業？」と、頭の固い老人のような反復をしてしまう。

「ええ。国や軍部は戦争をはじめると、必ず『正義』を振りかざします。我々は正義のために戦っている、参戦するのは国際的、人道的に正しいことだ、平和のため、国民を守るために戦争をするのだ、とね。日清戦争でも日露戦争でも、日本国内ではこれに似たような喧伝がされていたのではありませんか」

音三郎は、若き日の利平が必死になって読んでいた新聞を思い起こす。それから、そっと頷いてみせた。

「しかし戦争というものは、正義を目的にして起こることはけっしてありません。国民を守るため、危機に瀕している他国を救うため、国際間の協調を保つため――そんなものはみな詭弁です。単なる建前です。国民に犠牲を払わせるための免罪符です。つまり、戦争における『正義』というのは、ただの目くらましと言っても言い過ぎではないでしょう」

あの頃の利平が聞いたらなんと言って怒るだろう、と思う。けれど関東軍に身を置いてすでに長い利平は、楊の弁を黙って聞き流すような気がした。

「日本軍が山東出兵まで行ったのは、満蒙の利権をみすみす手放すのは馬鹿げていると考えているからでしょう。ひと言で言えば、金儲けのための派兵です」

「ずいぶん乱暴な見立てだな」

音三郎は苦笑いを漏らした。

「いえ。けっして乱暴ではありません。張作霖にしたところで同じでしょう。彼は以前から積極的に満州の貨幣流通に介入しています。開拓後も満州は、慢性的な貨幣不足でした。商人が独自に作る、私帖（しちょう）という紙幣が流通していたくらいですから。しかし満鉄が敷かれたおかげで、穀物や資源の輸出がはじまり、いち早く外貨を得ることができました」

信次朗がかつて語っていた大豆の流通を思う。大阪に満州の大豆を専門に取引する問屋があるという話だ。まだ大正の頃だから、外貨もその時分から満州に流入していたのだ。

「張作霖は、その外貨に目を付けた。満州を統治すれば、外貨が手に入る。貴重な外貨を使えば、外国と自由に交易もできる」

「彼は貿易によって利益を得ていた、と？」

「いえ。商人のように込み入った儲け方はしません。もっと単純なことです。張作霖はその外貨を使って、自分たちに必要なものを外国から大量に買い付けた。なんだかおわかりですか？」

音三郎は首を傾げる。一呼吸置いて、楊が応える。

「武器弾薬です」

ああ、と間抜けな声が滑り出た。中国国内では製造不可能な最新兵器を、外貨を使って欧米諸国から仕入れ、いち早く軍備を整えていったということか。

「戦車は無論、航空機まで保持しているという噂もあります。蔣介石に中国財閥がどれほどの資金を提供しても、国内の技術でそれらの兵器を製造することは困難でしょう」

「それほどまでに堅固な後ろ盾があるなら、なにも張作霖は日本軍の援助を当てにすることはなさそうだが」

音三郎が疑問を漏らすと、楊は笑みを漏らした。壮健な彼に似ず、底意地の悪さが潜んだ笑みであった。

「確かにそうですね。張が日本の援助を常に必要としているとは限りません。日本軍、ことに関東軍は巧みに張を利用しているつもりでしょうが」

「張と関東軍の関係は、もやは蜜月(みつげつ)を過ぎたというのだな……」

身を乗り出した音三郎を、「さぁ。そこまでは私にはわかりません」と楊はあっさりかわし、寝台脇の木箱に目を流した。

「拝見できませんか？　あなたの技術を」

張作霖と関東軍とが仮に決裂したとしたら――音三郎は想像を巡らせたが、その先になにが起こるか、うまく見通すことはできなかった。単純に関東軍が張作霖に代わる協力者を得れば済むことだという気もしたし、満蒙を蔣介石や中国政府の手から守るには、国際的に通用する大義名分をでっち上げて彼らと日本軍が直接戦ったほうが確かな結果を生むのではないか、とも思う。

「……楊さん。あなたは私の技術を他に売るようなことはせんでしょうね」

脂下(やにさ)がった多賀井の顔を脳裏に浮かべながら、音三郎は慎重に訊いた。楊が、椅子の背に預けていた体をゆっくり起こす。

「私は、あなたの能力をこの目で確かめたいだけです。なにも受信機を持ち出して他所(よそ)に売ろうというのじゃありません」

「しかし、この真空管受信機は私が何年もかけて完成させたものです。今後、実用の可能性もある。簡単に設計を明かすわけにはいかんのです」

自分の技術力を楊に見てほしいという気持ちはある。いずれ、満蒙の無線網設立に関わりたいとも願っている。が、なんの確約もないまま設計を安く売ることははばかられた。

「私はなにも、真空管受信機を寄越せと申しているわけではありませんよ。先日もお電話でお伝えしたように、郷司さんがどの程度の技術をお持ちか、この場で拝見したいということです」

どの程度の技術、という言葉が、音三郎の奥深くを揺さぶった。すぐにでも設計図を取り出したかったが、かろうじて踏みとどまる。

「しつこいようですが、現物をお見せする前に、もう一度確認したい。楊さんは、今も弓濱さんと連絡を取っておられるのですね」

ええ、と楊は少しばかり首を傾けてから頷いた。

「今までの弓濱さんのやり方からすると、あなたに具体的な指示を出していると思うんです。つまり、私の使い方についてです。どんな企図があるのか、正直なところを、先にお教えいただきたい。彼にただ利用されるのは、技師として開発者として、避けるべきことですから」

すると楊は、晴天の下で宴会でもしているような明るい笑い声をあげたのである。それから、思いがけないひと言を放ったのだ。

「もちろん、弓濱さんはあなたを利用していますでしょう。自分にとって都合いいように、ね。あなただってそれをわかった上で、これまで自分の段階を上げる手段として使ってきたのではありませんか？」

こうあけすけに言われては、なにも言い返せなかった。

「弓濱さんは是が非でも満州権益を手にしたい。それによって莫大な利益を手に入れたいと願っています。私もむろん、利益を挙げねばならない立場にある。ただそれ以上に、無線というものが、満蒙の今後を左右する大きな可能性を秘めていると考えています。あなたはおそらく、ご自身の開発した技術をこの大地で試したいとお考えでしょう。未知の技術に携わることを望んでおられるはずです。その三者の利害が一致した。だから組んで仕事をする。少しもおかしなことはありません」

本当にそれだけだろうか。楊の言う通りだとしても、弓濱の思惑にはもっと複雑なものが潜んでいるのではないか。音三郎は肺腑に溜まった息を吐き出してから続けた。

「満州の権益を手にしたいという、はじめからそれだけが狙いであれば、私を軍需工場に推挙する必要があったのか、疑わしいように思うのです。そんな回り道をすることなく、あなたの会社なり、満州の主要工場に私を送り込めばよかったとお思いになりませんか?」

大阪に乱立していく発電所に目を付け、その建設に積極的に関わろうとしていたのが、音三郎が大都伸銅にいた頃に接した弓濱だ。むろん、当時から満州に目を向けていたのだろう。島崎が言うように、かつて弓濱自身が満鉄沿線の開発に携わっていただけに、執着と愛着を抱いていたというのも嘘ではなかろう。おそらく弓濱は幾人もの技術者を、さまざまな機関に送り込んでいる。誰がどこにどのように配置されて、弓濱に利用されているのか、それはわからない。ただ、そのひとりである自分を、あえて軍需工場に送り込んだ意図はなんだったのか、満州に渡ってから気に掛かりはじめたのである。

「私は弓濱さんではないからわかりませんし、あなたのこれまでの職歴について彼と詳しい話もしていません。ただおそらく、受信機の開発であれば軍関連のほうが都合がいいと、あなたを十板に推挙した段階で弓濱さんは読んだのではないでしょうか。むろん、ラジオの時代になった今、安中電機をはじめ、多くの民間業者が受信や送信に関する機器を開発していますが、国内に無線電信法があり、逓信省が波長の制限を設けていた当初、自由に開発に当たれる機関は軍需工場しかなかったように思います。軍用目的であればラジオなんぞとは異なり、傍受の危険をも視野に入れた遥かに精度の高い製品を作らなければなりません。つまり、唯一無二の製品を完成させる可能性が高い。そんなところではないでしょうか」

　ひとつの技術が、世の中に出ていくことの複雑さを音三郎は思う。まるで思惑という名の壁に幾重にも遮蔽（しゃへい）された迷路にまぎれ込んだようだ。その技術がなにに使われ、どう発展していくか、先の先まで見極めねば技術者とは言えんと、あのとき金海は居丈高に言い切った。しかしそこまで見通すことが可能だとは、音三郎にはとても思えないのだ。引抜管ひとつにしても、階段の手すりから艦船の復水器管になり、さらには発電所の凝気器（ぎょうきき）となって、開発当初は予測もしなかった進化を遂げていったのである。

「結局は、あなたがどうありたいか、ということです」

　楊の声は、至極静かであった。

「私が？」

「ええ。技術者としてのあなたが、開発した技術をどのように使いたいのか、その意思にすべては委（ゆだ）ねられているように思うのです。私は満蒙の発展のために、あなたのお力をお借りしたいと考えています。それにあなたが応えてくださるかどうか。私からの問いかけはそれだけでしかありません」

音三郎の頬が少しく弛んだ。

「満蒙の発展と言えば聞こえがいいが、君もやはり第一は金だと言ったじゃないか」

楊は肩をすくめて、もみあげのあたりを掻く。

「確かに儲けを出さねばなりません。会社に所属する以上、利益をもたらすために努めるのは当然といえば当然でしょう。しかし、単純にそれだけとも言い切れないのです。技師の中には金儲けを罪悪のように言う方もあるが、開発には金が要ります。その予算をどう確保していくか、ということは、切っても切り離せない大事な問題です。うまく金を回した結果、技術が大成し、世の中に生かされ、使われていけば、そんな平和なことはありません」

平和、と音三郎は繰り返した。発展の過程でどのように扱われていくかわからぬ技術というものに、平和という言葉はもっとも似つかわしくないように感じられたのだ。

「正直に申せば、私は現段階で、楊さんに従うべきか否か、未だ決心がつかんのです。ただ、本格的な実用がかなう場所で私の受信機を役に立てたいという願いは変わりません」

あえて宣してから、音三郎は立ち上がった。寝台脇まで行って、受信機を取り出す。不安もまだ、胸の隅に引っかかっているのだ。それでも音三郎は机に載せた木箱を開き、中から真空管受信機を取り出した。

「簡単に説明しましょう。詳細な図面も一応用意してあります」

楊が椅子から腰を上げ、片手を胸に当てて感激の意を示した。

「これはありがたい」

早速図面を広げた楊を真正面から見詰めて、音三郎は言った。

「私は、自分の開発したこの技術を実際に役立てたいと思っています。広く使われるものにまで発展させたいと願っています。この分野において、私の技術こそがもっとも優れていると証したい。それこそが、望みなのです」

楊には、出張所を空けねばならないため、定期的に音三郎から連絡を入れることを約束した。

「私が関東軍司令部に電話をかけることはできませんからね。そうしていただけるとありがたい。進捗状況は細かにお伝えします」

楊は音三郎の引いた図面を脇に挟んで、そう微笑んだのだ。

万事状況が整って、いよいよ関東軍司令部に入るという朝、出張所に十板からの電報が届いた。差出人は小岩である。開き見れば、突然の帰国命令であった。ただし日本に戻るのは山室だけで、音三郎は満州に残って関東軍の指示に従うように、と記してある。予想もしていなかった展開に音三郎は愕然（がくぜん）としたが、

「僕だけですか？　郷司さんが関東軍に詰めることになったからかなぁ」

山室はあくび交じりにそう言っただけである。まるで、はなからこうなることを知っていたように、彼は動揺の欠片もみせないのだ。

十板では、いかなる研究も実験も班でこなすことが義務づけられている。外部の出張所、しかも外地に置いた機関を一研究員に任せるなぞ、いかに音三郎が無線分室長とはいえ考えにくかった。

「なにかの間違いかもしれん。問い合わせてみる」

音三郎はその足で電報局に行き、子細を尋ねた返信を打った。司令部に一旦入ったのち、利平に理由を話して、出張所と往き来しながら返電を待つ。が、数日して届いた十板からの電報には、やはり山室のみの帰還、しかもその日程も六月十二日と至近であり、助手を交代させることで他の者にも満州での調査を経験させたいという意向のみがしたためてあったのだ。

「僕じゃ頼りにならんということかな。次は伊瀬さんでも送るんですかねぇ」

以前であれば、「これじゃあ、まったくお味噌ですよ。なぜ僕には関東軍の仕事が与えられんのです」と、真っ先にむくれたろう山室はおとなしく十板の指示に従い、さっさと荷物をまとめはじめた。「嫌だなぁ、ひとりで船に乗るのは」と、子供のようなことを言い、

「僕が帰ったら、郷司さん、里心がつくんじゃないですか」

と、冗談めかした。

「里心なんざつきはしないさ。私にとって重要な事柄はすべてここにあるからね」

けっして強がりではない。無線の舞台は、逓信省が仕切る日本ではなく、利権の争奪をしている中国にこそあるのだ。

「薄情だな。奥さんにお会いになりたくはないんですか」

音三郎が眉を開いて、「たった半年じゃないか。これが一年になったって、どうってことないさ。妻はしっかり家を守っているだろうからね」と返すや、

「なるほど、夫婦の絆ってヤツですねぇ」

と、まだ独身の山室は得心したように幾度も頷いてみせた。

山室は名残りも見せず、予定通りに旅順港から発った。司令部に詰めていた音三郎はそれを

見送ることはできなかった。

　夜半、通信情報部準備室でひとり作業をしていると、砂漠の中にひとり佇んでいるような心細さに囚われた。

第九章

一

なにか妙だ、と音三郎は感じはじめていた。

七月ももう半ばを過ぎている。それなのに、十板からなんの音沙汰もないのである。音三郎が関東軍の司令部に詰めていることは、帰国した山室が報告したはずだった。交代要員として伊瀬が到着したら、ここに連絡が入るだろう。それを待って引き継ぎのために出張所へ戻ればいいと考えていたのだが、未だ交代人員が送られてこないのである。

音三郎は、幾度か小岩宛に電報を打って様子を訊いた。十板のみならず、佳子にも手紙をしたため、梁瀬さんに一度会って満州出張所をどうするつもりか訊いてもらえぬかと頼んだ。女房に仕事の件で頼みごとをするのは気が引けたが、梁瀬は菱川大佐と懇意である。佳子が会いに行けば、手配を急いでくれるはずであったし、東京には他に頼める相手もいなかったのだ。

佳子からはすぐに返事が来た。が、その内容は、「乳呑み児を抱えている身で、十板まで行くことはできない」というとりつく島もないものであった。そうか、義姉夫婦のところに生まれたのは男だったか、と音三郎は合点したが、養子をもらったとこちらに報告すらせず、子供にかまけて夫の頼みを無下にする妻の冷ややかさに怒りを覚えた。

苛立ちに任せて筆を執り、ならば島崎を訪ねて十板の梁瀬に渡りを付けるよう頼んでほしいと、彼の住所をしたためた書面を佳子に送ったのだが、次に彼女から届いた荒々しい筆遣いの手紙には驚くべき事実がしたためてあったのだ。

島崎という人物は、どうも亡くなったらしい。義兄さんに住所を渡して行ってもらったが家はなく、近所の者に訊いたところ、ひと月ほど前に亡くなったということだった——一片の感傷も寄せつけない文字がそう伝えてきたのである。

にわかには信じがたかった。島崎の年齢を考えれば、別段不思議ではないかもしれない。だが、義兄は本当に島崎を訪ねたのだろうか、という疑いのほうが勝ったのだ。やむなく自ら、島崎の住所宛に手紙を出したが、今のところなしのつぶてである。

音三郎は司令部の通信情報部準備室にぽつりと座り、窓の外に目を移す。いつまで経っても慣れない、黄色の風が建物の間を吹き抜けていく様をぼんやりと見詰める。すべてから切り離されたような恐怖が、腹の奥底にじわりと湧き出した。

——今は関東軍から与えられる任務に没頭すべきだ。自分には与えられた仕事があるのだ。自らに言い聞かせた。

——それに。

と、手を組み合わせる。

——楊がきっと、いい報せを届けてくれる。

胸の内で唱えて、覆い被さってきた不安から己を逃がす。ただ、楊に会ったあのとき、音三郎の技術に対する彼の評価はいかほどのものだったのか、はっきりと伝えられることはなかったのだ。真空管受信機に目を凝らしていた彼の表情からも、なにひとつ読み取ることはできなかった。組み合わせた手に、冷たい汗が溜まっていく。再び高まっていく不安を、楊とは今月末に連絡を取り合う段取りがついている、そこで訊けばいい、と小さく唱えて追い払った。

今のところ、司令部にも動きらしい動きはない。庭では間断なく軍事調練が行われていたが、戦地に赴く気配はなく、準備室にも特段指示は出ていない。雨期のせいか、潮のにおいが濃くなっている。健やかな香りではない。魚が腐ったような毒々しさを帯びていた。

蔣介石率いる国民革命軍は北伐を続け、七月、山東南部まで到達したという。が、日本軍と一戦交えるだろうという大方の予想は、蔣介石の突然の下野によりあっさり裏切られたそうだ。北伐が中断されれば日本軍はそれ以上の軍事介入はできない。よって山東出兵を指示していた日本政府は、撤兵命令を出すに至ったのである。

同じ頃、対華政策を話し合う会議が開かれたと伝わってきていた。外務省の仕切りで、陸海軍首脳部、関東軍司令官、駐華公使といった要人が一堂に会し、中国に対して日本のとるべき態度を協議したのだ。政府にも軍にも公使らにもそれぞれの思惑がある。議論は侃々諤々、容易に決着を見なかったが、最終的に「中国国民の民意を尊重する」という平和的な方向に落ち着いたようだ。不逞分子に関しても国内の自治に任せ、在留日本人に危害が及んだときのみ自衛の処置に出る、という至って穏便な方針である。

ただし満蒙については、政府も日本の権益を防衛する意志を強固にしたらしい、と利平から聞いて、音三郎は安堵したのだ。この会議で定められた対支政策綱領には、満蒙に国民革命軍が及んだ場合の日本の出方として、こんな一項がしたためられている。

〈動乱が満蒙に波及し、日本の権益が侵されるおそれが生じたときには、帝国はそのいずれの方面より来るを問わず、これを防衛し、且内外人発展の地として保持せらるるよう、機を逸せ

ず適当の処置に出ずるの覚悟を有する〉

機というものがどの地点を指すのか音三郎は判じかねたが、少なくとも満蒙が他勢力の手に渡りそうになったときには、日本軍が出て行くということであり、その中心は当然、関東軍になるのだろうと、推量して準備を進めた。

軍人たちに無線機の使い方を指南する一方で、八月の終わりから、音三郎は司令部の電話を借りて幾度か楊へ連絡をとった。だがおかしなことに、一向に電話が繋がらないのだ。真空管受信機の図面を検分して、たいした技術ではないと見切られたのではないか、と思えばいてもたってもいられず、ほとんど一日おきに電話機にすがりつく。

頻繁に電話室と往き来しているのが、人目に付いたのだろう。九月の半ば、通信情報部準備室に顔を出した利平が、

「このところ、よく電話を使っているようだが」

と、静かではあるが威圧的な口振りで問うてきたのである。音三郎はとっさに出任せを口にする。

「十板だ。出張所に、定期的に報告をあげねばならんけん」

途端に利平の眉根が寄った。

「出張所？　あそこには誰もいないはずだが」

「いや、先だって帰国した研究員の代わりに、ひとり派遣されてきたんだ」

動じたあまり、明らかな嘘を吐き出してしまった自分を呪う。調べればすぐにわかることなのだ。利平は探るような目をこちらに向けている。音三郎は、切り抜ける術も思い浮かばぬま

まに息を詰める。中国人の事業者と連絡をとっているとは、十板に所属した身で打ち明けられるはずもなかった。

そのとき、こちらを睨んでいた利平の目からふっと険しい光が消えた。同時に、哀れみの色が濃くなる。まただ、と音三郎は思い、不穏を感じた。

「座れ。わしも座るけん」

利平は国言葉に変えて、傍らの椅子へ顎をしゃくった。音三郎がおずおずと腰を下ろすと、彼もまた少し離れた椅子に浅く腰掛けた。遠くに調練の号令が聞こえる。忙しなく廊下を往き来する軍靴の音が響いていた。部屋の中にはしかし、利平の吐き出す濁った溜息の音しかしない。そのたびに音三郎は身を硬くした。

「なあ、トザ」

懐かしい呼称を、利平は口にした。

「十板から代わりの要員が送られてくるはずはないんじゃ。六月に日本に戻された若い研究員の代わりは来ん。おまんは、この満州にひとり残されたんじゃ」

音三郎は耳を疑う。研究員が派遣されないという事実よりも、十板の内情を利平が語っていることに不審を覚えたのだ。

「そのなことはない。十板は体系的に仕事を進めていく組織じゃ。開発も班で行うのが慣例じゃけん、ひとりに任せることはない」

利平は音三郎から目を逸らし、しばし自分の軍靴の先を見詰めていた。それから思い切ったふうに顔を上げ、はっきりと告げたのである。

「おまんはもう、十板の人間と違うんじゃ」

意味が飲み込めずにいる音三郎に、利平はひと息に言った。

「十板はおまんを切った。なにも告げずに研究員の名簿からおまんの名を削除したはずじゃ。けんど、十板に戻れる可能性がまったくなったわけやないんじゃ。わしの下で、実戦で、相応の成果を挙げれば、きっと十板は再びおまんを受け入れる。ほなけん、今はわしの言う通り、ここで働くことじゃ。機を待つことじゃ」

「……ちょっと待て。なんの話じゃ。おまんはなにを言うとるんじゃ」

音三郎は思わず立ち上がった。

「十板がわしを切る？　そのなことがあるはずなかろう。わしは受信機の開発者じゃぞ。ここまでの機器は他の誰も作れんのじゃぞっ」

声が次第に悲鳴のように甲高くなる。利平の話は、冗談にしても受け入れがたいものだった。いや、受け入れがたいというよりも、突飛な冗談に他ならなかった。音三郎の手元には、任期と派遣先を明記した十板名義の書類も存在しているのだ。

「いきなりこのな話で整理がつかんじゃろうが、ここに至ったのは理由がある」

利平はあくまで冷静に話を続け、「まずは落ち着いて聞けや」と、混乱する音三郎に腰を落ち着けるよう促した。

「あのな」

言いかけて、言い淀む。それから意を決したふうに顔を上げた。

「おまんの素性が研究所に知れてもうたんじゃ。詐称しとった経歴が、すべて明らかにされてしまったんじゃ」

スッと総身が冷たくなった。喉が真綿を詰め込まれたように苦しくなる。

「わしも菱川大佐からこの件でだいぶ詰問された。トザの妹をもらっとるくらいじゃけん、経歴を知らんはずはない、なして黙っておった、っちゅうてな。十板の梁瀬さんっちゅうお偉いさんは菱川大佐と懇意じゃけん。すぐに話がいったんじゃろう。わしは当面冷や飯食いじゃ。嫌な仕事を回される」

自嘲（じちょう）めいた笑いを漏らした。しかし音三郎は、そのことになんの感慨も抱けなかった。利平に申し訳ないことをしたという気持ちすら湧かなかった。ただただ、なぜ真実が漏れたのかと、その疑念だけが渦巻いている。こちらの内心を察したのかもしれない。利平は大きく息を吸ってから告げたのだ。

「おまんの叔母さんっちゅう人が言いよったそうじゃ。十板に乗り込んだっちゅうんじゃ」

声がひどく遠くに聞こえる。視界が白濁していき、利平の顔までがぼやけていく。

――生きておったんか。地震で死んだんと違うんか。

行方知れずだと富から聞いて、安心しきっていたのだ。それがなぜ今頃になって……。うめきが、喉を鳴らす。

「おそらく食い詰めたんじゃろう。富のところにも再三金の無心に来たそうじゃ。おまんには心配掛けるから言わんでほしいと釘を刺されたんじゃけんど、いくらか都合したと、富からわしんとこへは手紙がきとったんじゃ。それでは足りんかったんじゃろう。佳子さんのところに押しかけて、相手にされんと今度は十板に乗り込んだっちゅうわけじゃ」

「佳子も、わしのことを聞いたんか……」

「わからんが、洗いざらいぶちまけたかもしれんな。ほなけん、菱川大佐はいっそうご立腹だったんじゃ。軍人は体面を気にするけん」

佳子が、養子をもらいたいと言い出した時期を思う。あのときにはすでに、彼女は自分の夫の正体を聞いていたのかもしれない。聞いた上で、夫の血を残したくないと考えたのかもしれない。ろくに小学校も出ていない、貧しい農家の三男坊である男の血など汲んでは、菱川の家が穢れると嫌悪したのだろう。

手の先が震え出す。それを押し止めようと、音三郎は拳を握り、思うさま近くの机に振り下ろした。ガッッと鈍い音が響く。骨の軋む痛みが脳天をも突き刺した。「くそっ」と、声にならぬ声が漏れ出す。

「おまんの気持ちはわしにはようわかる。小学校も出とらんのは、わしらのせいと違う。それに立派に学校を出た連中に負けん知識をわしらは身につけとる。働いて学問を積んで、自分の力でここまで来たんじゃ。なんも恥じることはない」

「けんどわしは大学出と偽った。己の経歴を隠して、みなに認めてもらおうとした。十板の奴らはみな嗤っとるはずじゃ」

殿山や篠崎や伊瀬や、帝大出の学士たちの誇らしげな顔が浮かんだ。山室だけが帰国させられたのも、きっと出自の怪しい音三郎から大事な研究員を守るためなのだ。

――わしは結局、どこまで行っても、使い捨ての職工なんか。

虚しさを超えて憫笑がこみあげてくる。

「経歴を詐称したことは責められるかもしれん。けんど、おまんにはまだ十分に機があるんじゃ。真空管受信機は、確かにおまんが作り出したものじゃ。嘘偽りないおまんの作品なんじゃ。それで有無を言わせん結果を出すより道はない。うまくやれれば、十板は必ず今回のことを不問に付す。おまんを今度こそ本当の研究員として迎え入れる。そういう話になっとる」

利平の言葉に、音三郎は顔を上げた。

「……おまんが、話をつけてくれたんか？」

訊いたが利平は、はっきりとは応えない。ただおそらくは、司令部で音三郎を引き取ることを決め、それを実現するために動いたのは利平なのだろう。自身が菱川に叱責される中でも、音三郎にはもう一度機会を与えてやってほしいと頭を下げたのではないか。性急に司令部に入れと命じながら、取り立てて急務がなかった理由は、そこにあるのではないか。

しかしこのときの音三郎は、己の見方を披露する気力も、利平に感謝を伝える余裕も持ち得なかった。

「おまんは研究員として一定の成果を挙げた。ほなけん詐称がわかったのちも、不問に付してもええっちゅう意見も、早い段階から内部で出たようなんじゃ」

確実に目の前に拓けていた道のひとつが、暗闇に沈んでいくのを見るようだった。これまでの功績もまた、霞のごとくおぼろである。急に日本に帰りたくなった。だが帰国したところで、十板にも佳子のもとにも戻れるはずもないのだった。

「早う戦争をしてくれ」

熱に浮かされたように音三郎はつぶやく。

「そうすれば無線機が使える。わしも、すべてを取り戻せるけん」

利平がおもむろに立ち上がる。

「わかっとる。おまんのことは、わしが必ず請け負うけん」

言って、再び大きく息をつくと、音もなく退室した。

二

楊と連絡がつかず、関東軍司令部で音三郎に与えられる任務もないままに、昭和三年を迎えることになった。

昨年、外務省や陸海軍の要人が集まって開かれた対支政策を決する会議は、その後「東方会議」と名付けられた。満蒙権益を守るため、中国との関係を穏便に運ぶべきか、果敢に攻めるべきか、それぞれの立場により意見は大きく分かれたようだが、唯一共通したのが、満鉄の敷設権は日本が保持するというものだった。ことに長春の東に位置する吉林駅から大陸東沿岸の会寧(かいねい)までの路線は、外務省、陸軍とも早急に開設すべきだと意見が合致した。

この会議の際、満鉄新路線の計画や交渉は外務省が進め、その工事を含む実作業に関しては満鉄が請け負うと明確な役割分担がなされた。にもかかわらず田中首相は敷設計画も含めて満鉄に委(ゆだ)ねる形をとり、張作霖と鉄道協定を結んだのである。置き去りにされた外務省は当然臍(へそ)を曲げる。しかも新規敷設予定の路線に、外務省の提案がまるで組み入れられなかったことも不満の種となった。

それは田中内閣が第二次山東出兵を決定して、四月二十日には支那駐屯軍臨時済南派遣隊が済南に送られ、続いて熊本の第六師団の混成第十一旅団も済南入りしたと伝えられた四月末のことだった。利平が唐突に、「奉天に移る。おまんも一緒に来るんじゃ」と命じたのだ。音三郎に理由を問う隙も与えず、彼は軍人らに指示して、受信機や送信機といった機器を軍用車に積み込ませた。呆然とそれを眺めていた音三郎は、「早く乗れ」と利平に追い立てられて頭の整理がつかぬままともかく車の座席に身を沈める。

車は左右に大きく揺れながら、速度を上げていく。音三郎はふと、窓の外に目を向けた。夕景の荒野が広がっていたが、山間に陽が落ちると、束の間の残映を放ったのち景色は暗転してしまった。それとともに、窓ガラスに自分の顔が浮かび上がる。

老いた、と思う。

いつの間にか、ひどく歳をとったのだ。肌はかさつき、皺が深くなり、まぶたも口角も垂れ下がっている。老いただけでなく、ひどくくたびれて見える。まるで、うち捨てられたぼろ雑巾だ。薄汚さや惨めさが至る所にこびりついている。音三郎は静かに面を伏せる。シミの浮き出た手の甲が目に入り、そっと嘆息した。

夜半、車は奉天の独立守備隊駐屯地に入った。やけに閑散としている。旅順司令部の賑やかさが焼き付いているだけに、国民革命軍による北伐が再開されたこの時期に静まっていることが音三郎には意外だった。正直に利平に告げると、「今はほうぼうに兵が送られとるけん」と、彼は言葉を濁した。

「菱川大佐も奉天におられるんか？」

「いや。錦州に行かれとる」

すぐには地理が浮かばなかった。音三郎の表情から察したのか、

「ここから南西に下ったところにある都市じゃ」

と、利平は簡潔に付け足す。

「戦争になるんか？　国民革命軍と戦うんか？」

期待を込めて訊くと、利平は用心深く周りを見回し、「部屋に入ってからじゃ」と小声で告げて足を急がせた。

案内されたのは、三畳あるかないかの小部屋である。窓のひとつもなく、天井から裸電球がひとつぶら下がっているきりだ。ところどころ木がめくれている床に、粗悪な丸椅子が三つばかり無造作に置かれている。部屋全体にどんよりした湿気が満ちて、薄気味悪くなった音三郎は、「折檻部屋みたようだな」と軽口を叩いて自らの緊張をほぐした。と、利平は至って真面目な顔で、「時折そういう目的にも使っておる」と、事も無げに返したのだった。

「実は、おまんに頼みたいことができた」

肩をすくめた音三郎を気にするふうもなく、利平は切り出した。

「おまん、導電線の被覆はできるか？」

「導電線？　電気でも引くんか？」

「そのなことなら軍所属の技師に頼めばええことじゃ。少し、秘密裏に運ばねばならんことができた」

音三郎は身構える。わしは当面冷や飯食いじゃ、嫌な仕事を回される、と先だって嘆いていた利平の声が甦る。

「わしらがこれから実行するのは、関東軍内でも内々に進めにゃあならん仕事なんじゃ。よって、内部の工兵には頼めん。おまんにしか頼めん仕事じゃ」

音三郎は眉をひそめた。「自分にしか頼めない仕事」が、その技術の高さゆえではなく、秘密裏に運ばねばならない仕事だからだという事実に、胸の裏側を引っかかれたような痛みを覚えたのだ。

「その導電線は、なにに使うものじゃ？」

感情を押し殺して音三郎は訊いた。ともかくここで成果を挙げなければ、十板に戻る道はないのだ。利平はしばらく逡巡するふうに目線をさまよわせたのち、双眼を音三郎に据えた。真っ黒に焼けた顔の中で、白目が発光している。

「起爆装置に、繋ぐ」

受信機とはまるで関わりない依頼に音三郎は、呆然と幼馴染みの顔を見つめる。沈黙を不可能の意ととったのか、「難しいか？」と、利平は再び顔を曇らせた。

「いや……十板は火薬製造を主にしておったから、ある程度の仕組みはわしもわかるが。それに被覆は大阪の工場で長いことやってきたけん」

「よかった。おまんならできると思うた。起爆装置は別で作っておる。追って見せる」

幾分表情を和らげた利平が話を終おうとするのを制し、音三郎は詰め寄った。

「その爆弾をなにに使う？　戦場では導電線で爆破することなぞないだろう。だいいち、関東軍の内でも秘密裏に運ぶというのはどういうわけだ」

利平の眉宇(びう)が曇った。

「それはまだ言えん」

と、邪険に遮り、しかし急いで作製してほしいと一方的に命じるのだ。

「国民革命軍に対する日本軍の出兵を、政府が阻(はば)んどる。わしら関東軍も、蔣介石が好き勝手しよるのを指をくわえて見とるより他ない状況なのだ」

今こそ日本が満蒙権益を明確に掌握すべきだ――それが満鉄敷設の頃から満州を守備してきた関東軍の意志なのだという。内政干渉になるから中国国内の戦争に介入してはならん、という消極論では、いずれ満州も蔣介石の手に渡ってしまう。田中首相が二の足を踏んでいるのは、欧米諸国の顔色を窺ってのことである。欧米は日本の満州進出を快く思っていない。あまり強引なことをすれば、友好関係にヒビが入る。それもあって満蒙に関する政策は、張作霖を使って進めるようにしているのだ。

「ただ、満蒙のことを全面的に張に託すことにわしは反対しておる。奴は日本の手先になるのを厭(いと)うておるんじゃ。むしろ、日本の支配から逃れようとしとるからな」

利平は苦々しく吐き捨てる。

「奉天総領事が吉田茂から近く代わるという噂もある。吉田さんは積極的に満蒙を支配していくお考えで、わしらも頼もしゅう思うとったんじゃが……」

「誰が代わりに来るんじゃ?」

「林久治郎とかいう官員だ。わしはよう知らんが、田中首相の任命だろう。田中首相は未だ、る」

満蒙支配は張作霖が要だと考えておるようじゃ。奉天領事官の進言よりも張の力を信じてお

関東軍司令部は昨年陸軍省に、満蒙に対する意見書を提出しているのだと続けて利平は言った。すなわち「対満蒙政策に関する意見」の書である。熱河特別地区、および東三省に自治を宣言させること、日本の特殊権益に関して張作霖に承認させることを課題とした内容だった。仮に張作霖が日本の権益に関する協力を渋った場合、武力行使も厭わないという、いわば強硬策である。関東軍にとって張作霖はとうに味方ではなくなっているのだろう。

「わしらは歯痒い思いをしとる。満蒙のことをもっとも理解し、把握しているのは、長らく満鉄沿線を守ってきたわしら関東軍なのだ。内地にいて、支那の情勢を伝え聞いておるだけの政治家でも参謀本部でもない。だがわしらが動けるのは、関東州と満鉄付属地だけじゃ。それ以外は陸海軍の領分だ。ために、済南にも向かえん。蔣介石が軍を率いて伸していくのを、指をくわえて見ているほかないんじゃ」

満州へ渡って間もない頃の南京潜伏を音三郎は思い出す。一切の手出しをせず、偵察に徹した利平の姿を思った。

「これからわしらが企図することはすべて、満蒙のためだ。ひいては日本のためだ。いずれ詳しく話す。だから今はともかく導電線の被覆を早急に頼む」

音三郎は頷くよりなかった。詳細を訊ける状態にないことは、利平の暗い表情が如実に物語っていた。傍らの受信機に目を遣る。必ず近く出番があるはずだと、自らにそっと言い聞かせる。

導電線の被覆は、造作もないことだった。利平の依頼である七百尺という長さには少しばかりてこずったが、いずれも駐屯地内の簡易工場が保管していた材料で間に合わせることができた。銅線の加工も、絶縁用にゴム製皮膜を巻き付ける工程も、かつて大阪の小宮山製造所で倦むほど繰り返してきた作業である。異なるのは、関東軍が朝鮮軍工兵に製造を依頼した起爆装置の接続口に合わせて、接続線を造らねばならないという点のみである。が、手元に届いた装置の見本は至極出来のいいもので、銅線の加工もさほど手間取らず仕上げることができた。

——本当は導電線に頼らんで、無線で装置を動作させられれば、よりいいんじゃが。

命ぜられた務めを果たしたあとも、音三郎は技術者の性で、より進んだ方法を模索する。いつからか、思考回路にそんな癖がついてしまったのだ。

五月に入ってすぐ、蔣介石率いる国民革命軍が済南で、この地を守備していた日本軍と衝突した。済南事件である。日本側は十名ほどの犠牲者こそ出したが、国民革命軍を撤退に追い込んだという。

この一件が引き金となり、田中首相は第三次山東出兵を決めた。国民革命軍の進撃を阻止し、満州を守るために増兵を望むという長らく関東軍が訴えてきたことが受け入れられたわけだが、政府はなおも中国との交渉については張作霖を介在させるという姿勢を崩そうとしなかった。日本側の意向を無視しはじめた張を一刻も早く引きずり下ろし、新たな傀儡政権を作りたいと考える関東軍とすれば、いつまでも張にこだわる政府のやり方は愚の骨頂ということになる。

その上、日本軍の動きも、はなはだ見当違いなものだった。すでに国民革命軍が治安維持を引き受けた済南を攻撃し、さらには第三次山東出兵を決定して、援軍として送り込んだのだ。結果、中国側に五千人近い死傷者を出したのである。中国国内での排日運動がいっそう高まるのは必至だろう。

加えて五月半ば過ぎ、政府は済南他に派兵した混成第二十八旅団を満州に下がらせて守備を負うよう決定を出す。とはいえ、その数は微々たるもので、関東軍が再三再四訴えている満蒙の兵力増強には程遠かった。

関東軍の思惑と日本政府の対応との開きが大きくなるにつれ、駐屯地内には軍人たちの苛立ちが満ちていく。

「関東軍は、奉勅命令が出んと、満鉄付属地より外に勝手に出ることはかなわんのだ。今こそ奉天軍を武装解除させるために動くべきだが」

と、利平も珍しく口を極めて政府のやり方を非難する。奉勅命令とは、天皇陛下裁可の命令である。天皇直隷の軍ゆえに、満鉄付属地を出るには、天皇の許可を得なければならない。

「このまま政府と陸軍に任せておったら、国民革命軍になんの打撃も与えられん。奴らが満州に至る前に制圧できんものか。満州の日本支配を脅やかすものがあってはならんのだ」

関東軍の焦りをよそに、奉勅命令は下りる気配を見せず、関東軍は満鉄付属地内での足踏みを強いられている。この頃になると、各所に駐屯していた関東軍の大隊も瀋陽駅から奉天市街へ流れ込んできた。大隊は満鉄線路近くに位置する独立守備隊の拠点から二キロメートルほど南に司令部を置き、情勢を見守ることにしたのだという。

それは、五月二十三日の夜半であった。音三郎が寝床に入ったところで、居室のドアがノックされた。返事をする前に乱暴にドアが開いて、入ってきたのは利平である。ひどくこわばった顔をしている。

「仕事だ」

彼はやにわに告げた。

「数箇所に偵察を出す。おまんの受信機と送信機が入り用じゃ」

旅順に赴任してすぐ、説明を施した軍人たちに託すのだという。彼らであれば、真空管受信機、送信機の使い方は頭に入っているはずだ。

「偵察隊を出す場所はどこだ？　遠いのか？」

「山海関と錦州、それから新民府だ。南京よりは遥かに近い」

音三郎は頷き、真空管無線機を抱えて利平に従い、建物の長い廊下を辿る。ようやく実戦で使われる日が来たのかと思えば血が騒いだが、それ以上に恐怖の波が押し寄せてくる。これだけ入念に開発、改良を重ねてもなお、実際に正しく作動してくれるか、確信が持てないのである。

偵察隊に選ばれた六名を前にして音三郎は、空中線の張り方と、波長を変更するときの合図を取り決めた。

「ここを見ていただきたい。ダイヤルに番号が振ってあります。波長を変更する場合は、この番号をお伝えします。必ず、送信機、受信機ともに波長を変えていただきたい。変更せずにいると、通信ができなくなります」

音三郎のひと言ひと言に、六人は規則正しく顎を引いた。

偵察隊は翌日早朝、送信機、受信機を抱えて各目的地に散っていった。音三郎は駐屯地にいて、各所からの連絡をまとめる役を担う。あてがわれた一室に詰め、寝食もそこで済ます日を送ることになったのだ。便所と簡単な入浴以外は部屋から出られず、昼夜の感覚も狂っていく中で、レシーバを耳を当てつつ過ごす。利平や他数名の軍人も、交代で部屋に詰め、各所から随時入る情報を整理していた。

偵察隊が主に報じるのは、張作霖の動向であった。なぜ張を見張っているのか、利平からはなんの説明もない。無線を据えた部屋に出入りする軍人たちもみな、音三郎に気を留める素振りもなく、報告が入るたびなにやら低い声で打ち合わせをしている。

「やはり政府は、張作霖を温存する気なのでしょうか」

ひとりの軍人の問いかけに、

「北伐が進んでいるから、満州でかくまえという命令が下るかもしれんな」

利平が応ずると、また別の軍人が端的に答えた。

「その件に関して、考え直してもらうよう、阿部さんが外務省に掛け合うということであります」

阿部、というのが陸軍省の阿部信行(あべのぶゆき)軍務局長であることは、ここ数日の無線でのやりとりから音三郎も推し量ることができた。陸軍内は主戦派と消極派に二分しており、満蒙への対応方針も未だ一本化されていない。それだけに、主戦派の阿部は関東軍にとって頼みの綱なのだろう。

「外務省の誰に掛け合う？」

「有田八郎アジア局長だと聞いております」

「ならば、首相にまで話が上がるな」

利平は緊張した面持ちでつぶやいた。

「これが最後だ。最後の望みだ。なんとか奉勅命令が下って、我々が付属地を出られればいいのだが」

利平はうめいてから、「それでも出兵許可が下りなければ、例の計画に舵を切らねばならない」と、ぽそりとこぼした。

——例の計画？

被覆した導電線のことが頭をかすめた。利平は起爆装置に使うと言っていたが、ぜんたいなにを爆破するつもりなのか。音三郎は幼馴染みの横顔をそっと窺った。人の温みをうち捨てたようなその顔を見ても、音三郎はもう、なんの恐怖も感じなかった。ただただ、戦争になってほしい、戦地で無線を活用してほしい、その結果、真空管無線機の性能を広く知らしめることになってほしい——あるのはその一意のみなのだ。

椅子の背にもたれて、天井を仰いだ。ところどころに浮かんだ黒黴が奇っ怪な模様を描いている。見ようによっては人の顔にも異国の地図にも見える。今は電球の灯りに照らされて黒々と刻印されているが、太陽光のもとでは、色味も変じて見えるかもしれない。だが照らすものによって印象を変えたところで、これはまぎれもなく黒黴なのだ。

音三郎は目を閉じた。電球の残像が目蓋の裏に人魂のように浮かんでいる。あと少しだ、と自らに言い聞かせた。あと少しで、長年携わってきた無線技術が功績を残す日が訪れるのだ。

それは、偵察隊と通信をはじめて一週間ほどのちのことだった。

深夜一時を回ったところでレシーバにかすかな雑音が走った。音三郎は素早く身を起こして、レシーバを耳に押しつける。偵察隊からの送信ではない。もしかすると同じ波長を捕らえてしまったのか。ということは、このあたりも短波が多く飛んでいるのだろうか――身を硬くしている間に、雑音は一分も待たずに消滅した。そのまましばらくレシーバを耳に当てていたが、なんの変化もない。もしかするとどこかで雷でも起こって、それに同調したのかもしれない。そう結論づけ、音三郎は椅子の背もたれにもたれかかった。

秋でもないのに、外では虫が盛んに鳴いている。遥か昔、家族と蛍（ほたる）狩りに出掛けた日のことをふと思い出す。まだ幼い日のことだ。山を下りて池田の町を過ぎ、吉野川まで出た記憶がある。川沿いに、黄緑の小さな灯りが縦横無尽（じゅうおうむじん）に飛び交っていた。人魂みたいじゃ、と直二郎兄がおどけ、富が怖がって泣いた。光景は鮮やかに残っているのに、そこで自分が抱いたであろう感情を、音三郎は微塵（みじん）も思い出せなかった。それは、燦（きら）めきも温かさも宿しておらず、淀んで薄汚れてみすぼらしい形（なり）をした記憶なのだった。

兄たちは今もまだ、この満州のどこかで埃（ほこり）だらけになって掘鑿（くっさく）に従事しているのだろうか。身を削って働き、ようよう食えるだけの稼ぎで凌（しの）いでいるのだろうか。いずれにしても兄らは未だ、音三郎がとうに抜け出した世界に棲（す）んでいるのだ。

椅子にもたれたまま、いつしか眠ってしまったらしかった。ドアを開ける乱暴な音に驚いて跳び起きる。

「出兵延期っ！」

尖った声に鼓膜を突かれた。寝入ってからどのくらい時間が経ったものかわからない。部屋を見渡すと、利平の他六名の軍人が額を集めて何事かを談じているのが目に入った。窓には早暁の白い光が滲んできている。

「関東軍は付属地から出られん。奉勅命令は下りなかった」

「阿部さんも結局は消極論者だったということか。政府を説得し得なかったということじゃあないか」

「中央はまるでわかっとらんのだ。満蒙の情勢になんの危機感も持っとらん」

「田中首相は張作霖を満州に戻して、奴を足がかりに満州支配をするつもりだろうが、そんなことはもう通じん。張はこの後必ず日本を裏切る。満蒙は自らが手中に収める肚だ」

「村岡軍司令官が錦州への派兵準備までしたというのに……」

軍人たちが口々に言う。

「村岡軍令も、政府の決定は腹に据えかねておられるようです」

「ただ、鈴木参謀総長が、奉勅命令が下りるまでは動くな、の一点張りだとか」

その言葉が終わらぬうちに、利平は大股で部屋を出て行った。他の兵士も慌ててあとに続く。なんの話かまるでわからぬまま、ひとり部屋に取り残された音三郎は、呆然と利平たちの出ていった戸口を見詰めていた。そのときレシーバが再び、不穏な音を立てたのだ。ブツブツッとなにかを叩いたときに出るような雑音である。

——おかしいな。

一度精査しようと波長のつまみに手を伸ばしたところで、ノックも無しにドアが開き、利平が単身駆け込んできた。

「例の導電線、近く設置にかかる。心づもりしてほしい」

性急に告げるや、手にしていた地図をバサリと机上に広げた。奉天以北の地図である。中央に南満州鉄道の線路、それと交差して京奉線の線路が描かれている。

「これが奉天と北京とを繋げる京奉線じゃ」

と、利平はふたつの鉄道が交差した地点にある陸橋を鉛筆で指す。

「それで、爆弾を仕掛ける場所じゃが」

「おい、待て。いきなりなんじゃ。爆弾？　なんの話じゃ」

動揺しつつも聞き返すと、「詳細はあとじゃ。ともかく言われた通りに動いてくれ」と、とりつく島もない調子で利平は話を続ける。

「京奉線の列車が、南満州鉄道の陸橋の下をくぐる。ちょうどこの地点に仕掛ける」

音三郎は蒼白になった。

「まさか……列車を爆破するっちゅうことか？」

無謀過ぎる話だ。鋼鉄で作られた堅固な列車を、しかも走行中に吹き飛ばすなぞ無理難題にも程がある。だが利平は事も無げに顎を引き、冷ややかに告げたのだ。

「すでに決まったことだ」

「けんど、なぜ列車を狙う？　爆弾は戦地で使うのじゃあないんか？」

「その列車に、とある要人が乗っておる」

暗殺か、と察したと同時に汗が噴き出した。口に溜まった唾を飲み込み、要人、と唱える。

ややあって、ひとつの名前が浮かんだ。再三再四、偵察隊が伝えてきた名である。

「張……作霖か？」

うなるような声になった。利平が頷くのを見るや、血の気が引いた。

「関東軍とは長らく一蓮托生だった人物じゃろう。いかに関係が冷えたといっても、殺すことはあるまい」

別段、月並みな説教をするつもりなぞ毛頭なかった。ただ、張の経歴に自らを重ね合わせることが少なからずあった音三郎には、関東軍の計画が非道としか映らなかったのだ。だいいち利平たちの計画はあまりに無謀だ。張を葬るにしても、列車を爆破するなどという方法は、どう考えても博打でしかない気がしたのだ。暗殺というにふさわしくない派手な行いである上、成功の確率も極めて低いからだ。

「張作霖暗殺はむろん、目的ではある。奴の存在を疎んでいる勢力も多いはずだ。だがわしら関東軍は、そのあとのことまで考えておる。張の暗殺だけであれば、爆破などせん」

「そのあとのこと、というのはなんだ？」

訊いたが利平ははぐらかし、脇に抱えていた地図を机の上に広げた。「いいか。今から詳しく手順を言うから、頭に叩き込んでくれ」と、有無を言わせず説明をはじめる。

「張作霖は今、北京にいる。先に送り込んである偵察隊からも無線で幾度かこちらにその情報が入っとるから、おまんも知っとるだろうが」

音三郎は胸の内に積み重なっていく質問を飲み込んで、ただ頷くよりない。

「近く張は北京から奉天に入る予定だ。田中首相が、自発的に奉天に引き揚げるよう促したのだ。奉天軍の拠点に戻るというわけだ。ご丁寧にも特別列車を手配するらしい。列車は途中、山海関、それから錦州、新民府を通過して奉天に至る。沿線にはおまんの無線機を持った偵察隊を置いとるけん、随時連絡がとれる。各所で列車の通過時刻を報告させれば、完璧だ」

今一度、利平は地図の一点をコツコツと突いた。

「いいか。京奉鉄道と南満州鉄道がここで交差する。石造りの陸橋がちょうどこの地点にかかっとる。そこに爆薬を仕掛ける」

音三郎は首を横に振った。

「しかし走行中の列車を爆破するのは容易ではないぞ。相当の爆薬が入り用になろうし、その威力もかなりのものでない限り、難しい。わしは十板におったけん、爆薬には少しは詳しくなったけんど……」

仮に爆薬の設置が完璧でも、威力が十分であっても、数分、いや数秒、起爆装置の動作がずれただけで作戦は失敗に終わるのだ。高速で駆け抜ける列車に照準を合わせるのは、よほど慣れた者でない限り難しい。だいいち、張作霖がどの車両に乗っているかわからぬでは、的を絞りようもないではないか――。

「その十板で造った爆薬を使う」

利平の声が耳に刺さる。十板で……殿山たちが開発していたピクリン酸の爆薬が使われるのか。

「かなりの威力だと聞いた。ピクリン酸を使った黄色火薬らしいな。わしは爆破の瞬間に接したことはないが、魚雷としても使われとるくらいじゃ。破壊力は問題なかろう」

「それは……その通りじゃと思うが」

音三郎の中に懸念が芽生えた。ピクリン酸の爆薬は十板独自の配合なのである。もし成分を調べられでもしたら、即座に日本軍の仕業だと発覚してしまうだろう。利平にそう告げると、

「支那側がそこまで入念に調べるとは思えん」と彼は一笑に付した。

「計画は周到だ。わしらの仕業とはわからんよう完璧に工作する」

「そのにうまくいくか……」

いつまでも懸念から逃れられない音三郎に、利平は不機嫌な横顔を見せた。

「線路には、朝鮮軍工兵が爆弾を仕掛ける。おまんは起爆装置に導電線を繋いで、指揮に合わせて作動させればええ。爆破の指揮は、独立守備第四中隊長をなさっとる東宮鉄男(とうみやかねお)大尉が執り行う。すべてその指示に従ってほしい。もちろんわしも現場には入るけん」

利平の手が音三郎の肩を摑(つか)んだ。顔は紅潮しているのに、肩に伝わってくるのはひんやりとした体温だけだった。

三

六月二日、山海関の偵察隊から連絡が入った。張作霖は明日には北京を発(た)ち、順調にいけば六月四日未明か早朝に爆破地点を通る予定だという。

奉天独立守備隊駐屯地の一室では、最前から東宮鉄男が奉天の地図を睨んでいる。他には利平、東宮直属の部下だという神田泰之助中尉、このたび増派されたという朝鮮軍工兵第二十大隊を率いる桐原貞寿中尉、加えて若い軍人が五名、加わっていた。

東宮は地図の一点、奉天城内を隔てる城壁近くの瀋陽駅から伸びた京奉鉄道の線路を指している。北京から奉天までを繋ぐ路線である。この線路が、奉天新市街の北で、旅順と長春を結ぶ南満州鉄道と交差する。ちょうど、奉天市街へと入ってくるカーブ直前の位置である。

「この曲線に差し掛かる皇姑屯寄りに、偵察を一人出す。各所からの無線連絡を受けたあと、最後の確認として目視範囲に置く偵察だ。甲田、お前がここに立て」

はっ、と若い軍人が敬礼した。

「我々は鉄道監視所から合図が出るのを見守る。旗を揚げて報せるんだ。いいな、機は一度きりだ。失敗は許されん」

東宮が全員を見回して言った。浅黒い面長の顔に三白眼が異様な妖気を宿している。彼は、はじめて相まみえたときから「通信兵」と音三郎を呼ぶばかりで、郷司という名を口にすることさえないのである。

「張作霖が乗る予定の特別列車は、二十両編成とのことです。ただ、張がどの車両に乗るか、それは直前の連絡で推し量るよりありません」

応えた利平に、東宮は頷きながらも目の際に鋭い光を浮かべた。

「特別列車の北京出発は六月三日、午前一時予定です。が、瀋陽から奉天に至る正確な時刻は、把握できておりません。途中、速度を落として待ち伏せを警戒する可能性もあります。特別列車を見誤らぬように、山海関、錦州、新民府で確認を行います。列車が通過した時点で無線連絡を受け取る形をとれば、まず間違いないか、と。電報に加えて、こうして無線も配備しておりますから」

通信兵、と東宮は音三郎に目を走らせた。相変わらず、敬意の欠片もない態度である。

「無線連絡は万全にしろ。通信が途絶えるようなことがあれば、我々の計画はすべて飛ぶことになる。この連絡に、すべてが掛かっておるんだ」

自分はこの男の部下ではない、ひとりの技師だ、という反駁が口を突いて出そうになるのをこらえるうちに、もししくじったら、という恐怖が黒雲のように湧いてくる。電波状況が悪かったり、遮蔽物によって電波障害が出たりする可能性が、まったくないとはいえないのだ。このところ、時折入る雑音の理由も判明しないだけに、音三郎は返事に詰まった。

「問題ありません。偵察隊からの連絡も、これまで滞りなく入っております」

代わりに利平が、自信に満ちた返答をする。それを聞いて音三郎は、己の内に湧いた疑心を必死に払う。開発者である自分が、性能を疑ってどうする。機械は裏切らない。人間のように心変わりすることなく、正確に役目を果たすのだ。

それに——と、音三郎は自らに呼びかける。この任務は、自分のためにも成功させる必要がある。十板に戻るにも、楊とともに事業をするにも、今回の実績がものを言うはずだ。これに成功したとき、自分にはふたつの輝かしい道が拓かれるのだ。関東軍の策謀の是非も、張作霖への感傷も、その目的の前にあっては取るに足らぬことだと音三郎は感じはじめていた。

「誤って他の列車を爆破することも、張作霖の乗った列車をやり過ごすことも、あってはならん。着実に爆破を成功させる。かつ、我々の行いということがけっして表に出ぬよう周到にやり遂げる。爆破後の処置まで含め、完璧を期すということを、全員肝に銘じてほしい」

東宮のひと言ひと言が、重石のようにのしかかる。大事を前に過剰な重圧ではないか、軍人らもかえって萎縮するのではないかと音三郎は危ぶんだが、周りを見る限り、色を失う者はいない。みな、感情を排した顔で、ただ命令に頷いている。

爆弾を線路に仕掛ける作業は、三日零時、つまり張作霖が北京を出るのに合わせて開始する、と東宮は告げた。爆弾の設置は朝鮮軍工兵が行う。起爆装置から導火線を線路以南に据えた鉄道監視所まで引き、点火装置に繋ぐ。関東軍の数名は監視所内で待機する。通信兵として音三郎も同様に、そこに控えるよう命ぜられた。

「この計画については、ここにいる者以外、けっして口外してはならん」

計画の全貌を音三郎はまだ知らされていない。爆破が成功したとして、それがどんな効果を挙げるのか。張作霖暗殺以外に、なにを企んでいるのか。利平に訊いても、「いずれわかる」と彼は未だ言葉を濁しているのだ。


同日、午後十一時半。一隊は駐屯地を出て、車で一路北に向かった。新市街はすでに灯りも乏しく、瀋陽大街から昭徳大街へと抜けるまで、人影も二、三見えただけである。日本郵便局脇を折れて、満鉄宿舎の前を通り過ぎる。かつては島崎や弓濱も、こうした宿舎に寝泊まりして満鉄周辺の電力供給を行っていたのだろうと思えば、いたたまれないような心持ちになった。自分はこれから、その満鉄の線路を破壊しにいくのだ。

爆破が成功したとして、弓濱がこの一件を耳に入れたらどんな反応をするだろうか。必ず、裏にあるものを嗅ぎ取ろうとするだろう。その思惑が満蒙の無線利権に生きるか否か、徹底して吟味するだろう。そこまで想像したところで、ふと疑問が湧いた。

——弓濱は本当に、米国フェデラル社を向こうに回すような大胆なことを考えるだろうか。

豪放な男だが、その仕事は慎重で繊細で抜け目ない。楊の無線局が開設され、中国国内でフェデラル社を追い落とした場合、その見返りがどういう形で表れるか、彼が考えぬはずはないのだ。大阪で行っている貿易にも、日米関係は大きな影響を及ぼしている。

——以前の弓濱のやり方からすると、楊の話の進め方は少し乱暴かもしれない。

そう思った刹那、このところ幾度か受信機が捕らえた雑音が耳に甦った。波長を合わせ、どこかの短波受信機が、こちらの通信を聞いていたとしたら……。

——まさか。

否定するそばから、楊に受信機を見せ、解説を施した日のことが脳裏をかすめる。粘りけのある汗が噴き出した。

がたん、と車が大きく揺れた。我に返って窓の外に目を遣ると、線路の向こうに真っ暗な原野が広がっている。遥か右手には交渉局の建物らしき灯りが見える。

音三郎は頭を振って、額を埋め尽くした汗を払った。

——そんなはずはない。受信機の設計を盗むためだけに、無線網なぞと大掛かりな嘘をつくはずもないのだ。

懸命に思い直し、波立つ胸の内を落ち着ける。弓濱の息が掛かった男たちは、これまで誰も弓濱を裏切らなかった。それほど彼は工業界の発展に欠かせぬ主要人物なのだ。満蒙で利権を得たい楊にとっても、その影響力は絶大なはずである。

大きく息を吐く。シンと静まった車内に、思いがけず大きな音でそれは響いた。利平がすかさずこちらに向いた。小さく頷いて見せると、彼は無言で前に向き直った。

車は、市街を出て平原をしばらく走ったところで停まった。古びた小屋の前である。辺りには家も見えない。

十一時五十分。

車窓から周囲を見回すと、街の灯がやけに遠い。集落もすでに寝静まっているのか、物音ひとつ聞こえてこなかった。

降りるように促され、音三郎はヘッドライトの灯りを頼りに、無線機を小屋へと運び込む。

「導電線を用意してくれ」

利平に命ぜられ、今度は導電線を巻き付けた芯を手にしたとき、不意に小屋の奥の闇から人影が湧いて出て、音三郎は危うく声をあげかけた。菜っ葉服に身を包んだ、浅黒く頬骨の張った男である。利平をはじめ他の軍人たちは、そこに男がいるのをあらかじめ知っていたらしく、桐原を先頭に数名の軍人が、彼を伴いすみやかに表へ出て行った。最後尾に東宮も続く。

「おい。ついてくるんだ」

利平に手招きされ、音三郎も導電線を手にして足早に一行に続く。草を分けつつ歩を進めると、やがて前方に京奉鉄道の線路が見えてきた。右手には、南満州鉄道の線路が走っている。石造りの陸橋も、うっすらとだが見てとれる。

――あそこが、京奉鉄道と満鉄の交差地点か。

陸橋下には、一行を先導した男と同じく菜っ葉服を着た者が二名、懐中電灯を手に立っていた。そのうちのひとりがなにかを語りかける。異国の言葉である。つまりこの菜っ葉服の男らが、桐原の下についている朝鮮軍工兵なのだ。最前、小屋で待っていた男が、たどたどしい日本語で仲間の言葉を訳した。

「作業が完了するまでに、四時間近く掛かると申しております」

東宮が眉をひそめる。

「事前の確認では、もう少し早く仕掛けられるはずだったが」

すると懐中電灯を手にした工兵が口々に何事かを訴えたのだ。

「確実に鉄道を爆破するには、線路両脇に爆薬を仕込まねばならない、そのためには導電線を車輪と線路の接地面を避けて配さなければならない、この作業に思いのほか時間がかかりそうだということです」

工兵が再び訳すと、東宮は苦々しげに頬を歪めた。それくらい前もって調べればわかるだろう、と小声で吐き捨てる。だがそれは、技師からすれば酷な言い条だ。正式に決行が決まったのがおととい。工兵にはその前に計画が伝えられていたのかもしれないが、詳しい現場は直前まで明かされなかったはずだ。ピクリン酸の爆弾も単に「これを使え」と手渡されただけで、その威力のほどを彼らは検証していないだろう。万全を期して数箇所に仕掛けたいと考えるのは妥当である。

「夜が明ける前に設置は終わらせたい。ともかく急いでくれ」

東宮は厳しい口調で工兵らに告げ、それから、音三郎の傍らにいた利平に向き直った。

「我々は先の鉄道監視所に詰める。点火装置もそこに置く。導電線で繋ぐ作業に入ってほしい」

利平は「は」と敬礼し、音三郎に顎をしゃくって工兵の近くへ来るよう促した。現場には桐原だけが残り、東宮他の軍人は小屋へと引き揚げていく。彼らの姿が闇に溶けると、利平は小さく息を吐き、

「さっきの小屋が、軍管轄の鉄道監視所だ。ここからおよそ七百尺ある。陸橋からあそこまで導電線を繋げて、先に渡した点火装置に接続するまでの作業を行ってほしい。その間に、工兵らは爆弾を仕掛ける」

低く指図され、緊張がいや増した。七百尺を電気がうまく走ってくれるか。起爆装置を確実に作動させることができるのか——。かろうじて「わかった」と返したが、声が無様に震えた。辺りが闇に沈んでいるおかげで、引きつった顔を利平に見られずに済んだのは唯一の救いであった。

早速、工兵が仕上げた起爆装置を見せてもらう。導電線を繋ぐ位置を彼らは仕草で音三郎に示した。傍らには、桐原が立って腕組みで見守っている。威圧的なその姿が視界に入らぬよう背を向け、懐中電灯で装置を検(あらた)める。接続部分は非常に精巧に造られており、天候が雨であった場合を考慮に入れたのか、水よけの被覆まで施してあった。工兵らの技師としての能力の高さと仕事の細やかさに、音三郎は密かに感嘆した。

「ここまで完璧に造ってあれば、設置にはさほど時間はかからんはずだ」

利平に告げると、彼は安堵の色を浮かべたが、すぐに口元を引き締め、

「しかしくれぐれも気を抜かず、完璧に仕上げてくれよ。起爆装置が作動しなかったら、それで終いだからな」

と、またしても居丈高に告げた。こうして圧力を掛けて人を動かすのが軍人のやり方なのだろうが、最前からいたずらにこちらの体をこわばらせるやり方に、音三郎は効率の悪さを感じぬわけにはいかなかった。

「電気はたった二極ですべての動作を操る」

起爆装置の前にしゃがんだまま、音三郎は傍らに佇む利平を見上げて言った。

「懐中電灯のような小さな灯りをともす装置も、起爆装置のような大がかりな装置を動かす場合も、その二極によって司る(つかさど)ことができるんだ。極めて合理的で、けっして間違いを起こさないのが、電気だ」

あえて口にすることで、音三郎は落ち着きを取り戻そうとしていた。電気という技術の粋(すい)を信じようとしていた。うまくいく。必ず成功する。そう己に言い聞かせていたのだ。試しに、起爆装置に導電線を繋ぎ、爆弾と接続はせずに電気を送ってみた。カチリと装置が作動した。

「動作は問題ない。あとはこれを爆弾と繋げばいい」

告げると、利平は小さく頷き、

「その作業は工兵に任せる。君は導電線を鉄道監視所まで引いて、向こうの点火装置と繋いでほしい」

と、冷静な面持ちを崩さず命じた。工兵の作業を見守るという桐原をその場に残し、音三郎

は利平とともに繁みの中に導電線を這わせて鉄道監視所まで辿り着く。草は夜露に濡れていたが、被覆は完璧にしてあるため漏電の心配はまずないだろう。小屋に置かれた点火装置と繋ぎ、音三郎の作業はなんなく終了した。あとは工兵が無事爆弾を仕掛け終えるのを待つだけである。

完了を報告すると、その場にいた東宮は顎を引き、それから「無線の設置にかかれ。各所から連絡が入るはずだ」と、短く命じた。

音三郎はすぐさま木箱から真空管受信機を取り出し、空中線を窓から表に引き出して、監視所近くの木に渡すようにして張った。真空管受信機と送信機を電池と繋げて起動させる。そうして、受信機のレシーバを耳に当てた。まだなんの音も聞こえてこない。念のため送信機から、電波を飛ばしてみる。偵察隊は、奉天から遠い順に山海関を「第一」、錦州を「第二」、新民府を「第三」と簡易な呼称を使うと、事前に決めていた。

「こちら本部。第一、聞こえますか」

マイクロフォンに向かって、音三郎は呼びかける。応答はない。もう一度、同じ言葉を掛けて、再びレシーバを耳に当てる。いつしか軍人たちの目が、こちらに集まっていた。刺すようなその視線から逃れようと、音三郎は受信機を抱え込む。

「はい。こちら第一。聞こえます」

ようやく聞かれた声に、音三郎はそっと安堵の息をつく。それを気取られぬよう、「受信できています」と周りを囲んだ軍人らに、出来る限り淡々と告げた。彼らはしかし、そんなことは当たり前だろうと言わんばかりの冷ややかさで頷いただけである。その後、第二、第三と続けて連絡をとり、双方から無事返信を受け取ることもできた。大仕事を終えたような充足感を覚えたが、これからが正念場なのだと気持ちを引き締める。

待機の時間が淡々と過ぎていった。午前二時を回ったところで、東宮が不意に「そろそろ手配しろ」と利平に命じた。具体的な指示はなかったが、あらかじめ打ち合わせができていたことなのだろう、利平は軍人三名をともなって素早く監視所から出て行き、三十分ほどして単身戻ってくると、「準備が整いました」と短く告げたのである。報告を受け、東宮が残りの軍人たちを引き連れて表に出ていく。皆が去ってしまうと、小屋の中には音三郎と利平だけが残された。

「工兵の様子を見に行ったんか？」

訊いたが利平は、言葉を濁して応えない。音三郎は宙に浮いた質問をむりやり続ける形で、

「あの工兵らは信用できるんか？　朝鮮軍の工兵だろう。仮に計画がうまくいっても、あとから漏れるっちゅう心配はないんか？」

いかに利平たちが内々に計画を運んでも、彼らが口を割れば、簡単に実行犯が割れる。これだけ用心を重ね、関東軍内でも一部の者しか知り得ぬよう細心の注意を払って進めながら、他国の工兵を雇うのは不用意に思えたのだ。

「その心配はない。彼らは我々の支配下にある工兵だ。仕事の運びが日本人技師と異なる点でも都合がいい。それに奴らは所詮技師だ。新式の爆薬を試せるという餌を与えたら喜んで飛びついてきたさ」

言ってから、利平は気まずそうに口ごもった。音三郎もまた、その「技師」だということをうっかり失念していた、という顔をしている。

「商人の欲は底なしだ。ひとつ叶えば、さらなる要求を突きつけてくる。複雑な罠を仕掛けて、自分が損をせずにいかに戦争を商売に利用するか、明解な目標を常に主軸に置いている。下手すると、彼らの欲に我々軍人も足を引っ張られることがある。ただし、技師が目的とするところは金儲けとは違う。金が入り用だとしても、自らの研究資金を欲する場合だけだ。つまり、この計画を強請のネタにして一儲けしようという考えは持ち得ない」

失言を取り繕うつもりか、利平はやたら饒舌になった。

「しかし研究開発費はあればあるほどええんじゃ。そのための金を得たいとなったら、工兵もどう出るか、わからんじゃろう」

「なに。彼らには次の現場が用意されとる。新たな技術的挑戦のかなう機会が、戦争の中ではいくらでもある。それがある限り、彼らは我々に従うさ。政治家や商人とは腹の探り合いをせねばならんが、その点技師は厄介がない」

技師をまるで使い勝手のいい機械のように語る一語一語が、音三郎の身を刺した。技術が国力も軍事力も支えていると言いながら、結局軍人らは技師を駒としか考えていないのだ。

「少し仮眠をとれ。実行までにはまだ時間がある。今のうちに寝ておいたほうがいい」

不機嫌に押し黙った音三郎を気にするふうもなく利平が言った。仮眠と聞いた途端、ろくろく睡眠のとれぬ日に耐え続けた身体が、ずっしりと重く感じられた。

「おまんは？　寝ないでいいんか？」

「わしは慣れとる。軍隊に入ると、寝なくとも平気なよう身体を慣らす訓練をするからな」

応えた利平を見て、思想や態度のみならず肉体までも軍人という鋳型に見合うよう改良してきたことを思い知り、音三郎は息をついた。

「おまんは、実行あるのみじゃな」

ふとつぶやくと、利平が訝しげに眉根を寄せた。

「実行?」

「ああ。昔から迷わず行動するじゃろう。いや、迷ったときこそ行動するほうを選ぶ。つまり現状維持に甘んじず、実行を選ぶんじゃ」

利平は腑に落ちぬ顔をしていたが、やがて薄く笑ってみせた。

「そうかもしれんな。実行せん限り、自分の考えが正しかったか、間違っていたのか、知ることはできんからな」

久方ぶりに利平の笑顔を見て、音三郎の気持ちは幾分凪いだ。

「では、少し休ませてもらう」

そう断り、小屋の隅の長椅子に身を横たえる。肩や足腰を締め付けていた緊張が、どろりと床に流れ出ていくような気がした。脳裏には「所詮技師だ」という利平の言葉が、折れ釘のように引っかかっている。不快さを封じるように目を閉じると、疲れが一気に出たのだろう、音三郎は呆気なく深い眠りに落ちていった。

四

諍いの声がした。

音三郎は反射的に跳び起きて、辺りを見回した。藍がかった光を真っ先に目が捕らえた。夜が白む頃合いなのだろう。鳥の声もかすかに聞こえてくる。

爆弾の設置は済んだのだろうか。

霞む目に、小屋の隅で揉み合っている男たちが映った。見知らぬ男が三人、軍人らに囲まれて床の上に跪かされている。三人が三人とも骨と皮ばかりに痩せており、中国語でなにかをわめき散らしている。その周りを軍人数名が、無言のまま取り囲んでいる。と、一番左にいた若い男が、軍人の足下に唾を吐きかけたのだ。音三郎が肝を冷やしたのと、軍人が男の顎を蹴り上げたのと同時だった。男はのけぞり、どうっと音を立てて床にひっくり返る。音三郎は身をすくめ、残ったふたりの支那人は動きを止めた。

「先に服を着替えさせろ」

利平の声だ。男たちから少し離れたところに腕組みをして立った彼は、足下の籠を支那人らのほうに軽く蹴った。利平の背後の椅子には東宮が控えている。

籠を受け取った軍人が中から素早く衣類を取り出す。その間に、他の軍人たちが支那人らの薄汚れた衣服を剝ぎ取った。吐瀉物のような饐えた臭いが鼻を突き、音三郎はたまらず息を詰める。

「便衣隊に見せるための服はそれきりしか用意がない。乱暴に扱うなよ」

東宮が命ずる。便衣隊——確か、蔣介石の息が掛かった軍隊ではなかったか。だが、男たちはどう見ても便衣隊員とは思えない。駅前にたむろする浮浪者のような風体なのだ。

——もしや密偵として便衣隊に送り込むつもりか？

音三郎は、支那人が着替える様を腕組みして見守っている利平を窺った。こちらの視線に気付いているはずなのに、彼は振り向く気配も見せない。

表から軍人ひとりが駆け込んできたのはそのときで、彼はあがった息の下から、「設置にはもう少し時間が掛かるとのことです」と、低く報じたのだ。東宮が苛立たしげに軍靴で床を蹴り、支那人が揃(そろ)って小さく悲鳴をあげた。

「もう四時を過ぎている。いつまで掛かるんだ」

工兵の作業は思いのほか手間取っているらしい。今が四時ということは、音三郎は一時間あまり仮眠をとったことになる。その間もレシーバは近くに置いておいたが、特段変化はなかったはずだ。改めて耳を澄ましたが、今のところ受信音は聞こえない。

「着替えさせたな。しばらく繋いでおけ。また指示する」

東宮が命ずると、利平は三人に縄を掛けて小屋の隅に転がした。最前蹴られた男の口や鼻から、どす黒い血が滴っているのが見え、音三郎は居すくんだ。支那人はいずれも目の焦点が定まらず、表情にも締まりがなかった。はだけた衣服から覗く上半身は一様にあばらが浮き出している。顔は土気色で深い皺が刻まれ、朽ちかけた木のように生気がない。

——こんな男たちを便衣隊にまぎれ込ませたところで、まともな働きができるのだろうか？

不審を抱きつつも、再びレシーバを耳に当てた。張作霖の列車が爆破地点を通るのは、おおよそ二十四時間後だと聞いている。山海関に詰めている偵察隊から連絡が入るとしても、まだ先のことだろう。

「成島。工兵に、遅くとも一時間以内に作業を終わらせろ、と命じてこい」

東宮が鋭く言い、先程報告に来た若い軍人が踵を返した。たまらず、音三郎は口を挟んだ。

「焦らせては駄目だ」

軍人たちの視線が一斉に集まる。利平が、一際厳しい視線を放ってきた。

「彼らは、私が見る限り、非常に優れた技術を持っている。間違いがないよう、丁寧に作業をしているはずです。焦らせ、急がせるのはたやすい。しかしそれが彼らの集中力を奪うことになります。彼らを信じて待ったほうがいい」

「そんな悠長なことをしていられるか。夜が明けるのだぞ。夜が明ければ人目につく」

髭を蓄えた古参らしい軍人が声を荒らげた。

「それは無論、工兵らも承知のはずです。夜が明けるギリギリのときまで、彼らは最善を尽くそうとしている。今、急かしたところで事態は変わりません。むしろ逆効果だ。正確に仕掛けることさえできれば、ピクリン酸の爆弾は確実な破壊力を発揮するはずです。ここは、着実な設置を優先すべきだ」

兵器の性能を疑う割に、軍人らはその仕組みを詳しく知ろうとしない。だから、技師の常識からすれば無理難題を平気で命ずる。かつ、それを遂行させるために一方的な圧力を掛けるのだ。兵器の複雑な構造を把握したところで、彼らにとってたいした意味はないのだろう。十板の研究室でも、軍部から下ってくる「破壊力のある爆薬を」といった、至極観念的な要望を嗤う研究員が少なくなかったのだ。「でもおかげで、僕らはある程度勝手にできるし、実験的な試みもかなうんですよね。ありがたいと思わなくちゃ」と冗談めかして言ったのは、山室だったか、伊瀬だったか。

十板で作った爆薬なら間違いはない。殿山たちが長年かけて完成に漕ぎ着けたものだ。自分を切り捨てた機関の肩を持つのも妙な話だが、彼らの技術の高さは、日々間近で仕事を見てきた音三郎には疑いようもなかったし、ピクリン酸の爆弾が破裂するところを実際に見たいという技師としての欲求も内に渦巻いていたのだ。

「成島。貴様は工兵になにも告げるな。引き続き、近くで作業の進捗を見張るように」

東宮が音三郎の提案に従うや、利平のこわばった表情は幾分和らいだ。

爆弾設置の作業が無事終了したのは結局、それから一時間十分後のことであった。走行中の列車からはもちろん、周辺からも見えないよう、うまく仕掛けられた、と監視所に戻った工兵らは報告し、倒れ込むように床に座ると水筒の水を勢いよく飲み干した。そのままなにも食わずに、三人ともがその場に寝転がり、五分も経たぬうちに軽い鼾を立てはじめたのだ。東宮がそれを見て、

「自分たちの仕事にしか関心がないのだな」

呆れたふうに吐き捨てる。工兵たちは確かに任務のみを遂行した。小屋の隅に浮浪者らしき男たちが縛られて転がされているのに気付いたろうが問うこともせず、実行のときに備えて真っ先に仮眠をとる姿を、しかし音三郎は他人事とは思えなかった。

小さく息をついてレシーバを耳に当てる。

シューッというくぐもった音が聞こえた。なにかを受信している。小屋の中で地図を広げて計画について話し合っている軍人らに「シッ」と人差し指を立て、辺りが静まったところで、今一度レシーバから響いてくる音に集中した。

「……出発。予定通り……は出発したそうです」

音声がはっきりしない。音三郎は送信機のマイクロフォンを手にして、

「こちら本部。第一ですか？　もう一度、はじめから報告されたし」

怒鳴るようにして告げた。再びレシーバを耳に当てしばし待つ。なんの応答もない。もしかするとこちらの声が届かなかったのかもしれない。再度、送信する機を計っていると、「聞こえんのか」と、甲走った東宮の声が鳴った。音三郎はそれを無視して、レシーバに耳を押し当てる。

「おい。東宮大尉が訊いておられるんだぞ」

利平の口調にも怒気が含まれている。

「もう一度、送信してみます」

苛立ちを抑えて返し、マイクロフォンに手を掛けたとき、

「こちら第一」

レシーバからはっきりした音声が聞こえてきたのだ。

「当該列車は予定通り北京を出発したと、報告あり。明朝五時頃、該当地を通過の予定。第一地点で通過を確認し次第、また連絡いたします」

総身が熱くなった。音三郎は出来る限りの平静を保って、今の報告を東宮に上げた。

「よし」

と、彼が満足げに頷いたのを見届けて、音三郎は第一に「了解」と短い返答を送った。レシーバを外した途端、顎から汗がしたたり落ちた。その汗を拭う振りで、両手で顔を覆い、その

中に安堵の息を吐き出した。

夜半までこのまま待機、と指示が出て、軍人たちも食事や仮眠を交代でとる。誰も言葉を交わさなかった。時折、偵察に出た軍人が表の様子を報じる声が漂うばかりである。工兵は熟睡しているらしい。三人の支那人も、恐れをなしたのか、ぴくりとも動かない。

受信機に目を戻そうとしたときだ。支那人のひとりがジッとこちらを見詰めているのに気付いて息を呑んだ。最前、思うさま蹴られた男である。鳥肌が立つ。なにかを訴えかけるような目をしていた。窓を塞いだ暗がりの中で、その白目だけが別の生き物のように冴え冴えと光っている。彼は、声を出さずに口だけ動かしてなにかを言った。助けてくれ、という懇願なのか、悪態をついているのかわからない。おぞましい呪詛にからめとられそうな気がして、音三郎は目を逸らす。しばし受信機に目を落としたのち、改めて支那人のほうを窺うと、彼はもうこちらを見ていなかった。虚ろな目を、ただ宙にさまよわせている。

——気のせいだったのかもしれん。

そう思い直した。焦点の合わぬ目ゆえに、こちらを見ているような気がしただけかもしれない、と。

首を回して、気持ちを切り替える。と、利平がふた切れの麵麭を手に近づいてきて、音三郎の傍らに腰を下ろした。「食うか」と、ひと切れを差し出して訊く。朝方握り飯をひとつ口にしただけだったが、腹は減っていない。喉元まで石でも詰め込まれたような具合で、息をするのも難儀なほどである。音三郎が首を横に振ると、「そうか」と利平は自分の麵麭をかじった。控えめな咀嚼の音が聞こえてくる。こんなに静かに飯を食う男だったろうか、と昔を思い出そうとしたが、うまくいかない。

「明朝、特別列車を爆破する前に、我々にはやらねばならんことがある」

おもむろに彼は言った。音三郎は「やらねばならんこと？　無線か？」と聞き返す。

「それもそうだが、もうひとつ任務がある。君もその場に立ち会うことになるが、くれぐれも動揺せんでほしい。ひとつの動揺が隊の集中力を奪うことがあるからな」

「動揺？……どんな任務だ？」

「今は知らんでいい。ただ、ひとつだけ心に留めておいてほしい」

利平は言って、小屋の隅に繋いである支那人のほうへ顎をしゃくった。

「あいつらは阿片窟から引っ張ってきた男らだ。重度の中毒症なんだ。もともとが生きとる価値のないような奴らだ」

阿片中毒？　音三郎は瞠目する。そう言われれば、虚ろな目にも病的に痩せた体にも合点がいく。だが、そんな中毒患者を便衣隊にまぎれ込ませたところで、ろくな働きは期待できないだろう――不審を抱えて利平を見遣る。彼はその視線を避けるようにして、麵麭にかぶりついた。

「陽が落ちてからだ。陽が落ちたら、その任務を遂行する」

囁くと、利平はもうひとつの麵麭を音三郎の手に押しつけて腰を上げた。

日没から程なくして、第一偵察地点である山海関から、特別列車通過の報告が入った。あとは第二地点の錦州、第三地点の新民府からの連絡を待てばいい。

山海関通過の旨を東宮に報告したのを潮に、桐原が「もう一度現場を確認にいく」と言い置き、朝鮮軍工兵を伴って監視所を出て行った。

彼らが姿を消して間もなくだった。東宮が利平に「よし。はじめろ」と命じたのだ。先刻、利平の言っていた「任務」にかかるのだろうか。ぜんたい、なにをするのかと見守るうち、利平と数名の軍人が素早く支那人を取り囲んだのだ。異様な気配を察したのだろう、彼らは首を起こして口々に喚き出した。軍人らは表情ひとつ変えずに、それを見下ろしている。音三郎もまた、ぼんやりとその光景を眺めていた。

そのときだ。鋭い光が、不意に音三郎の視界を横切ったのだ。

まぶしさに細めた目に、軍刀を抜いた利平の姿が映る。刀が電灯の明かりを反射したらしい。

支那人たちが一斉に声を呑む。監視所内が水を打ったように静まった。

「こんな奴らのために、大事な軍刀を使いたくはないが」

利平がつぶやくと、傍らの軍人らが同調するように頷き、一様に口角をひねり上げた。利平もまた、口の端を吊り上げる。ひどく濁って歪んだ、おぞましい笑みだった。その笑みを貼り付けたまま、彼は一番左にいた支那人の髪の毛を乱暴に摑んだ。悲鳴があがる。呆然と見詰めていた音三郎の前で、軍刀が一閃した。

あっ、と叫ぶ間もなかった。利平の刀はまっすぐに突き出され、支那人の胸に吸い込まれていったのだ。派手な音は立たない。ただ、ジャリッという、奥歯で砂粒を嚙んだようなくぐもった音が這うように響いてきたのである。

刺された男が虚空を睨んだまま、ゆっくり後ろへ倒れていく。どさりと床に頭を打ち付けると、それきり動かなくなった。鮮血がじっとりと広がっていく。音三郎は微動だにせず、その一部始終を凝視していた。頭の中が混濁して、やがて発光したように真っ白になる。

絞め上げた鶏のような悲鳴が、鼓膜を貫く。残された支那人ふたりが、縛られた手足をばたつかせて騒ぎ出したのである。その頃になってようやく、

――なぜ殺すのだ。

という純粋な疑問が、音三郎の内に灯った。支那人は、便衣隊に送り込むために捕らえたのではなかったか。

利平が軍刀を振って、血を払う。「早く拭かんと、刀に脂がまくぞ」と、傍らの軍人が利平に耳打ちした。「わかっとる」と、利平は邪険にあしらい、次の支那人の前に立った。

便衣隊は蔣介石の傘下にある一隊だ。つまり、張作霖と敵対する関係にある。その便衣隊に見せかけた男たちを使うとしたら――音三郎はそこまで推量して、震撼した。

――まさか、彼らを実行犯に仕立てるのか？

利平が今度は、中央にいた支那人の髪の毛を摑んだ。いっそう大きな悲鳴があがる。

――だが、なぜ殺す必要がある？

男が足をバタつかせる。床が割れるのではないかと思うほどの不穏な音が立ち上った。軍人らが暴れる男を押さえ込もうとしたときだ、左端にいた若い支那人が勢いよく後ろに跳んだのだ。その勢いのままに立ち上がる。

「あっ！　足の縄が」

軍人が叫ぶ。男の足下に千切れた縄が捨てられている。軍人が男に摑み掛かろうとする。が、

イタチのような素早さで、男は軍人らの手をすり抜け、後ろ手に縛られたままの格好で、音三郎のすぐ脇にある、空中線を引き出している窓に向かってきた。あの男だった。最初に蹴られた若い男だ。また目が合った気がした。だが、それは定かではない。

「おいっ。捕まえろ！」

「外に出すなっ！」

軍人らの声が次々に投げられたが、音三郎はとっさに、空中線に繋がれた受信機と送信機を抱え込んだ。その隙に男は、音三郎の傍らに置かれた椅子によじ登り、あっという間もなく体ごと窓にぶつかった。観音開きの窓は呆気なく開き、男はそこから外へと転げ落ちる。

「表へ出た。捕まえろ！」

利平の声に、軍人たちは戸口から駆け出そうとする。支那人は転げ出た拍子に手の綱もほどけたらしく、凄まじい速さで平原を駆けていく。

「よせっ！　追うな」

東宮の声だった。窓に足を掛け、戸口から表に出ようとしていた軍人たちが一様に動きを止めた。

「表で騒ぎを起こして、誰かの目についてはまずい。放っておくんだ」

「……しかし」

利平がうめく。

「あの男が我々の計画を漏らすようなことがあっては……」

「奴らは我々の計画を知らん。言葉も通じぬのだ、なんのために自分たちがここへ連れられてきたのかも、理解しておらんはずだ。だいいち、仮にあの男がここでのことを漏らしたとして、阿片中毒者の言うことを誰が信じる？　幻覚でも見たのだろうと、相手にされんさ」

　東宮は冷ややかに言い、「それより、早くしろ」と利平に命じた。利平は黙って頷き、残ったひとりのもとへ向かう。支那人がまた硝子のこすれるような叫び声をあげた。利平は構わず、男の髪を掴む。が、なにを思ったか、そのまま後ろに回って男の頭を片腕で抱え込むようにしたのである。

「逃げた奴の分までおまえが責を負え」

　男の耳元に囁き、刀をその首に当てた。ギャーッと、再び男が叫ぶ。その声がすべて終わらぬうちに、利平は思うさま刀を引いた。ジャッとおぞましい音が空気を裂く。血しぶきが噴き出して、霧のように辺りを染めた。利平が抱えていた手を離すと、男はくずおれた。手足が痙攣している。が、程なくしてその動きが収まると、それは血を流し続けるだけの物体に変じたのだ。

「馬鹿め。首なぞ切る奴があるか。こっちまで血が飛んだぞ」

　軍人のひとりが舌打ちをする。利平の部下たちは文句も言えず、軍服に飛んだ血しぶきを手の平で拭っている。

「自決であれば、首を切るほうが常套だからな。これで怪しまれることはないさ」

　利平は懐から取り出した布きれで軍刀を拭いながら、恬淡と応えた。

　――自決？

　音三郎が訝しんだのと、東宮が封書を取り出したのと同時だった。

「打ち合わせの通り、遺体は爆破決行前に、現場近くに放擲(ほうてき)する。こいつは張作霖爆殺の密命を支那語でしたためた書状だ。これを骸(むくろ)の懐に忍ばせておけ。決行後に自刃したとなれば、奉天軍は蔣介石の仕業と見る。こののち、必ず国民革命軍に攻撃を仕掛ける。両軍の戦闘が開始されれば、我々関東軍が鎮圧に乗り出すこともできよう」

みなを睨(ね)め回して東宮が告げると、

「我々が戦闘を鎮圧すれば、東三省を収めることもできますな」

と、別の軍人が追従(ついしょう)めいた口振りで続いた。

「ああ。満蒙を手放さぬためにはこれより他にない」

東宮の口振りは、いかにも正義のもとに行動しているといった自信に満ちている。音三郎は彼らの計画を頭の中で整理しようと努めるが、血の臭いが濃く漂っている中では、うまく考えがまとまらない。頭を抱えたところで、監視所のドアが開いた。最前逃げた支那人が戻ったような錯覚を起こし、身構えて振り向くと、桐原と工兵が素早く小屋の中に身を滑らせたところである。そっと息を吐く。逃げた男が帰ってくるはずもないのだ。頰を伝う汗を拭いながら、これ以上殺戮(さつりく)の現場を見ずに済んだことに密かに安堵し、しかしすぐに、もっと大掛かりな殺戮が控えているのだという事実に突き当たって身が震えた。

列車を爆破することで、何人が死ぬのだろう。その後、本格的な戦争がはじまれば、市民も含めた大勢が命を落とすのではないか。先を読むうち、島崎老人の顔がちらつきはじめる。

技術は常に功と罪を背負っています。便利な暮らしのためにと構築した技術も、使い方によっては悲惨な結果をもたらしかねません。むろんそれは利用した者の意図であって、開発者の責任とは言い難いでしょう。ですがそれゆえに、自分の技術がどう使われるものか、先の先まで見通す必要があるのです。

監視所に足を踏み入れた桐原は、隅に転がった骸を一瞥するも表情ひとつ変えることなく、「装置は問題なしです」と、東宮に報告した。朝鮮軍工兵らも、室内に漂う血の臭いになんら反応を見せず、導電線と点火装置との接続を確かめている。

死骸を前に誰もが平然と仕事を進めている異様な光景に唖然としていると、利平がすいと寄ってきた。反射的に、音三郎は鳥肌立つ。支那人の首を掻き切ったときの悪鬼のような顔つきが浮かんで、総身が震えた。

「あと七時間だ。ここからは頻繁に連絡が入るはずだ。くれぐれも頼む」

利平の周りに血の臭いが立ちこめていて、吐き気を覚える。音三郎は頷くふりでそれとなく体を移動し、利平から距離を置いた。レシーバを耳に当て、目を瞑る。今ここにある光景がすべて夢であればいいと思い、いや、この作戦が成功しない限り、自分は十板に戻れないのだと四肢に力を込める。レシーバからはなんの音も聞こえない。七時間後に列車が爆破地点に差し掛かるとすれば、第二地点の錦州を通過するにはあと二時間ほどかかるだろう。

〈ツッツー〉

唐突に反応があって、音三郎は背筋を伸ばした。モールス信号に似た音は、強弱を付けて続いている。偵察隊からの電波ではない。なにか他の電波を拾ってしまっている。

ハッと背筋がしなった。朗らかに笑う楊の顔が浮かぶ。

「どうした。なにか言ってきたか?」

利平がこちらを覗き込んだ。この状況を正直に伝えるべきか、逡巡する。が、結論を出すより先に、音三郎はとっさに取り繕ってしまったのだ。

「いや。まだなにも。錦州を列車が通過するには、もう少し時間がかかろう」

今この段階で傍受の可能性を伝えれば、混乱が生じるのは明らかである。各拠点の受信機、送信機とも波長を変えれば済むことだが、音三郎が波長ごとに設定したダイヤルの数値を相手がもし把握していれば、偵察隊に無線で送った指示を聞いて、同じように設定をし直すだけだろう。なによりこの仮説を告げることは、技術面の失敗を軍人たちに印象づけるに等しいのである。

「そうだな。少し先だな。なにかあったら教えろ」

案外にも利平はたやすく納得し、東宮の近くへ戻っていった。ふたりが小声で話し始めたのを確かめてから、改めてレシーバを耳に当てる。

まだ交信音は続いている。

——仮にこれが楊だとして、彼はなんの目的で傍受しているのか。

楊は一介の実業家である。蔣介石や張作霖の軍と繫がっているとは思えない。日本側の動きが気になっているとしても、関東軍の無線を傍受までして情報を得るというのは危険が大きすぎるだろう。蔣介石についた財閥が関東軍の動きを探るならまだ理解できる。が、単に無線電信局の計画をしている楊がそこまで中国、日本各軍の動きに踏み込んでいるとはやはり考えにくかった。情勢を見て、利のあるところにつくのが、一般的な商人の立ち回り方なのだ。最悪彼によって傍受されていたとしても、楊に利があるとすれば、この真空管無線機の性能を測ることくらいなのではないか。

――だが、楊が他の中国人に設計図を流していたとしたら。

音三郎は拳を握る。動悸は激しかったが、さすがにそれはないと懸命に打ち消す。そこまで短期間で、同等のものを用意できるはずもないのだ。すべては自分の妄想だ。雑音が入ったことでおののいて、いもしない亡霊を見ているだけのことだ。

傍受の疑いは、一切口外しないと決めた。列車爆破という目的を遂行できれば、無線機は十二分に役割を果たせるのだ。音三郎はひとつ、深呼吸をする。万全でなければならない、と胸の内で唱える。技師として、自分は常に万全でなければならないのだ。


日付が六月四日と変わった頃から、監視所内は物々しさを増した。幾人かの軍人の出入りがあり、軍用車が横付けされ、支那人二名の骸が運び出された。間際、東宮が先に示した書状が、ひとりの支那人の胸元に差し込まれる。この書状によって、国民革命軍配下の便衣隊が事を起こしたという確たる証拠になろうと、若い軍人らが得意げに語り合っている。

彼らの会話を耳にするうち、混沌としていた音三郎の頭の中で、関東軍の思惑が、ようやくひとつに繋がっていった。つまり、こういうことだ。

張作霖を失った奉天軍は実行犯特定に乗り出すだろう。便衣隊隊員が主犯とわかれば、彼らはすぐに国民革命軍に攻撃を仕掛ける。中国国内の二大勢力が正面からぶつかるだろう。この衝突に、日本も手をこまねいているわけにはいかなくなる。関東軍にも出兵の奉勅命令が下るはずだ。そのときこそ国民革命軍、奉天軍ともに制圧して満蒙を関東軍が統治する――彼らの狙いは邪魔者である張作霖の暗殺だけにとどまらないのだ。そこから戦争を引き起こし、それを制圧する形で関東軍が満州で覇権をとるところまで見込んでいるのだ。先の先まで見越した周到さと、目的を果たすためであればいかなる無謀も辞さない大胆さに、今更ながら音三郎は、関東軍という組織の執拗（しつよう）さを突きつけられる思いだった。

受信機の雑音は、小一時間ほど前に消えていた。これで終わればいいが、と音三郎は内心ひたすら祈っている。窓から外の様子を見て、水筒の水を口に含んだそのときだった。

〈列車通過予定連絡。当該地点は四時に通過予定〉

唐突に、レシーバから声が聞こえてきたのだ。

「四時？」

音三郎は思わず叫んだ。周りの軍人が一斉にこちらを見る。東宮が大股で近寄ってきた。腰に差した軍刀が派手な音を立てている。

「なんだ。なんと言ってきた」

音三郎の前に仁王立ちし、目を剝（む）いて訊く。

「よ、四時に爆破地点を通過すると言ってきています」

「四時？　予定より一時間も早いじゃないか」

東宮はうめくと、「そこまで誤差が出るか？」と、振り向きざま桐原に問うた。

「常識では考えられませんが。京奉線を通っているのは張の特別列車だけではないはずです。前後に他の列車も走っている。間隔を開けているにしても、そこまでの大幅変更は不可能ではないか、と。だいいち、錦州から奉天間で予定より一時間もの短縮をはかるには、相当の馬力で走らなければならない。そんな速度に、列車が持ちこたえるとは思えません」

工兵を指揮しているだけあって、桐原は京奉鉄道についてあらかじめ知識を入れているらしかった。おい、と東宮が音三郎に向き直る。

「今の報は確かだろうな」

威圧的に身を乗り出した。

「確かめてみます」

音三郎はかろうじてそれだけ応えると、送信機のマイクロフォンに口を寄せて、呼びかける。

「こちら本部。四時というのは確かですか」

呼びかける。レシーバを耳に当てて待ったが返答はない。

「第二。応答してください。列車の通過時刻は確かですか」

やはりなにも応答はないのだ。血の気が引いていく。今の無線は、本当に錦州からのものだったのだろうか。

「おい。なにをしとる。なぜ応答がない。この無線機がいかれとるんじゃなかろうな」

東宮に凄まれて、ついしどろもどろになった。

「……いえ、無線機の不具合ではありません」

「ならば、なぜ応答せんのだ」

「なんらかの事情で電波状況が悪くなっているか、もしくは、偵察隊の方が送信機を扱っているために、受信機から離れているか」

ガンッとおぞましい音で床が鳴った。東宮の軍靴が床を蹴ったのだ。「落ち着いてください。

無線というのは元来不安定なものです。時刻や状況によって感度も変わります」と、桐原がなだめに回る。音三郎は震える手で、再びレシーバを耳に当てた。

〈こちら第二〉

そのとき、声が聞かれたのだ。

「あっ、応答がっ」

叫ぶと東宮はこちらに歩み寄った。

〈当該列車は予定通り。ただいま、錦州地点を通過しました〉

「錦州を今、通過したそうです」

音三郎が告げると、「何時だ。ここには何時に来るっ」と、東宮が苛立った声をあげる。

〈万事予定通り。当該地点は五時から五時半の間に差し掛かると思われます〉

「五時から五時半？」

音三郎はつぶやき、送信機に手を掛ける。

「こちら本部。五時から五時半というのは確かですか」

何度か呼びかけたが、またしても応答はない。

「どっちが正しいんだ」

甲走った声を、東宮があげる。

「仮に違う列車を爆破するようなことになっては、我々の計画はすべて無に帰すのだぞ」

利平が音三郎の傍らに寄り、「おい。最初の連絡が聞き間違いということはないか？」と、低く訊いてきた。

聞き間違い、ということはない。確かに、四時と言った。ただ、今の第二からの報告とはなにかが違っていた。送信者の声も異なる気がする。しかしそれは単に、電波状況によるものかもしれないが。

「間違いなく四時と言いましたが、今の連絡のほうが確かでしょう。列車通過の報告と一緒でありましたし、先の報告よりあとからもたらされた。おそらく先の情報を訂正する意味で送ってきたものと考えられます」

根拠のない仮定でしかなかったが、音三郎は思い切って口にした。監視所の中は、しばらく重い沈黙に埋め尽くされた。そこに風穴を開けたのは、桐原だった。

「やはり、一時間の短縮はないでしょう。ただ、その時刻にも念のため警戒をしておくべきだ。あとは第三との交信次第だ」

建設的な判断を導き出し、責任追及に走ろうとする東宮を巧みに押し止(とど)めた。桐原の命令を受けて工兵は再度現場に走る。導電線に破損がないか最終的な確認をするためだった。

音三郎はその間も通信を続ける。レシーバには未だ時折、雑音が入る。執拗に頭の中を巡る不穏な予感を追いやって、第三に送信し続ける。

錦州を特別列車が通過したのは間違いないだろう。だが、その列車に本当に張作霖は乗っているのか。どこかで勘付かれて、途中駅で列車を降りたということはないか。他の列車に乗り換えるといった目くらましをしないとも限らない。実は、北京を発ったときから、四時に通る列車に乗っているという可能性があるかもしれないのだ。例えば第一が、それに気付いて連絡を寄越したということはないか。音三郎の確認に気付かず、通信が途切れたということはないだろうか。

　すべてをひとりで抱え込んだ重圧に、音三郎は、叫び出したい衝動に駆られていた。もっと感度のいい受信機であれば、もっと送受信が素早くできる機能があれば、電波という不可解なものをもっと自分が理解していれば、こんな混乱は起きなかったのだ。速やかに的確に、張作霖の動向を把握できたはずなのだ。まだまだだ。この真空管受信機は、島崎の言う「段階」なのだ。

「どうした。息が荒いぞ」

　利平が潜め声で訊いてきた。音三郎は我に返る。すっかり固まった顔の筋肉をなんとか動かし、笑みを作る。

「なに、緊張しとるんじゃろう。このなことははじめてじゃけんな」

　動揺が過ぎて、国訛(くになま)りになった。

「案じるな。必ずうまくいく。我々関東軍に失敗はないのだ」

「ああ、わかっとる」

　目を合わせずに応えた。利平もまた、関東軍という存在を拠(よ)り所(どころ)にし、己を鼓舞している。音三郎が、機械を、そして電気を信じているように。

　拳で軽く己の胸を叩く。内側でとぐろを巻いていた疑いを、倦んだ息と一緒に吐き出した。今は通信に集中することだ。目の前の仕事を成功させることだ。

　時計は三時四十分を指している。東宮が導電線のスイッチの前に立った。辺りは静まり返っている。もうすぐ四時か、と桐原が窓の外に目を遣った。それを受けて軍人のひとりが、

「念のため、見て参ります」

と、双眼鏡片手に表に出た。と、レシーバから受信音が聞こえてきたのだ。

〈こちら第三。ただいま、列車通過しました〉

新民府地点である。ここからおよそ列車一時間ほどの位置だ。

「現在、新民府を通過。やはり五時過ぎに爆破地点に差し掛かるものと思われます」

音三郎はすかさず東宮に報じた。肩の荷が下りて、自然、声が大きくなる。東宮他、詰めていた軍人らもわずかに表情を弛めて、頷き合う。ようやく監視所内がひとつになったそのときだった。

ドアが勢いよく開き、表に偵察に出ていた軍人が息せき切って駆け込んできたのだ。

「列車が皇姑屯駅近くに見えております。すぐに爆破地点に差し掛かりますっ！」

「えっ！」と音三郎も声をあげたが、東宮はそれ以上の動揺を見せた。

「特別列車かっ。確かかっ？」

監視所内が一気に色めき立つ。偵察に出た男は口ごもる。特別列車と言い条、平素と同じ汽車が牽いているのである。この薄明の中で、張作霖のために用意された列車か否か、確実に見極められるはずもないのだ。

「わかりません。しかしかなりの速度で向かっています。尋常な走り方ではありません」

「先刻の四時という連絡に従うならば、この列車か」

利平が焦燥を漲らせて言った。

「しかし、たった今、第三地点から通過の報告が入ったばかりです。他の列車の可能性が大きい」

音三郎はすかさず異を唱える。

「どっちだ」

東宮がまた床を蹴る。桐原が「爆破の機は一度しかないぞ」と、わかりきったことを口にして、現場の混乱に油を注ぐ。列車の走行音が遠くに聞こえてきた。

「迷っている時間はありません」

「列車はそこまで来とります」

「だが、別の列車だったらどうする」

軍人たちが銘々声を発しはじめる。東宮は、窓辺に駆け寄り双眼鏡を覗いたが、この距離で判断できることはなにもないのだろう、眉間を激しく揉みはじめた。走行音が次第に近くなり、振動までかすかに伝わってくる。

音三郎は送信機に向かって、呼びかけた。

「第三、こちら本部。列車通過を確認したい。通過は今か？　確認されたし。第三、こちら本部。今の報告を確認されたしっ」

ガッガーという鈍い雑音が走った。向こうでなにかを言っている。音三郎はレシーバを耳に押し当てた。しかし雑音に消されて、うまく聞くことができない。

——これは第三からの電波ではない。妨害電波ではないか。

やはり誰かがこの通信に関与しているのだ。

〈こちら第三。こちら第三〉

雑音の向こうからうっすら声が聞こえてきた。

「静かにっ」

音三郎が怒鳴ると同時に、

「あと、十分。いやもっと早く、爆破地点に差し掛かりますっ」

東宮と同じく双眼鏡を覗いている利平が、声を裏返した。

「あれだけの速度で来るということは、張が乗っているのかもしれん」

東宮が低く言い、点火装置の前に戻った。

〈こちら第三。通過は八分前であります。当該列車に間違いはありません〉

「よし、決行っ。この車両を爆破する」

東宮は明言し、点火装置のスイッチに手を掛けた。

「お待ちくださいっ！　あれは違う。あの列車は違いますっ」

音三郎は叫んだ。東宮が夜叉(やしゃ)のごとき顔を向ける。列車の音が轟然(ごうぜん)と鳴り響いている。「近いぞっ」。利平が振り向いて言った。

「第三と今、繋がりました。新民府列車通過は八分前。到達はまだのはずです」

東宮の手がスイッチに掛かっている。その姿勢のまま、目を見開いて音三郎を睨む。

「第三からの連絡です。八分前に新民府を通過して、ここまで到達しているのはおかしい。張作霖の搭乗列車はこのあとですっ」

利平が「間違いないか」と唾を飛ばす。音三郎はそれに頷くことも忘れて、東宮と睨み合う。

「早くっ、早くしないと列車が過ぎてしまいます」

偵察に出た男が悲鳴をあげた。激しい地響きを伴う走行音である。列車を目視せずとも、それがただならぬ速さで走行していることは察しがついた。まるで逃げるような走り方だ、と思った途端、音三郎の自信が揺らいだ。

東宮の肩が大きく盛り上がる。スイッチを押す――そう見えたところで、その大きな体がぐらりと傾いで、点火装置から離れた。

ほとんど同時に、「列車通過」と、気の抜けた偵察兵の声が漂った。

ゴォォォと、地鳴りを上げて列車は満鉄の陸橋をくぐっていく。音が徐々に遠ざかって、汽笛がかすかに聞こえるほどになるまで、監視所にいる誰ひとりとして動かなかった。東宮の顎から汗がしたたり落ちているのが、唯一動きを伴うものであった。

東の空が白んできている。鳥が高らかに鳴きはじめる。いつもであれば美しく聞こえるその声が、このときばかりはひどく忌々しいものに感じられた。

「第三からの情報を信じよう」

場を切り替えたのは、桐原のひと言だった。監視所内に渦巻いていた懐疑がそれで少しだけ薄まった。

「第二も第三も、列車を近くで目視しているはずだ。駅至近で監視しておる。そのための無線だ。五時過ぎの列車という報告を信じて、備えよう」

この時点で、時刻は四時半を回っていた。あと一時間もない。空は藍から茜へと変わりつつある。

「しかし列車通過が五時を大幅に回るようなことがあるとまずいな」

傍らで利平がつぶやいた。

「陽が昇って視界がよくなると運転士が気付かんとも限らない」

「それは問題ない。走行中の列車からは見えん位置に設置してある」

利平の言を聞き咎めた桐原が、すかさず打ち消した。

「ただ、夜が明ければまるで関わりない者が線路に近づくかもしれん。三百キログラムの爆弾だ。相応に嵩はある。それに爆破後、ここを撤収する際も夜が完全に明けてからでは危険だ」

桐原の言葉に、「早く来い」と東宮がうなった。

音三郎は時計を見遣る。四時五十二分。

「どうだ、まだ見えんか」

利平が、双眼鏡で窓の外を見ている偵察兵に訊く。「なにも」という偵察兵の冷静な返事が放られた。この時間で列車の気配もないということは、やはり先に通り過ぎたのが、張作霖を乗せた特別列車だったのではないか——音三郎の不安がいや増した。皆も同じように感じているのだろう。再び、沈鬱な気配が満ちていく。

「あっ」

そのとき、偵察兵が喉を鳴らした。

「来たっ！　見えたぞっ」

それを合図に、全員が一斉に窓辺に寄る。遥か遠くに、列車らしい黒点が見える。少しずつ膨らんで近づいてくる。

「おいっ、表に出ろ。確かであれば旗を揚げるんだ」

東宮が命じると、偵察兵は一散に飛び出していった。線路と監視所の中間地点まで真っ直ぐ走り、草むらにしゃがむ。

「あの列車で間違いないな」

東宮は再び音三郎を睨め付けて、確認をとる。音三郎は時計を見た。五時八分。

「時間的には、第二、第三から報告の通りです」

応えると、利平が、「間違いないでしょう」と後押しした。

「よし。あの列車で決行する。旗が揚がったら、報せろ」

東宮は言って、点火装置の前に立った。音三郎は窓に額を貼り付けんばかりにして、走行してくる列車を見詰める。黒点はなかなか大きくならない。やけに速度が遅い。そう思ったところで、利平が「ずいぶん遅いな」と声に出した。列車は、速度を大幅に落として走っているように見える。先刻通り過ぎた列車の、まるで逃げ去るような速度とは正反対である。

「徐行する意味はなんだ。

東宮が貧乏揺すりをはじめる。

「次の列車ということはありませんか？　警護用列車を先に走らせて、あとに続く列車に乗っているということは」

主賓を乗せた列車の前後に、配下の者を乗せた列車を走らせ、警護の役目を果たすというやり方は、よく知られたところである。

「いや、しかし後続の列車は見えん。そういう報告も来ておらんな？」

利平に訊かれ、音三郎は声も出ぬまま忙しなく頷いた。

「よし」

東宮が窓の外に目を据えた。

「あの列車で決行する。もう変更はせん」

半ば開き直ったような声だった。この一声で、軍人たちも迷いが吹っ切れたのだろう。全員が、近づいてくる列車に意識を集中したのが伝わってきた。その中で音三郎だけが、落ち着かなく手を揉んでいる。どうか、この受信機が受け取った情報が確かであれと、万物に祈らずにはおられぬ心境だった。

列車の走行音が聞こえてくる。まだ明けきらぬピンと張った空気の中を着実に近づいてくる。監視所内は全員固唾(かたず)を呑(の)んでいる。表を見遣る。が、列車は未だ徐行を続けているのだ。しかしその理由について考える余裕を、音三郎はすでに失っていた。ただただ、かすかに伝わってくる列車の振動に総身を傾けているのだ。

このとき音三郎が懸命に頭の中に思い描こうと努めたのは、自らの輝かしい将来だった。今回の成果が認められ、再び十板に迎え入れられる。実戦で功績を挙げた技師として、軍に重用され、潤沢な研究費を受けながら国家的開発を任される。いずれ逓信省と共同で開発にあたるようになるかもしれない。それとともに、張作霖が倒れて日本が統治することになった満蒙で、楊の社が立ち上げる無線電信局という大きな事業を手掛けるのだ――。

行く手には堰(せき)も敵もない。自分の思い描いた日々のみが待っている。そのためにここまでやってきたのではないか。幾多の障害を自力で乗り越えてきたはずだろう。これまで黙々と積み重ねてきた努力を邪魔だてする権利は、何人(なんぴと)たりとも持ち得ないのだ。

音三郎は大きく息を吸い込んだ。なるたけ新鮮な空気で肺腑を満たしたかった。列車の地響きが足下を不確かにする。轟音が、掃くように思考をかき消していく。おそるおそる窓の外に目を遣ると、列車が間近に見えた。

「旗が揚がりましたっ！」

窓の外を見ていた軍人が一斉に叫んだ。

東宮が顎を引いたのが目の端に映る。

カチッと、硬質なスイッチの音が静かな監視所を貫いた。

次の瞬間、ドーンと雷が落ちたような爆音が響き、監視所が大きく揺れた。かつて東京で経験した震災をしのぐ揺れであった。たまらず窓枠に摑まった音三郎の目に、空へと立ち上る赤い炎が映る。大阪で見た北の大火のようにそれは、高々と帆柱を揚げ夜明けの空をジリジリと焦がしている。黒煙の向こうに、満鉄の橋脚が崩れ落ちていくのが見えた。その下には黒い鉄の塊が、失敗した飴細工(あめざいく)のようにぐにゃりと歪んで折れ重なっている。

「やった！」

子供のような利平の声だった。

「成功だ。爆破、成功！」

歓声があがった。

「撤収っ、撤収するぞっ。駐屯地に戻る」

みなの昂揚を追いやるように、冷徹な命令を東宮が口にする。全員笑みを仕舞い、黙々と機材の片付けにかかる。音三郎もまた、受信機を箱にしまった。

偵察兵が戻って、「成功。脱線により、ほとんどの車両が損傷を受けたと見られます」と報じた。東宮はそれに頷いただけだ。昂揚も見せなければ、他の者をねぎらうこともなかった。感情を持っていく先を失い、呆然と撤収作業を進める音三郎に利平が寄って、

「みなとともに、先に司令部に戻れ」

と、短く告げた。頷くこともできずにいると、

「ようやった。ようやった、トザ」

彼は二の腕をギュッと摑んで、懐かしい笑顔を見せた。

■

張作霖を乗せた、それは確かに特別列車だった。

爆破ののち、警備に当たっていた奉天軍の兵士が一斉射撃をはじめたため、計画が無事遂行されたことを、その場にいた関東軍軍人のすべてが確信したのだ。

大山利平はその様を遠くから密かに監視しながら、こんな銃撃になるのなら、阿片窟から連れてきた支那人らも銃殺すればよかった、と思っていた。そうすれば計画実行ののち、奉天軍の弾に当たって死んだという、より自然な流れができたのだ。

中国の警官隊が現場に駆けつけた頃には、利平も司令部に戻っていた。爆破の振動と、それに続く銃撃音に、司令部内は蜂の巣をつついたような騒ぎであった。村岡長太郎（ちょうたろう）中将が非常呼

集を下令し、全員が戦闘態勢を整える。利平も何食わぬ顔でそれに従った。参謀長の斎藤恒が現場の状況を把握するため、兵士を派遣する。その一連の動きを、利平は冷静に見守った。

銃声が収まり、非常呼集は解かれた。程なくして、張作霖が重傷を負ったという報が司令部にもたらされた。

――重傷？

利平の背筋に冷たいものが走った。河本大作大佐の命令は、張作霖の殺害である。息を繋がれてはまずい。日本を裏切った彼を完全に葬り去らねば、満蒙支配は遠のくのだ。

「張作霖は今、どこにいる」

利平は、部下のひとりを捕まえて訊く。

「まだわかりません。奉天市内に運び込まれたはずですが」

いざとなれば、そこに乗り込んでとどめを刺すつもりであった。が、四日後、張作霖が死んだと報せが入ったのだ。ここに至って、ようやっと利平は息をつくことができた。あとは首領を殺害された奉天軍が、蔣介石率いる国民革命軍制圧の兵を挙げるのを待つだけである。便衣隊の実行犯まで用意したのだ。間違いなく、両軍の戦争に発展するだろう。

二日待った。三日が過ぎた。しかし、奉天軍は動く気配を見せない。それどころか、張作霖の死さえ公にはされないのだ。どうやら張作霖に代わって奉天軍を率いることになった息子の張学良が、父の死の公表を止め、かつ軍の暴走を抑えているらしかった。

ようやく張の死が報じられたのは、六月二十一日。事件から実に十七日も経過してからのことである。

そして情勢は、関東軍の思惑を裏切る形で進行したのだ。奉天軍は挙兵せず、静観を決め込んでいる。奉天軍が動かぬ以上、国民革命軍との衝突も起きようはずがない。両軍が戦闘に入らぬのでは、それを収めるべく関東軍が出動することなどできないのである。七月になっても状況は動かず、張作霖爆殺は国内混乱の引き金になるどころか、張が死んだ、という単発の事件で終了したのである。

さらに七月半ば、張学良がこともあろうにこれまで敵対していた蔣介石に歩み寄っているらしいという噂が聞こえてくると、もしや策略にはまっていたのは我々関東軍なのではないか、奴らにまんまとしてやられたのではないか、そんな懐疑と恐れが利平の内に噴出した。

つまり張学良は、なんらかの方法で、実行犯が関東軍であることを早い段階で知っていたのだ。かといって、現段階で関東軍を敵に回して戦えば、それこそ思う壺だと考えたのだろう。日本側はこの機に堂々と奉天軍を制圧し、満蒙を治めることができるのだ。ために、まずは中国国内で共同戦線を張り、満蒙を取られぬよう要塞を固める策に出たのではないか。

利平が、暗々裏に東宮から呼ばれたのは、七月も末に近い日のことである。彼は開口一番、失意も露わに言った。

「政府首脳部も、今回のことを勘付いたようだ」

まさか、と利平は譫言のように吐き出す。計画は盤石だったはずだ。

「ひとつには使用した爆弾だ。性能の面でも火薬量でも、到底便衣隊の者らが扱えるような代物ではないと支那側が言ってきた。成分も調べられたらしい」

利平は唇を噛む。ピクリン酸の爆薬ということが露呈したのか。そこまで調査する技術を、中国側が持っていたということなのか。

「それからもうひとつ。現場で導電線の回収をし忘れたことだ。鉄道監視所内に実行犯が詰めていたことも調べ上げられている」

頭を殴られたような衝撃があった。点火装置は回収したのに、音三郎の作った導電線のことはすっかり失念していた。爆破で断ち切られたまま、草むらの中に残してきてしまったのだ。

「導線の被覆も含めて完璧な出来で、しかし支那の技術や材料とは異なるというのだ」

「しかし、それだけでは証拠というに当たらないかと……」

幾度も唾を飲み込みながら利平は返した。

「無論、我々はこの件を関知しておらぬとしらを切り通すしかない。ただ、田中首相も、今回に関しては関東軍の仕業と見切っておる。満州に入っている欧米の記者陣も実行は関東軍だと睨んで取材を進めているらしい。こんな状況で、満蒙席巻のために動けば罪を認めるようなものだ。我々は事態を静観するよりない」

「そんな……」

と、利平はうめく。周到だったはずの計画が目論見通りに機能しなかったのである。その様子をしばらく凝視していた東宮が、つと体を乗り出した。

「少し妙じゃあないか」

砕けた口調で、問いかけてきたのだ。

「妙……とおっしゃいますと？」

「支那側の出方だ。これまで義理も道理も無視して感情のままに行動してきたような奴らが、ここへ来てなぜ静観している？　関東軍の仕業だと臆測したにしても、便衣隊の遺骸と、暗殺命令の書状が見つかった以上、奉天軍は国民革命軍と衝突すればよいことではないか。いずれにしても敵対していたのだから、怪しきは討つ、その立派な大義名分を彼らもこの爆破で得られたわけだ。普通に考えれば、乗らぬはずはない」

東宮の言う通りであった。誰が張作霖を殺したにせよ、満蒙を統治したい奉天軍にとっては、国民革命軍を討つ絶好の機会だった。日本側に協力を要請して一気に蔣介石を追い落とすことができたのだ。

「つまり、我々の計画が、蔣介石側と張学良側、双方に漏れていたのではないか。臆測ではなく、事前に証拠を摑んで、支那国内の戦闘を回避するような動きを、誰かしらが取ったのではないか」

「しかし、我々はなんの証拠も残しておりません。むろん、爆薬や導電線は残留品として精査されますが、それだけでは確証にまでは至らぬか、と。それにどう考えても、計画を早々に知ることもかなわないでしょう。漏れるはずがない」

訝った利平を、東宮は上目遣いに見遣った。三白眼の白目が、鈍く発光している。

「なぜ、君を呼んでこんなことを訊いているか、わかるか？」

利平は、「いえ」と言いかけて、声を吞んだ。

——無線か？

音三郎は、利平が引き入れたのだ。そこから漏れていたとしたら……。

「あの日、四時という報が入ったな。一台前の列車を指し示した受信だ。あれは、こちらの計画を翻弄するためのものだったのではないか」

「しかし独自の波長を使っていると、私は聞いております」

「その波長を誰か他に知る者がいたとしたらどうだ？」

それはありません、とは言い切れなかった。利平自身、そこまで無線には通じていない。

「外部に無線に詳しい者がいて、その者らが我々のやりとりを傍受していたとしたらどうだ？細かな情報を得て、奴らが、今回起こるはずだった動乱を未然に収めたとしたら」

利平は拳を握る。手の平には、ねっとりした汗が滲んでいる。

「張学良の側ですか？」

「いや。おそらくは蔣介石の側だ。支那人は支那人で結束し、日本支配から脱却せんという動きが、爆殺を機に加速しておる。それがそもそもの狙いだったかもしれん。張作霖は権力の掌握に執心していたが、息子の張学良であれば容易に取り込める。関東軍をうまく使って爆殺を遂行させ、邪魔者を消す。これによって奉天軍と国民革命軍の結託がかない、それだけでなく、先年から激化しとる排日運動にも弾みがついた。この流れに乗って一気に日本軍を追い出し、満蒙の権益を自分たちのものにするという目論見だ。ひいては支那をひとつにしようと考えたのかもしれない」

支那をひとつに？　そんな理想論は、この国では通用しない。他に意図があるのではないか。利平は容易に東宮の論を肯んじる気持ちにはなれなかった。長年対立していた奉天軍と国民革命軍とを結びつけるのは簡単なことではないだろう。張作霖という厄介な重石が取り去られたとしても、その息子がたやすく蔣介石の言葉を鵜呑みにするとは思えない。間に入って繋ぐ者がいなければ難しいだろう。それも、余程影響力のある人物でない限り歩み寄りは成立しないはずだ。

「だとすれば、なぜ異なる列車を指示して、張作霖を助けようとしたのです。説明がつきません」

利平は食い下がった。

「私にも詳しくはわからん。だが、張作霖を救うことで奉天軍に恩が売れる、もしくは両軍の結託を促す材料として利用できると考えた者があったかもしれん。奴らはいずれにせよ爆破を決行させたかったのだ。そうすれば、我々の計画が事実だと証すことができるからな」

東宮はそこで大きく息をついた。

「四時の列車には張作霖の身内が乗っていた。第五夫人だ。張も先行させて様子を見たのだろう。あとに続いた列車が徐行していた理由も、おそらくそこにある。情報を寄越した者は、単に我々の計画を暴きたかっただけかもしれない。我々のやり方を知らしめることで、国内の内紛を収め、対日の強大な勢力を作ろうと考えたのではないか」

「つまり、どちらの軍にも属していない人間が……」

「ああ。日本排斥を目論む者が、仕組んだということだ」

どこからだ、と利平はこれまでを振り返る。こちらの動きが、どの地点から漏れていたのか、と。急転直下で決行に至った計画だ。決行となる以前から余程細かな監視をしていない限り、あの段階で計画をかき回すことは不可能である。

——いや。

と、利平は奥歯を噛む。無線連絡はその以前から行っているのだ。山海関、それから錦州からの連絡を、頻繁に受けていた。もしやあのときに……。

「大山。君が漏洩（ろうえい）に荷担しておらぬことは、内々に調べさせてもらった」

東宮は思いもよらぬことを口にした。しばし呆然となったが、動きの鈍い頭でなんとか意味を解すると、たちまち血が逆巻（さかま）いた。

「私がっ？　疑われていたということでしょうか？」

声が裏返る。これまで身を粉にして関東軍のために尽くしてきたのだ。ずっと御国のためにと、一心不乱に働いてきたのだ。

「悪く思わんでくれ。しかし、あの技師を引っ張ったのは君だ。一応は精査すべきだと上からも指示があった」

利平は顎に溜まった唾を飲み込んだ。東宮がゆっくり言葉を継ぐ。

「意図的な漏洩かもしれぬ」

「それはありません。決行日、私は郷司の傍らについておりました。事前の無線連絡も、極力監視しておりました。それに支那側にこのことを報せたところで、郷司にはなんの得もありません」

音三郎は、そこまで手の込んだことができる男ではない。ただただ、一心に開発にあたり、自分の生み出した製品を表に出したいと躍起になっているだけの男だ。東宮は探るように利平の目を見詰めていたが、やがてゆっくり首を振り、書類らしき束を利平の前に差し出した。

「通信記録だ」

「通信？　なんの記録でありましょうか」

「この駐屯地内の電話の通信記録だ。件（くだん）の通信兵は、爆殺の後、何度も同じ番号にかけている。多いときには一時間おきに、交換手に番号を告げている。その記録から相手の住所を絞り込んだ」

　利平に悪寒が走った。このふた月の間、軍の諜報員（ちょうほう）が動いていたのだ。自分も同様に、彼らの監視下に置かれていたのだろう。

「仮寓（かぐう）していたのは支那人だった。すぐに人を送り込んだが、すでにもぬけの殻だった。近隣の話では一時若い男が出入りしていたらしいが、名前までは摑めなかった。どちらにしろ偽名を使っているのだろう」

「その男が、支那側の諜報員だと？」

　東宮は軽く肩をすくめて見せた。そこまでは調べがつかなかったのだろう。だとすれば相手はかなり周到で賢明な人物に違いない。中国の要人に顔が利くだけでなく、日本軍の事情にも通じていなければ、そう見事にこちらの諜報員を煙（けむ）にまくことはできない。

「仮にその男が郷司に接触したとして、効率的に日本軍の情報を得る相手として郷司を選ぶとは思えません。彼は一技師です。軍の内情に通じているわけでもない」

「一技師だからだ」

　即座に答えた東宮の口の端に、皮肉な笑みが浮かんでいる。

「奴らは餌を与えれば容易に動く」

「餌……」

「自分の技術が世に出ていく道筋を得られれば、自身の理念は二の次となる。だから私はかねてより、優秀な技師こそ軍需工場に囲うべきだと強く訴えとるんだ。そこに縛り付けておけば我々の役に立つものを生み出すだろうからな。だが、あの男は十板を解かれた」

「それはそうですが……」

「支那人がどういった餌を投げたかはわからん。しかしその餌に旨味があれば、彼は飛びつくだろう。仮に交換条件として傍受を許したとしても、だ」

「いや……しかしそれは、やはり考えにくい。彼は自分の製品に誇りを持っております。ここで手柄をあげ、十板に戻ることを望んでおります」

「誇りを持っているとすれば、その製品をもっと日の当たる場所で使いたいと思う。それが技師ではないか？」

返す言葉がなかった。黙り込んだ利平に追い打ちを掛けるように、「河本大佐も同じお考えだ」と東宮は告げた。利平は肩を落とす。河本まで上がっている話なら、真偽は別として、司令部内では疑惑の域を脱し、事実と認識されたということだ。

「仮にあの技師の意図でなかったとしても、おそらくは我々の動きは漏れていた。張学良が動かなかった、挙兵しなかったことが何よりの証拠だ。そしてこの事実は、我々関東軍を窮地に陥れた。そういう失策をした者を看過するわけにはいかん。それに彼は、あの一件を実際その目で見ている。秘密を知っているのだ。このままにするわけにはいかん」

東宮はそう言って、ひとつ大きく頷いた。

「私は……なにをしたらよろしいのでしょうか？」

利平は訊く。なにを命ぜられても従うよりほか道はないのだ。

東宮の目は、なんの表情も宿していない。深い洞穴のように真っ暗だ。そうしてこういう目をするときの彼が、なにを決断しているのか、利平は知りすぎるほどに知っていた。

「わかっているな」

東宮がひと言だけ告げる。

「……はい」

「では、よろしく頼む」

会話は、それだけだった。東宮が入口のドアへ顎をしゃくる。利平は指示されるままに一礼して部屋を出る。

こめかみの血管が音を立てている。頭が痛み出した。こんなことは何度となく経てきたのだ。神経もすっかり麻痺(まひ)して、なにも感じなくなっているはずではないか。

漆川にいた時分、タコオから下った神社の前で、利平のことを待っていた音三郎の小さな姿が唐突に浮かんだ。池田の煙草工場で同僚たちに虐(いじ)められていた彼の気弱な面影を次に思い出した。常に世の中というものから一歩下がって存在しているような少年だった。けっして目立たぬように、誰にも迷惑を掛けないよう用心深く気を配りながら、自分の好きなことをこっそり追求している若者だった。あまりに存在感が薄いから、池田で共に寄宿していたときなど、明日起きたら消えてなくなっているのではないか、と利平は何度となく案じていたのだ。そうして、音三郎が突然消えてなくなったとしても、周りの誰も気付かないのではないか、と。

東京に出て、十板の研究室で久方ぶりにこの幼馴染みと再会したとき、だから利平は胸を冷やしたのだ。あまりにも様子が変じていたからだった。態度こそ控え目であったが、頭脳明晰な人材の集まった研究室においても引けをとらない、ある種強気で野心的な雰囲気さえかもし出していたからだ。

牛込の家に音三郎を招いたあと、富もぽつりとこぼしていた。

「兄さんは人が違うようじょ。うち、なんや緊張してうまく話せんかった」

「立身出世を遂げて自信がついただけじゃ。おまんは妹なんじゃけ、喜んでやらにゃあいかんぞ」とそのときは妻を諭したのだが、利平の内には研究室で感じた驚きとは別の、戸惑いが渦巻いていた。音三郎の総身には、悲壮な影しか見当たらなかったからだ。怯えて、萎縮して、それでも目一杯虚勢を張っている。彼を司っているものがすべて作り物のようで、家で膳を囲んで語り合った音三郎に、利平はなぜか痛々しささえ感じたのだ。

あれから彼が、どういう経緯で満州に辿り着いたのか、詳しくは知らない。だが音三郎は、過去を振り返ることなくただただ高みを目指して邁進し続けてきただけであるはずだった。彼は今、無線の第一人者になることしか考えていない。その目標達成のために周りが見えなくなることはあっても、手段として支那側の諜報活動を助勢するような器用さを持ち合わせているとは、どうあっても思えなかった。

——わしが聴取して、疑いを晴らす手立てもある。

利平は己に言う。東宮や河本が納得するような証拠を出すことができるかもしれない。この役目を自分が任されたのは、軍の温情ともとれる。

音三郎は未だ奉天駐屯地の一室に、留め置かれている。これも上からの命令だった。その部屋の前に立って、利平は息を整えた。ノックをすると、中から紙を束ねるような音が聞こえてくる。慌てているらしい、なにかが床に落ちた乾いた音も混じる。

「わしじゃ。入るぞ」

利平は返事を待たず、ドアを開ける。机の上の模造紙が目に入った。音三郎が急いで畳みかけていたその紙面に、鉄塔らしき図面がちらと見えた。床には三尺定規が落ちている。音三郎はそれを拾い上げながら、ぎこちない笑みを作った。

何度見ても、体中の水分も油分も搾（しぼ）りとられて干涸（ひから）びた残骸のようだ、と利平は残酷なことを思う。満州で再会した音三郎の変わりように、利平は再び驚かされたのだった。十板の研究室で会った時分から何十年も経たように老け込み、粗い彫刻刀で身を削られたように痩せこけ、口元や目元には深い皺が刻まれていた。肌の至る所が粉を吹き、健康的な大陸焼けとは程遠い、どす黒いくすみ方をしている。

「なんぞ用か？」

鶏のように筋張った首を伸ばして音三郎が訊く。落ち窪んだ目が、警戒するように忙しなく動いている。

「仕事中すまんな。また無線か？」

模造紙に目を遣り、それとなく利平は訊いた。音三郎は「ああ」と言葉を濁す。それから
「ちょうどよかった。わしもおまんに頼みがあったんじゃ」と、話を逸らすようにして言葉を継いだ。

「もし軍でしばらくわしの仕事がなければ、一度旅順の出張所に戻りたいんじゃが。向こうで

の仕事もまだ残っておるけん、気懸かりでな」

「仕事っちゅうのはどのな仕事じゃ？」

するとと途端に音三郎は口ごもった。筋張った手でかさついた頬を挟み込み、言葉を探している。

「いや、もしかすると連絡があるかもしれんけん」

「連絡？」

問い返すと、音三郎の目が泳いだ。

「十板からなにか言ってくるかもしれんじゃろう。もしわしの無線機が実地で役に立ったとなれば、もう一度、十板で仕事を与えられるかもしれん。もちろん、軍部からの要請は最優先しなけりゃあいかんけんど」

なにかを隠している。はっきりとそう感じた。そのくせ音三郎は、至極明るい顔をしている。この先が楽しみでたまらない、そんな顔だ。彼にはなにかしらの椅子が用意されているのではないか、と利平は想像する。今回支那側に協力した見返りとして、今までにないような開発の場が用意されているのではないか。

「技術っちゅうのは日々進化するものじゃけん。置いていかれんようにするためには休みなく働かにゃあならんのじゃ。画期的な製品を仕上げても、すぐにそれを上回る技術が開発される。先頭を走り続けるには休んでなんぞおられんのじゃ」

偶然か、故意かはわからない。しかしそれを問いただしたところで、音三郎が子細を語ることはないだろう。真空管無線機が傍受されていたとなれば、音三郎の技師としての能力が問われるのだ。証拠を突きつけたとしても、彼はきっと機械の不備だとは認めない。一旦完成品となったものに関しては、ひたすら信じ続ける。それによって酷い結果がもたらされたとしても、機械のせいではない、機器は完璧だったと言い張る――それが、技師という生き物なのだ。

音三郎を関東軍に引っ張ってきたのは自分だ。そのせいで、張作霖爆殺から支那国内の混乱を引き起こすという筋書きが打ち砕かれたのは事実だ。故意ではなかったとしても、いや故意でなければその分いっそう罪は重い。なぜならそれは、同じような過失が再び起こる可能性を示唆しているからだ。だからこそ、ここで食い止めねばならない。自分の責任で止めなければならない。関東軍で生き残るには、それしか道がないのだ。

音三郎の、撚れた古紙のような顔を見詰めながら、利平はわずかの間にそれだけの考えを巡らせた。

――わしは駒なんじゃ。

利平をずっと貫いている支柱が、総身を律する。人である前に、関東軍という尊い組織の駒として生かされているのだ。誰もが勤まる役目ではない。至極恵まれた立場に自分は置かれている。小学校すら出ていないのに、ここまでの出世を遂げられた。だからこそ自分を重宝してくれている軍のために身を捧げる。感情を排し、すべき仕事を的確にこなすのは、いかなる場合も己の責務だ――それは関東軍所属になったときから利平が肝に銘じてきたことだった。

「わしはな、利平。もっと大きな仕事を立ち上げたいと思うとる。ほなけん、旅順でその準備もせなならんけん」

音三郎の目には、不思議な光が宿っている。それは鈍色の空を思わせた。

「満蒙の権益にもきっと影響を与える。大きな事業じゃ」

「どんな事業だ？」

「まだ言えん。もう少し具体化したらおまんにも教える。今頃、出張所に連絡が入っとるかもしれん」

その相手が、東宮の言っていた支那人だろうか。そいつの正体を訊き出すべきではないか、と考えがよぎった。奴を特定して捜し出すまで、という条件で、音三郎をこのまま囲うことができるかもしれない。

「あ……連絡っちゅうのは、十板からの連絡だが」

しかしここでも音三郎は、本当のところを話そうとはしなかった。

「十板が進めとる計画ならわしに話せんことはないじゃろう」

利平が粘っても、音三郎は頰を引きつらせ「無線のことじゃけん、もう少し定まってからやないと難しい」と、曖昧な笑みを作った。

嘘が下手な男だ。こんなに不器用なのに、よくここまでの出世を遂げた。他人を欺くことも踏み台にすることも裏切ることもできずに来たのではないか。わずかな反目に多大な労力を使い、密かに温めていた計画を他者に利用され、それにも気付けず突き進んできたのではないか。技術は自分を裏切らない、自分には確かな才がある、いずれ人がやっていないような技術を確立してやる——その思いだけでやみくもに走ってきたのではなかろうか。

音三郎はおそらく、ずっと前から周りが見えていない。それは、ひとつことを極める技師の在り方としては、間違いではない。だが音三郎の在り方は、戦地においてもっとも危険だ。彼一人が損害を負うだけでなく、大勢の仲間を巻き込む危険があるからだ。

「おまんは、生きる目的がはっきりしとるのう。昔からそうじゃ。迷うてばかりおるわしとは大違いじゃ」

いたたまれなくなって感慨を漏らすと、すかさず音三郎が「そのなことはない。おまんもわしと同じじゃ」と笑った。

「おまんは迷いはしても、最終的に行く道が定まっとるようにわしには見える。その証拠に、迷うたときは、必ず実行を選んどる」

利平の口から溜息が漏れた。そういえば先だっても、音三郎はそんなことを言っていた。

「やるか、やらんか、迷うたときは必ず、やるほうを選ぶんじゃ。昔からじゃ。軍に入るときもそうじゃった。軍に入ってからもそうして来たんじゃろう。ほなけん、今、軍の中で重宝されとるんじゃ」

「迷ったときは、実行を選ぶ、か……」

心臓が走り出していた。そのくせ手の先が妙に冷たくなっていく。

「わしもそうありたいと、おまんを見て思うたんじゃ。日本人技師の誰もしたことのないような大きなことを必ず成し遂げると、そう決めたんじゃ。無線の先駆者じゃった鳥潟右一も実現し得なかったことをしたい。無線の第一人者はわしじゃと、世界に訴えたいんじゃ」

「ずいぶん大風呂敷を広げるのう」

利平は軽口を叩いて、身を覆う緊張を払った。

「大風呂敷と違う。必ず実現する。そのためにもいっぺん、旅順に戻らなならんのじゃ。すまんが利平、上に掛け合ってくれんか？　無線機なら置いていくけん。もっと入り用なら、また作って届けるけん」

音三郎は今にも拝みだしそうな形相だった。

「無線機は……置いていかなくともいいんだ、郷司」

音三郎が怪訝な顔をした。それから、「郷司っちゅうたか？　なんじゃ、改まって」と笑った。利平はうまく笑い返すことができなかった。目の前の男はトザではない。あのトザではないのだ、と己に信じ込ませることに専心していた。

「君が旅順に戻れるよう、東宮大尉に掛け合おう。明日にはなんとかなるようにする」

言うと、音三郎はパッと顔を輝かせた。利平は思わず目をそばめる。

「さすが利平じゃ。恩に着る」

声を跳ね上がらせて言う音三郎には応えず、窓の外へと顔を向ける。つられて音三郎が窓辺に寄り、空を見上げた。

「ええ天気じゃ。入道雲が盛り上がっとる。夏の空じゃなあ」

深呼吸の音が聞こえた。遠くから、兵士たちが調練をしている掛け声が響いてくる。軍用車が走る音も間断なく聞こえてきていた。

利平は腰のホルダーからそっと拳銃を抜いた。音を立てぬよう撃鉄を起こす。警戒というものを相手に起こさせぬよう注意した。警戒は緊張を生み出す。それは音三郎にいらぬ苦痛を与えるだけだ。

「郷司」

低く呼んだ。それに応えて、音三郎がゆっくりとこちらに向く。空に見とれていた気持ちよさそうな顔そのままに利平を見、自分に向けられているものを目にして息を呑んだ。

「利平……なんの冗談じゃ」

利平は応えなかった。

なにも考えずに、ただ実行を選んだのだ。

張作霖爆殺から三年後の昭和六年、満州事変が起こり、関東軍は満州を占領し、翌年、満州国を樹立した。それとともにすでに放送を開始していた瀋陽と哈爾浜の放送局を閉鎖、瀋陽の無線電台を接収して奉天放送局を開設した。翌年には関東軍特殊無線部、のちの関東軍特殊通信部を設立。哈爾浜にも放送局を開設する。

昭和八年、奉天、哈爾浜、新京（しんきょう）に開かれた放送局、および関東庁逓信局管轄の大連放送局をまとめて引き継ぐため、満州電信電話株式会社が設立される。第二次世界大戦後、ソ連に接収されるまで、満州国内の放送網として重要な役割を果たした。

謝辞

この小説を書くにあたり、様々な方々にお力添えをいただきました。

近代の無線史、またその詳細な技術や構造、変遷に関してご教示くださった、国立研究開発法人　情報通信研究機構の滝澤修氏、実際に鉱石ラジオを使っていていねいに仕組みを説いてくださった学研　科学編集部の小美濃芳喜氏には、心より感謝いたします。お二方のご協力によって、この物語は成立をみたように思います。

伸銅工場の現場を見学させてくださり、その技術に関してご説明くださった住友電気工業株式会社　社会システム営業本部の金田良介氏、導電製品事業部の宇都宮清高氏にも深く感謝いたします。

また、連載時より技術史をはじめ専門的分野まで細かに確認くださり、その都度的確で、より踏み込んだ史料をご呈示くださった校閲の川村信郎さんにも御礼を申し上げます。川村さんの校閲技術に接するたび、こちらも襟を正すような心持ちになりました。長い期間の連載を支えていただいた、最高の伴走者です。

みなさま、本当にありがとうございました。

なおこの物語は創作であり、登場する一部機関は、特定の機関、団体とは関係ありません。

作者

主要参考文献

『池田町史　上中下』　池田町史編纂委員会
『阿波刻み煙草の光と影』　吉岡浅一　徳島県出版文化協会
『近代日本の伸銅業　水車から生まれた金属加工』　産業新聞社
『伸銅工業史』　日本伸銅協会
『明治工業史　電気編』　日本工学会　原書房
『明治工業史　鉱業編』　日本工学会　原書房
『大阪電燈株式会社沿革史』　萩原古壽
『大正　大阪風土記』　大阪市教育部共同研究會　大阪寳文館
『大阪百年史』　大阪府
『明治大正　大阪市史　全八巻』　清文堂出版
『オーディオの一世紀』　山川正光　誠文堂新光社
『鳥潟　無線電信電話』　鳥潟右一　東京寳文館
『無線百話　マルコーニから携帯電話まで』　無線百話出版委員会　監修・岩井登　クリエイト・クルーズ
『全史　関東軍』　楳本捨三　経済往来社
『南満州鉄道株式会社　十年史』　南満州鉄道株式会社　原書房
『現代史資料　満鉄1～3』　伊藤武雄　荻原極　藤井満洲男　みすず書房
『日本軍の人的制度と問題点の研究』　熊谷光久　国書刊行会

＊本作中には、人権意識に照らして不適切と思われる表現がありますが、作品の時代背景や歴史的事実に鑑み、そのままといたしました。
本書の出版が差別や侮辱の助長を意図したものではないことをご理解ください。

＊初出　「小説 野性時代」二〇二二年八月号〜二〇二四年十月号

木内 昇（きうち　のぼり）
1967年東京生まれ。出版社勤務を経て、2004年に『新選組　幕末の青嵐』で小説家デビュー。08年『茗荷谷の猫』が話題となり、09年早稲田大学坪内逍遙大賞奨励賞。11年『漂砂のうたう』で直木賞、14年『櫛挽道守』で中央公論文芸賞、柴田錬三郎賞、親鸞賞を受賞。他の小説作品に『浮世女房洒落日記』『笑い三年、泣き三月。』『ある男』『よこまち余話』、エッセイに『みちくさ道中』などがある。

光炎の人［下］

2016年8月31日　初版発行

著者／木内 昇

発行者／郡司 聡

発行／株式会社KADOKAWA
東京都千代田区富士見2-13-3　〒102-8177
電話 0570-002-301（カスタマーサポート・ナビダイヤル）
受付時間 9:00～17:00（土日 祝日 年末年始を除く）
http://www.kadokawa.co.jp/

印刷所／大日本印刷株式会社

製本所／本間製本株式会社

ISBN 978-4-04-104194-9　C0093